谨以此书献给

中华人民共和国成立七十周年

踏歌行记

旅游诗词集

索奋起 著

山西出版传媒集团
山西经济出版社

图书在版编目(CIP)数据

踏歌行记 / 索奋起著. — 太原：山西经济出版社，2019.6

ISBN 978-7-5577-0510-7

Ⅰ. ①踏… Ⅱ. ①索… Ⅲ. ①游记—作品集—中国—当代 Ⅳ. ①I267.4

中国版本图书馆 CIP 数据核字(2019)第 100719 号

踏歌行记

著　　者：索奋起
责任编辑：宁姝峰
装帧设计：李天增

出 版 者：山西出版传媒集团·山西经济出版社
地　　址：山西省太原市建设南路 21 号
邮　　编：030012
电　　话：0351-4922133(发行中心)
　　　　　0351-4922085(总编室)
E - mail：scb@sxjjcb.com(市场部)
　　　　　zbs@sxjjcb.com(总编室)
网　　址：www.sxjjcb.com

经 销 者：山西出版传媒集团·山西经济出版社
承 印 者：山西基因包装印刷科技股份有限公司

开　　本：880mm × 1230mm　1/32
印　　张：17.25
字　　数：240 千字
版　　次：2019 年 6 月 第 1 版
印　　次：2019 年 6 月 第 1 次印刷
书　　号：ISBN 978-7-5577-0510-7
定　　价：66.00 元

一路诗歌一路情

——读《踏歌行记》旅游诗词集的感悟

（代序）

前不久，索奋起同志请我为他的《踏歌行记》旅游诗词集写篇序言。当时我感到有点为难，因为我对诗词很少涉猎，即便偶尔胡乱写点，也不成体统。什么词牌格律平仄，都不够精通。但考虑到与奋起一块工作七年，而今他登门要求，因此抱着试试看的态度，勉强应诺下来。

光阴荏苒，岁月如梭。我与索奋起同志是20世纪80年代在介休工作时的同事。相处七年，对他最深的印象是胆略过人，工作能力强，为人诚实，而对他的"全貌"了解不足。直到2003年我退休后在安泰公司当独立董事，和奋起同志又有了新的接触和了解，知道他为安泰公司处理外事和法律服务方面做了不少工作。不过，要说比较全面深刻了解他的"真面貌"，还是这次细读了他交付我的《踏歌行记》旅游诗词集文稿以及之前送给我的其他诗册。

索奋起同志出生于山西省原平市的一个农民家庭，家境贫寒。他十年苦读，长期自学，“寒门出贵子”，最终成才。他志存高远，爱好广泛，不仅是工程师、律师，而且文学艺术琴棋书画音乐体育无所不能。更加可贵的是热爱祖国，忠于人民，严以律己，宽以待人，性格直爽，品格高尚。可以说人才难得也！

《踏歌行记》旅游诗词集以及他的其他诗作，我拜读后，从字里行间感悟到不少教益。

首先，他从小便逐步树立起正确的人生观、价值观和世界观。他的父母亲是老党员、老干部，从小给他灌输的思想是共产党好，毛泽东是大救星。后来上学、参军、工作，都受的是党的培养教育，一步一步地树立起牢固的为人民服务的信念。加之他有理想，有志向，所以在长期的生活、工作中，无论是顺境，还是逆境（尤其是身处逆境），都意志坚定，充满信心，乐观豁达，踏歌而行。这种态度是值得我学习的。

第二是老骥伏枥，志在千里。索奋起同志年逾花甲后，用十余年的时间，跑遍世界五大洲和全国三十四个省市自治区(包括港澳台地区),并且一边旅行一边写诗作词,其行程大约可绕地球十几圈,其诗词作品达千余首,这是多么了不起的壮举!从中可以看出他热爱祖国、热爱人民、热爱大自然的博大胸怀,也流露出他童心不泯的阳光心态。他走在世上的足迹光彩照人,这一点是我的缺陷。我从小不爱游山玩水,工作后亦然。曾经到过一些地方,都属于工作方面的应酬。即便遇上一些景观,也懒得一看。这方面应向奋起同志学习。

第三是奋起同志的旅游诗词达千余首,连同以前所作其他诗大约近2000首,可谓高产。这也是他人生轨迹的真实记录,难能可贵。古今诗人很多,有多少位诗作数量达到这么多?我是不知。我虽不精于诗词,但大体也能从中看出其难能可贵。奋起的旅游诗词多写于车马劳顿的旅行途中,用时短出手快,有的虽略显粗糙,但都属触景生情,有感而发,通俗易懂,朴实感人。比如《天安门》《拉萨之歌》《登泰山》《钱塘观潮》《南疆行吟》《痴迷巴黎》《科罗拉多大峡谷》等,数不胜数。全套读后,使我茅塞顿开,受益匪浅,从中不仅领略了全国各地和世界上不同国家的风土人情、壮丽河山、社会状况,也使我体会到诗词歌赋的魅力,激发了我从头学习诗词的兴趣和走出家门忘情山水的冲动。然而为时已晚矣！但愿老天爷允许我这个耄耋之人还能补上自己的这一短板。

确确实实，读《踏歌行记》旅游诗词集，我的感悟教益多多，在此不一一赘述了。请奋起同志谅解！

张松龄

2018年11月于榆次

序一

刘春生

挚友索奋起的旅游诗词集《踏歌行记》成书了。他已出版过多本诗歌集,出版旅游诗词专集尚属首次。作为相识相交50余年的老友,看到这本旅游诗词专集,我由衷地为他点赞,同时按捺不住血液涌动的冲击,不吐不快。

奋起与我是同龄人。我们相识相交于半个世纪前,结下深厚的友谊。之后我下煤矿他参军,我当讲师他做律师,走过了曲折的人生道路。年逾花甲后共同圆"读万卷书,行万里路"之梦,常常结伴旅游。奋起这辈子先学理工后学法律,写诗词仅是他的业余爱好。然而这些年他一边游山玩水,一边写诗作词,已成为其生活的常态,令许多同龄人羡慕钦佩。

奋起的这本诗词集是专写旅游的。我在酝酿腹稿之前,首先想到一位人物——徐霞客。

徐霞客是明代著名地理学家、文学家和旅行家,历经

30余年艰辛考察撰成60万字的地理名著《徐霞客游记》，并写下不少旅游诗，被誉为“千古奇人”、中国的“游圣”。

我无意于将奋起与徐霞客相提并论，但我深感奋起周身血脉中流淌充盈着徐霞客那样热爱山水、对远方和诗无限钟情的执着、毅力和顽强的精神。

徐霞客一生钟情山水，志在四方，足迹遍及今21个省、市、自治区，“达人所之未达，探人所之未知”，所到之地，探幽寻秘，直到55岁逝世，绝大部分时间在旅行考察中度过。受当时地理环境、交通设施、旅行工具所限，徐霞客能靠坚韧不拔的毅力、克服艰险的勇气达到如此境界，着实令人敬佩。随着徐霞客这种真正意义上的专业旅行家的出现，旅游才进一步进入中国百姓的思想意识和文化生活中，人们才真正开始了“行万里路，破万卷书”的文化实践。为此，我国政府把《徐霞客游记》开篇之日“5月19日”定为中国旅游日。

好友奋起，天赋徐霞客的志趣和顽强毅力，借助比徐霞客优越百倍的交通条件，不但遍游了全中国各省市自治区的名山大川、河流湖泊、名胜古迹，还游历了全世界五大洲近50个国家和地区，并以诗词作日记，写出了千首旅游诗词。我为他自豪,并由衷敬佩。

徐霞客跋涉一天之后,无论多么疲劳,无论是露宿街头抑或是栖身破庙,都坚持把旅行收获记录下来,为后人留下了珍贵的地理考察成果。同样,奋起好友每到一处,不管何等疲倦,即使时至深夜也总要把所见所感用诗词的形式记录下来。虽然其不可与徐霞客游记的科学价值相提并论,但他的诗词也为当今的旅游天地和诗坛文苑奉献了一朵别致的小花。我感叹:奋起堪称霞客游圣的隔世弟子或优秀学生。

其实,奋起年过花甲之后脚踝和膝关节都已有恙。每逢跋山涉水,上山尚可,下山便疼痛不已。有一次我与他同行共爬一山,下山时他疼痛难忍,需朋友相扶才可返回。后来,他每上山必备一杖,但并未因此而退缩。

奋起好友能文善歌,性格直率,思维敏捷,毕游一处,腹稿迅即吟成,尽述所见所闻所感。如果白天无暇写作,至晚入住后必写,有时写到深夜。为不打扰室友休息,他就悄悄到卫生间坐在坐便器上写作。为此有老友开玩笑地说:奋起诗词,味道好极了!

奋起这些年来踏歌而行,达己所未到之处,赏己所未见之景,走到哪里诗词写到哪里。这本旅游诗词专集既体现他的才华又蕴含着艰辛和快乐。他用自己的行动实践着一种难能可贵的老年文化生活方式:童心不泯,走遍世界;忘情山水,作诗吟歌;陶冶情操,康健体魄。他年高而体力精力充沛,多得益于此。

他在用自己的行动著述“三书”:其诗词集可谓有字之书,其旅行经历可谓无字之书,其昭示之精神可谓心灵之书。

读奋起诗词可深深感受到,其无论叙述、描写、议论、抒情,皆率性而为直抒胸臆。许多诗句信手拈来,极少引经据典用晦涩难解之词,吟诵起来朗朗上口,毫无矫揉造作之味。其中虽也有略输典雅稍逊含蓄之篇,但在跋涉劳顿中即时写作并且高产,这种瑕疵在所难免,毕竟瑕不掩瑜。通读全集似乎也随之周游天下一遭,不仅欣赏了各地山光水色,领略了各种文化风情,更感受到一股清新向上、通脱旷达之美。总之,颇值一读。

挚友奋起虽年逾古稀,但远未至老迈体衰的时段。我坚信,他的山水之旅不会因年龄而停顿,他的旅游诗词之河不会因岁月而断流。我期待他的旅游诗词集再续新篇。

序二

梁国泰

奋起好友，笔名泰然。少时在校攻读，品学灿灿；中年投身改革，果实满满；后来周游世界，五洲四瀛。囿时而志未已，适心寄山水，忘情遨骋；因趣而兴常健，遂足遍寰宇，踏歌游吟。诗人才气纵横，文笔精敏；旅途佳作迭出，风发泉喷。

国境毗连，高空银鹰穿越；水域阻隔，大海邮轮飞渡。东浮扶桑国，滨名池内温泉舒；西飞美利坚，白宫院前看碧湖。南穷澳新，地铺草毯茸茸绿，天扣穹庐低低圆；北极挪芬，青山不老雪白头，碧水无愁风皱面。亚非欧，拉美澳，说走即走；食住行，游购娱，了无挂牵。逛世界，东西南北天地广；游赤县，春夏秋冬日月长。环游天南地北，体会合作共赢是正道；饱览山川河流，方知霞客旅行品位高。华夏大地浩浩，几许赤子如奋起阅尽江山多娇？世界名胜洋洋，多少游客似泰然赏遍风光妖娆？

奋起勤奋，笔耕不停。上述种种物象，化作诗人意境。目之所及，身之所经，情思神驰，挥洒纵横。饭后歇后醒后，惜时如金；枕上车上厕上，见缝插针。数百万言，堪称洋洋洒洒；数十年来，当是日增月加；量变必致质变，熟来妙笔生花。情胜于辞，文内不乏珠圆玉润之言；质胜于文，卷中多有力鼎千钧之篇。若问例证何处，请看《赤壁怀古》："峭壁穿空大江流，烈火张天映峰头。孙刘联剑三分定，孟德宏图一战休。英雄嗟哦豪气逝，暮山苍茫胜迹留。千古兴亡谁人省，渔歌夕阳我自游。"此即"寂然凝虑，思接千载；悄焉动容，思通万里；吟咏之间，吐纳珠玉之声；眉睫之前，卷舒风云之色"（引自《文心雕龙》）是焉。

诗人写海则情溢于海，写山则情满于山；天人合一，物我浑然。思理为妙，神思与物游潜；物无隐貌，辞令统其关键。水势浩渺，波涛汹涌，一并思维卷翻；山形巍峨，层峦叠嶂，悉同诗文绵延。主观客观非二致，主观反映客观；表现再现是一相，表现融汇再现。抒写古边关，有"戈壁大漠风沙，长城雄关险峡"，不免苍凉辽远之感。抒写古战场，如"三分天下一火定，至今犹见赤壁红"，颇有景中见史之慨。抒写瀑布，则"虹霓七彩喷珠玉，幽谷铁壁滚雷霆"，使人如身临其境，耳闻其震，目观其景，心动其声。抒写晨雾，又

“遮天罩地霎时生，山川万象一幕空”。虽信手拈来，却恰如其分。珠玑之句，金玉之音，凡此种种甚多，不可一一枚陈。诗人酣畅豪迈，直抒胸臆。“青山绿水挂白云，不着浮华半点尘。坦荡质朴抒胸臆，真情笑对天地人。”写人抒情，生动栩栩逼真；描景状物，形象昕昕如临。明白晓畅，不留斧凿之痕；真情坦荡，诗如作者其人。

大树森森，数片枯叶难免；太阳昭昭，几多黑子已然。本卷诗作，白璧微瑕。重铺陈而轻比兴，多写实而少浪漫。非全无，是稍欠。事不得十全，瓜不得圆，事所本然；瑕不掩瑜莹，质本丰妍，瑕无谁堪？

奋起旷放，诗不就羁。因格律过严，故合理扬弃。物壮则老，语云规律；途极而返，事理常识。旧体格律诗词，形式已至极致；只有改革发展创新，方能永葆青春生机。奋起积极探索，由来多所进益。主席云：天若有情天亦老，人间正道是沧桑。一文既毕，数韵已成赠奋起：

心寄五洲韵致浓，　四时多半旅途中。
才晒南岛日艳艳，　又赏北国雪蒙蒙。
意境大海同浩瀚，　气势高山共峥嵘。
行游万里书万卷，　身心康健不老翁。

再赠奋起

上野瀑布并悬崖， 遍寻秀木与奇葩。
江流千里腾玉液， 峰耸万丈接霓霞。
裁作诗词缀作赋， 醇胜杜康怡胜茶。
心有韵致常活水， 岁月不败好年华。

目 录

山西省

【太原市】

【阳泉市】

【大同市】

【晋中市】

内蒙古自治区

辽宁省

吉林省

黑龙江省

上海市

江苏省

浙江省

安徽省

福建省

江西省

山东省

河南省

湖北省

湖南省

广东省

广西壮族自治区

海南省

重庆市

四川省

贵州省

云南省

陕西省

甘肃省

西藏自治区

青海省

宁夏回族自治区

新疆维吾尔自治区

香港特别行政区

澳门特别行政区

台湾省

亚 洲

欧　洲

美 洲

非 洲

澳大利亚

北　京　市

天安门

最美风光何处寻，　首推北京天安门。
五星红旗迎旭日，　天地豪气荡胸襟。

难忘狂飙卷红云，　生平初到天安门。
领袖登楼挥巨手，　狂呼“万岁”语失音。

一九七零兴参军，　再次来到天安门。
崭新军装始留影，　保卫祖国表忠心。

儿女戴上红领巾，　假日同到天安门。
纪念碑前讲传统，　立志报国主义真。

改革开放到如今，　多次经过天安门。
一九九四贺国庆，　荣幸观礼喜登临。

我爱祖国我爱家，　我爱北京天安门。
振兴中华献微力，　昂首做个中国人。

注：1966 年 9 月 15 日，我作为一名红卫兵在天安门广场受到毛主席检阅，“毛主席万岁”喊哑了嗓子。1994 年 9 月 30 日晚，我作为全国十佳民营企业家、山西安泰集团董事长李安民的代表，应邀登天安门观礼台观国庆焰火并参加了广场联欢。

登天安门观礼台

1994 年 9 月 30 日晚

国庆喜登观礼台，　不夜烟花漫空开。
改革开放兴盛世，　歌舞如潮动地来。

颐 和 园

1991 年 7 月

三山风水聚一湖，　桥影垂虹若有无。
朱阁碧榭长廊秀，　钟灵绝胜在京都。

注：“三山”指万寿山和邻近的香山、玉泉山，“一湖”指昆明湖。暑假期间同妻携儿女赴北京游玩所作。

故 宫

1991 年 7 月

金碧辉煌紫禁城， 过眼康乾盛世空。
笑看当年“龙脉”地， 万千游人涌浪行。

十 三 陵

1991 年 7 月

京游几到十三陵， 地上楼阙地下宫。
为索形胜生王气， 却遗衰草见翁仲。
岂有风水定成败， 从来时势造英雄。
载舟覆舟民如水， 遥听景山警钟鸣。

圆明园遗址

1991 年 7 月

园林瑰丽夺天工， 极度奢华胜仙宫。
洋人掠宝毁一旦， 唯遗废墟对时空。

八达岭长城

2012 年 10 月

莽莽千重山，　蜿蜒万里城。
天下雄九塞，　险翠拥居庸。
双峰扼锁钥，　堞楼俯沧瀛。
豪气吞北漠，　昂首腾苍龙。
秋风狼烟远，　夕照关城明。
登临何感慨，　落霞染霜空。

注：初中时得一邮票，图为长城，对其极为神往，当即作诗两句“莽莽千重山，蜿蜒万里城”，然不得下句。之后多次过居庸关登八达岭长城，皆因来去匆匆未续诗句。今时已历半世补续之。

瞻仰毛主席纪念堂

2016 年 6 月 3 日

白玉殿堂松柏青，　瞻仰人流似长龙。
一束鲜花献领袖，　人民永念毛泽东。

天 津 市

老战友津门重聚(13首)

2014年6月下旬，当年北京军区炮十六师宣传队战友继山西聚会后,今年到天津聚会

再会津门

去年战友绵山聚，　今朝再会到津门。
农场求师如在目，　稻田演唱犹耳闻。
火炮难忘众勇士，　红灯又见三代人。
情重谊长言不尽，　相拥一笑暗伤神。

注:当年中国音乐学院众老师在天津军粮城农场精心给我们宣传队授课。《红灯记》剧组演李奶奶的曹艳玲、演铁梅的任玉珍和演李玉和的我此次聚会特地合影留念。

杨柳青

当兵曾驻军粮城，　今日行游杨柳青。
风筝剪纸年画美，　砖雕石刻花会红。
艺术奇葩绽古镇，　民俗文化誉津京。
遥望三河汇东海，　石家大院话传承。

注：杨柳青为津门著名民俗文化古镇。北运河、子牙河、大清河三河在此交汇入海。

天津文化街

津门故里古坊廊，　老街新建亦堂皇。
九河下梢千帆竞，　三味俱全百店扬。
异彩纷呈风筝魏，　极品荟萃泥人张。
红火待观天后会，　舞龙斗狮佑吉祥。

注：文化街百家老店具有天津味、文化味、古味。天后宫每年三月二十三日妈祖娘娘生日举行盛大皇会。

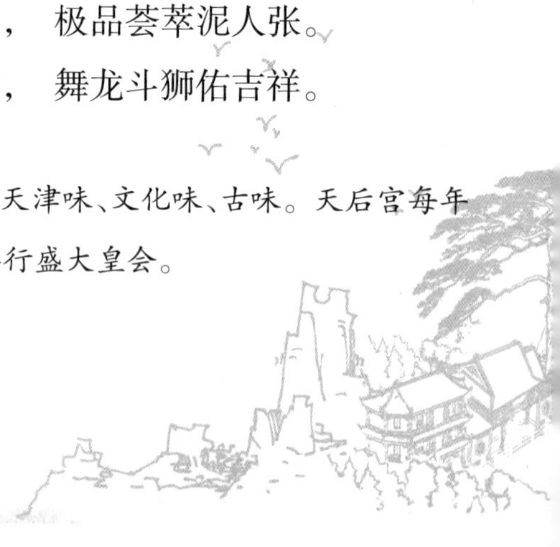

天后宫

津门福地天后宫，灵佑十方敬朝宗。
年年三月举皇会，鼓乐喧天旺乡风。

风雨游独乐寺

一阵急雨一阵风，　古刹蒙蒙风雨中。
唐经盛世生叛乱，　辽建高阁矗霄空。
岂可狂妄享独乐，　应俱慈悲怀众生。
我携挚友留小照，　进宿盘山挂月峰。

注：独乐寺位于天津蓟县。唐安禄山在此誓师叛乱，言“思独乐而不与民同乐”。

夜宿盘山

头枕挂月峰，　身伴卧崖松。
梦醒闻鸟语，　睁眼已天明。

盘　山

“早知有盘山，　何必下江南。”
乾隆驾临地，　诗句四方传。
京东第一峻，　上下历三盘。
上盘奇松茂，　苍翠盖峰巅。
中盘巨石怪，　牛虎卧林间。
下盘泉水冷，　飞瀑泄悬岩。
吾携众战友，　抖擞奋登攀。
入胜观幽景，　漱峡洗尘烦。
祈福天成寺，　万松迎客欢。
极目京津蓟，　吞吐共云天。

注：清乾隆帝三十二次登盘山，诗句“早知有盘山，何必下江南”。

天成寺

山光水色浑天成，　江山一览南北风。
年年帝王祈福地，　草民游来也心通。

神牛福地

欢喜岭上卧神牛，　神牛原是大石头。
奇岩怪松聚福地，　仰卧舒躺乐何求。

宿云亭小憩

未逢暮雨彩云飞，　乐看淑兰踏阶追。
入亭小憩揩颜汗，　踏歌和应下翠微。

注：彩云、淑兰是两位女战友。

盘山迎日出

6月24日晨与战友郑文瑞登高观日出奇景

战友轻呼天际白，　急向晨曦上峰台。
东望群峦峦潮涌，　下俯白云云浪来。
忽现红光万道起，　顿飞霞花半空开。
山欢松舞迎旭日，　浩气磅礴壮情怀。

李靖舞剑台

手挈霓闪剑断虹，三军凯旋歌大风。
征袍染血鸣霜角，高岗回马望辽东。
千仞云峰吐豪气，万盖岩松贺英雄。
登临剑台怀李靖，凌烟阁里谁善终？

注：唐大将军李靖率兵征辽东凯旋时在盘山舞剑。

长相思·战友情

绵山青，盘山青。相聚相游杨柳青。战友谊长青。
忆当年，话当年。分别已逾四十年。眨眼入暮年。
彩云飞，祥云飞。歌声笑伴车轮飞。青春又放飞。
汾河流，海河流。情如九河汇津流。拥别泪暗流。

河 北 省

出山海关

2005 年 5 月

寒风瑟瑟早来冬， 雪飞霜冻东北行。
雄关第一扼沧海， 长城起首枕老龙。
金戈铁马吞日月， 枪林弹雨搅庐穹。
秦皇魏武任评点， 人间已换贺升平。

孟姜女庙

2005 年 5 月

万里寻夫路迢迢， 哭倒长城恸灵霄。
情义化发浮云长， 血泪倾作东海潮。

注：山海关孟姜女庙对联，上联为“东海朝朝朝朝朝朝朝落”，下联为“浮云长长长长长长长消”。

沧州铁狮

2005年5月到辽阳经沧州观古铁狮

沧海曾经漫沧州， 苍龙祸民民岁忧。
雄狮铁铸镇东海， 长消水患夺丰收。

河北三宝

2008年8月

沧州铁狮景州塔， 正定府前大菩萨。
几下太行览三宝， 曾登极顶闻四达。
东镇渤海消水患， 北呼燕山壮天涯。
千古风涛犹在耳， 一炷清香供释迦。

白洋淀

2013年6月26日

九河入淀聚宝盆， 烟波滄漾景时新。
红荷一片连远树， 白帆几点下津门。
蒲苇迷径生野趣， 鱼虾美酒醉游人。

落霞晚舟出芦荡， 指看鸥鸟自浮沉。

金山岭长城

2013 年 6 月 27 日

横亘峰巅上苍冥， 山涛云海腾巨龙。
长城万里唯独秀， 高登一览冀辽蒙。

承德避暑山庄

2013 年 6 月 28 日

山庄曲径几徘徊， 锦园神韵次第排。
淡泊敬诚松壑静， 烟波致爽金阙开。
抚蒙揽藏融国体， 移天缩地在君怀。
康乾已随马蹄逝， 万千游人消夏来。

四面云山亭

2013 年 6 月 28 日作于避暑山庄

四面云山八面风， 近览山庄远望城。

本是龙御登高处， 吾来只眺棒槌峰。

张家口大境门

2013 年 7 月 1 日晨

双峰对峙扼行云， 雄关险隘笼苍浑。
曾经未入张家口， 今晨兴临大境门。
狼烟挥尽英雄泪， 红旗舒展壮士心。
大好河山铭为志， 振兴喜看后来人。

西 柏 坡

2013 年 8 月 25 日

崇游圣地西柏坡， 群山环抱水漾波。
绝代龙虎倚天柱， 旷世风雷起滹沱。
运筹帷幄轻弹指， 决胜方圆笑开国。
伟人宏业垂青史， 今朝迈进谱新歌。

清东陵

2014年6月23日携众战友从天津赴陵游览

战友闲步清东陵，　森森苍翠隐朱红。
献殿奢华恶慈禧，　地宫精绝叹乾隆。
生前霸凌老百姓，　死后遭劫孙殿英。
世道轮回谁预测，　掘陵为盗也传名。

紫荆关叹荆轲

2016年5月4日于易县

易水河前紫荆关，　风不萧萧水不寒。
壮士空留千古恨，　毕竟一统是人寰。

野三坡百里峡

2016年5月4日写于涞水百里峡

燕山臂搭太行头，　隆脉交会碧谷幽。
峰巅老树风中舞，　云际飞泉石上流。

百里长峡百里画，　千寻绝壁千寻楼。
一线天看天无线，　攀老虎口众人愁。

立夏日游野三坡白草畔

2016 年 5 月 5 日

峰顶艳阳沟底风，　登高遥可望京城。
游白草畔逢立夏，　冰晶雪莹杜鹃红。

涞源古城

2016 年 5 月 5 日

四山环抱涌百泉，　百泉汇出拒马源。
风水泰宫兴文塔，　释道相益壮城垣。

望海禅亭眺望

2016 年 5 月 6 日晨作于涞源

泉城汇流拒马河，　五龙戏水绿婆娑。
登上禅亭东望海，　遥见高速畅驰车。

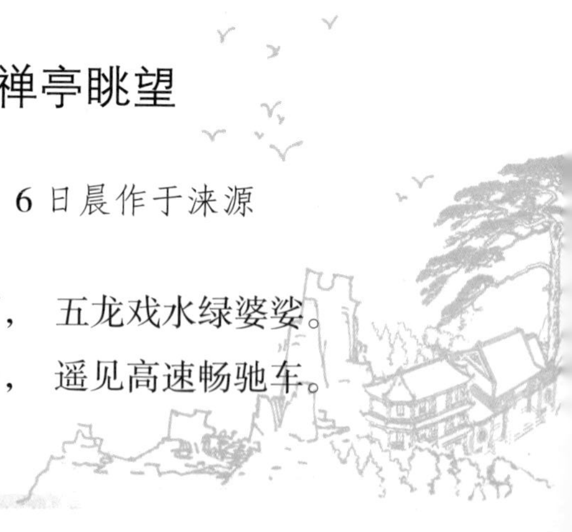

涞源白石山

2016年5月6日

燕赵长天舞蛟龙， 横亘西北走长城。
风云际会锁崖壁， 峰峦林立柱苍穹。
瀑飞泉流增秀色， 石白松翠列画屏。
玻璃栈道真奇险， 有客惊魂不敢登。

白石山过玻璃栈道

2016年5月6日作于涞源白石山巅

玻璃栈道玻璃桥， 悬空挂壁似风摇。
脚下深渊不见底， 有人尖叫有人嚎。

中都草原

2018年7月6日

驱车坝上到中都， 楚雯迎导笑眉舒。
风吹草低摇碧浪， 马驰驼行见银湖。

大汗雄姿立乾坤，　辽原秀色渐模糊。
缘来墨云飞寒雨，　夜拥棉被宿农庐。

注：中都草原位于张北坝上。中都是元代与大都（北京）、上都（开平）齐名的三都之一，当年是皇室宗族巡幸避暑胜地。楚雯是内蒙古马头琴学院学生，在此实习带我们游览。

草原天路赞

2018 年 7 月 8 日，与战友们自驾行游

纷纷乱云团团雾，　穿云破雾走天路。
坝塬上下此为界，　岭壑纵横蛇盘兔。
层层梯田层层绿，　蚕豆菜花承雨露。
百里坝头展画卷，　松林草甸花锦簇。
红衣俏女争拍照，　天开云散阳光沐。
忽见奇岩立岭背，　云流四射冲空竖。
林壑翻波接远川，　玉带盘旋穿碧树。
登高倍觉胸海阔，　豪歌荡气回肠处。

注：草原天路西起张家口市张北县野狐岭，东至崇礼县桦皮岭，全长 132.7 千米。沿线河流山峦沟壑草甸景观奇峻，展现出一幅百里坝头风景画卷。

大境门

2018年7月8日，与战友们游张家口大境门

万里长城第一门，　双峰对峙石嶙峋。
雄关险隘扼锁钥，　驼铃商道通库伦。
内外交融成大统，　世纪登攀上青云。
京张联手迎冬奥，　八方游客已纷纭。

正定隆兴寺

2018年9月22日

葱茏苍翠树交加，　崇楼峻阁绕云霞。
宋祖敕修隆兴寺，　神工铜铸大菩萨。
千手观音悬彩塑，　五彩美神坐莲花。
法雨慈航为普度，　自在通津到天涯。

赵州桥

2018 年 9 月 22 日

古稀携友赵州游， 安济石桥万古留。
引涧长虹垂碧影， 出云初月拢清流。
果老骑驴遗蹄印， 柴王推车轧辙沟。
仙桥神话扬天下， 静听传唱小放牛。

定州塔

2018 年 9 月 23 日

宋辽分界定边州， 孤高千仞梦悠悠。
北望长城征路断， 西牵太行滹水流。
曾燃烽火连碧汉， 今吐祥云唱金秋。
塔下饥餐羊杂饼， 老友驱车再行游。

山　西　省

太　原　市

双塔寺

1991 年 7 月

双塔巍巍凌碧霄，　文峰峻秀比天高。
背拥太行兴武略，　面朝汾水盛文韬。
百战风云遗旧迹，　三晋驰骋看今朝。
俯瞰龙城腾紫气，　远向青山觅逍遥。

注：双塔寺(永祚寺)双塔为太原标志性建筑。

晋　祠

1991 年 7 月

祠殿祀汾东，　悬瓮郁葱茏。

唐槐新叶翠，　周柏老枝横。
梁飞鱼沼浅，　泉涌晋水清。
三绝冠天下，　御碑铭唐宗。

注:晋祠位于太原西南悬瓮山晋水发源处,始建于北魏前。周柏唐槐、宋代彩塑、难老泉为晋祠三绝。是时带儿女游晋祠、天龙山。

晋祠水母娘娘

1991 年 7 月

并州尊水母，　南国拜妈祖。
坤尊耀千秋，　恩泽惠万古。

天龙山

1991 年 7 月

雨燕山光绣翠屏，　尊天罗汉满崖星。
青主常作沙门客，　佛道殊途同善行。

注:天龙山位于太原市西南,山势逶迤,树木葱茏,东西两峰存有东魏、北齐、隋、唐时期开凿的 24 窟佛龛造像,漫山阁的弥勒大佛尤为珍贵。青主指傅山先生。

蒙山大佛

2013年1月8日

树蔽石埋影无踪， 一朝重现六百冬。
蒙山乐山遥相望， 大佛庄严净宇空。

注:蒙山大佛位于太原西,始建于北朝,盛于唐宋,毁于元。前些年于荒树乱石中被找到,600年后重现天日。

太　山

2014年10月5日,同内弟桃林、老友张成义、刘春生等陪我的老岳母游太山

太原有太山， 之前未闻传。
今天携岳母， 伴友共游玩。
崖壑拥苍翠， 松柏隐流泉。
白云挂峰顶， 红叶染群峦。
上达龙泉寺， 朱殿绕青岚。
唐塔存遗址， 地宫见金棺。
古韵留佳话， 幽境别有天。

喧嚣离闹市，　移时共适闲。

再游蒙山

2014 年 10 月 5 日

佛自西来面朝东，　东土日日红日升。
峰林簇拥岩皴断，　岭树芊葱岚气生。
曾来探游桃花艳，　今临朝拜枫叶红。
一劫蒙没千百载，　终究更立宝光中。

崛围山赏红叶

2014 年 10 月 19 日,与老友张成义、陈宪荣登游

崛围兀立漫山红，　黄栌丹枫艳彤彤。
绅男倩女争拍照，　攀高一路笑声中。

汾河水库

2014 年 10 月 19 日

汾河二库秋色美，平湖险峡峰崔嵬，漫山红叶映碧水。

景区服务难言好，食品饭菜都不搞，逼得游客买烧烤。

青龙古镇

2016年4月24日

皇封赐旗绣青龙，　古镇菁蒿有名声。
五里长街楼阁密，　百家店铺商贾兴。
文昌武勇人气旺，　山隆水曲天瑞浓。
故道今通大运路，　发展旅游迈新程。

注： 青龙古镇原名菁蒿嘴，位于阳曲县太原至大同的古驿道上。清嘉庆年间，该村王姓富商向清廷捐银百万两，皇帝赐匾和青龙旗一面，菁蒿嘴遂更名青龙镇。

太原郊游

2016年5月22日，同老友张成义、刘春生等到太原郊区自驾游，陷车寻路不亦乐乎

太原郊外多景观，　老友同行览胜玩。
春生陷车水泉寨，　奋起寻路龙林山。
柏丛松下访古刹，　崖畔峰顶品杏干。

返程满沟葡萄绿， 金秋再约到清源。

龙林山

2016年5月22日,与众老友自驾游清徐龙林山

峦围峰抱梵宇寺， 松摇柏立龙林山。
双槐细叙千年史， 一塔遥连百里川。

云顶山

2017年9月7日,与成义、春生诸友赴娄烦云顶山游玩,上有齐天石,可一览群山

穿林达顶草氤茵， 湛蓝空昊缀白云。
齐天石上观峦海， 松青万壑起涛音。

狄仁杰故里

2018年4月9日

狄公太原狄村人， 忠耿善谋国老臣。
贤佐女皇修盛世， 再造唐室立功勋。

故里长留名相迹，　母槐犹记大唐春。
风雨沧桑历千古，　祈有荫福泽邑民。

注：太原狄村为唐名相狄仁杰故里。狄仁杰，武则天时两度为相，时称“国老”。因再造唐室有功，封梁文惠公，尊称“狄梁公”。狄村有梁国公祠，祠旁古槐相传为公太夫人手植。现为唐槐公园。

阳　泉　市

忠义藏山

2008 年 8 月

青峰四围郁苍苍，　拚将孤儿洞中藏。
高庙千秋炳八义，　舍生忘死护忠良。

注：盂县藏山有藏孤洞，相传为赵氏孤儿藏身之地。以程婴为首的八位义士救护孤儿赵武传为佳话，藏山祀有八义庙。

携老战友游娘子关

2013年5月21日

城下急流城外山，　万里长城第九关。
京畿护屏使宿将，　晋冀门藩泄飞泉。
巾帼枕戈一世勇，　娘子威名千古传。
放眼车流达燕赵，　老兵谈笑又青年。

注：娘子关位于山西平定，有“万里长城第九关”之称。相传为唐代平阳公主驻防时所建。是日同老战友游。

忠义之源藏山

2013年8月26日，同安泰众老赴盂县游藏山

崖抱峰回势万千，　更有苍松傲云天。
泣血悲歌藏孤洞，　首书忠义是此山。

阳泉聚会(3首)

妻张先玲1970年参加阳泉文工团,后调入晋中。2015年9月19日至21日,文工团老团员聚会纪念建团45周年,我随妻参加

阳泉王小饭店吃“糊嘟”

一碗拌汤一碗“萨”， 一盘糊嘟众口夸。
酸菜小吃真开胃， 老友相聚如到家。

登狮垴山观百团大战纪念馆

狮垴山上军旗红， 血火当年炮声隆。
百团大战杀敌寇， 千秋万代铭丰功。

阳泉宾馆文工团老团员重聚联欢晚会

一声呼唤回家门， 舞台重现艺苑魂。
帅男倩女争亮丽， 你弹我唱焕青春。

小品引发满堂笑，　老太歌出天籁音。
年过花甲有谁信？　场中都是年轻人。

大峃古村落

2016 年 6 月 15 日

盂县大峃野人家，　太行深处“布达拉”。
房舍鳞次傍山建，　石阶曲折顺坡爬。
负阴抱阳古槐茂，　藏风聚气新蕾发。
村落虽小始北魏，　今朝旅游放光华。

藏 山 咏

2016 年 6 月 16 日

山藏幽洞林郁葱，　赵氏遗屠放悲声。
知恩图报争赴死，　为救遗孤竞忘生。
丹霞染透忠烈血，　碧岭长存义士风。
崖峙松青荫古庙，　香火岁岁萦晋东。

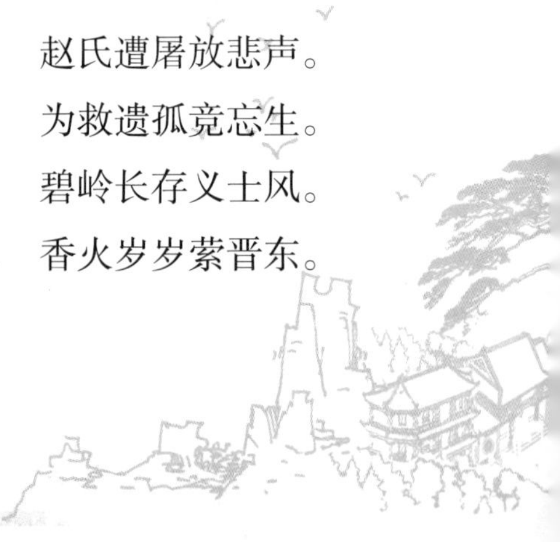

藏山小普陀

2016年6月16日

仙峰抱水水映峰，　一鸟啾啾四山鸣。
登上天门收景处，　但见峦屿浮青空。

大　同　市

北行游记(5首)

1982年中秋时节,同全国农机刊网诸友聚会,到塞外一游

云冈石窟

神工鬼斧武周山，　沧桑一千五百年。
石佛雄浑嵌幽壁，　龛阁富丽浮飞天。
也曾尘世食香火，　几经干戈度劫烟。

而今瑰宝昭中外， 长忆总理泪无言。

注：“文革”中破四旧，毁掉无数文物古迹。幸亏周总理亲自过问保护了云冈石窟。

悬空寺

临渊依壁鬼神惊， 万古骚客叹悬空。
待缘云栈登峭坝， 回首原在深谷中。

注：从悬空寺临悬崖登栈道可上恒山水库大坝。

恒宗松

盘根错节扎岩中， 迎宾送客搭翠亭。
忽卷松涛如雷动， 树底却无半丝风。

恒山水库

双峰对峙扼关喉， 峭坝横亘断中流。
恰是移来瑶池水， 波光映出万山秋。

恒山玄岳峰

登罢悬空兴犹浓， 跨水穿岫奔恒宗。

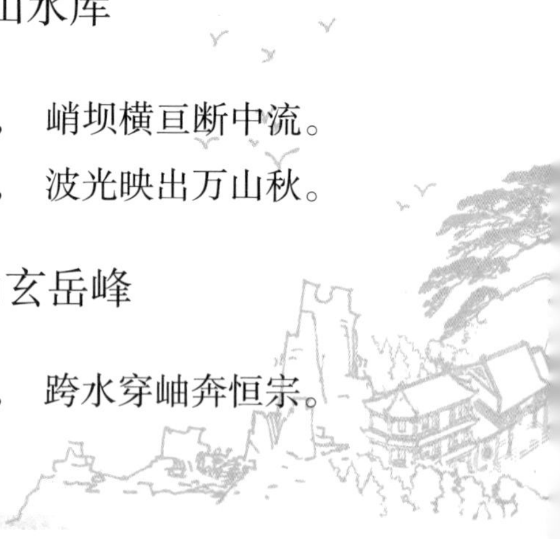

遥望玄岳云头坠，　近攀萝蔓曲径通。
笑叹男儿爬不动，　却有女娃疾如风。
齐呼老索歌一曲，　乘兴直上兜率官。

觉山寺

2005年8月,于灵丘县随老同学高沂、王宪游觉山寺

走遍千山不厌山，　又随老友入山间。
碧峦四围隐云影，　秀塔千寻绕烟岚。
回首流年秋同醉，　笑谈红尘老共闲。
边垓好景觉山寺，　定格留影意犹酣。

大同九龙壁

2013年6月13日

龙朝龙位龙子孙,九龙照壁代王宫。
烟灭灰飞府久废,唯留孤影朔风中。

注: 大同九龙壁原为朱元璋第十三子代王朱桂王府照壁。后王府被李自成义军焚毁,唯留九龙壁至今。

北岳恒山

2013 年 6 月 14 日于北岳九天宫

横亘塞北衔燕蒙， 奇崖幽洞有仙踪。
缆车何如张果老， 倒骑毛驴上恒宗。

携哥姐逛大同

2014 年 8 月 26 日

七老八十逛大同， 放眼惊叹新平城。
牌坊重回老街内， 琼楼尽展御河东。
文瀛湖畔品垂钓， 林荫路旁看民生。
北国江南喜呈现， 魏都今朝变年轻。

大同鼓楼

2014 年 8 月 26 日

半世今方上鼓楼， 长街四望车如流。
古城拨地生林苑， 大厦冲天探斗牛。

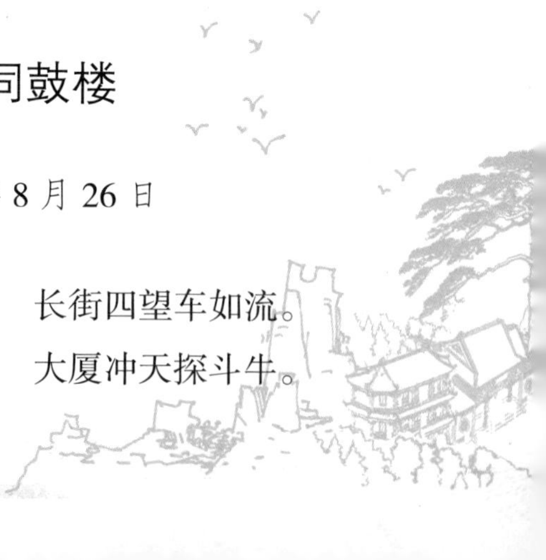

老塞弹指换新貌，　故都满目翘龙头。
斯民口碑耿市长，　一去流火又中秋。

灵丘怀古

2014 年 8 月 27 日

胡服骑射敢鼎新，　跃马挥师出雁门。
平虏卫赵拓疆土，　一代雄王万世尊。

注：灵丘因赵武灵王陵冢而得名。是日到灵丘看望老同学高沂，在赵武灵王雕像前留影。

甸山空中花园

2014 年 8 月 27 日，老同学高沂带我游甸山。因山分南北各属晋冀，故不能通游，令人遗憾

灵丘有山号花园，　奋登南甸路曲盘。
峰顶雷达捧珠玉，　崖背丛林带云烟。
坡铺草毯花争艳，　手把醋柳口流涎。
遥观北甸人隔断，　何时晋冀能通联。

大同清真寺

2014年9月下旬和部队战友游大同,恰清真寺闭门。天津战友刘淑兰系穆斯林,她与守门人一沟通,就破例让我们进寺了

魏都古寺探清真,　战友巧有穆斯林。
玉颜樱口笑问好,　未曾相识亦知音。

华严寺又会连达

2016年10月5日

辽金古刹壮云城,　薄伽教藏夺天工。
大殿雄宏分上下,　古佛阒寂坐西东。
蔚如昆仑华严塔,　般若波罗智慧经。
老友新朋喜相会,　神笔拙句赞大同。

注:大同华严寺为辽金古刹,寺分上下,坐西朝东。上寺大雄宝殿为现存古代木构单体规模最大者。下寺彩塑为辽代精品。1960年列为全国重点文物保护单位。是日,携老同学李怀生游华严寺,逢忘年友连达来寺画古建。

携老姐家人游文瀛湖

2016 年 10 月 6 日

佳节探亲北魏都，　畅游相携文瀛湖。
锦园秀水人欢娱，　胜似清明上河图。

四牌楼（顶真诗）

2016 年 10 月 6 日

秋逛平城四牌楼，　楼衢塞外车如流。
流年似水天亦老，　老翁游乐赏金秋。

广灵甸顶山

2017 年 7 月 20 日

盛夏登游甸顶山，　快车爽风上峰巅。
谷里菜花金裹翠，　岭背石林玉生烟。
纵马高岗芳草地，　探手青云蔚蓝天。
尽兴返餐农家炕，　土特野味倍香甜。

注：山西广灵县的高山草原甸顶山芳草茂盛，繁花似锦，是雁北难得的一处天然胜景。是日携大同外甥自驾游。

天镇游长城兴平古堡

2017年7月21日上午，与外甥、外甥女自驾赴天镇游兴平古堡保平残堡。高速已由大同直达，高铁正在新建。晋冀蒙三省边贸古镇兴平堡正焕发勃勃生机

独上阁楼望苍山，　燧台孑立挂云岚。
狭街号旗存老铺，　枯树斜阳照残垣。
古堡千年写秦汉，　长城万里唱边关。
喜看今朝双高路，　惠通三省换新颜。

寻游白登山

2017年7月21日，下午寻游汉高祖“白登之围”的白登山。先误到阳高（大白登），后返大同找到小白登山，才看到当年古战场

游访阳高返大同，　湖畔觅得小白登。
漫山松针飞箭矢，　贯耳林涛战马鸣。

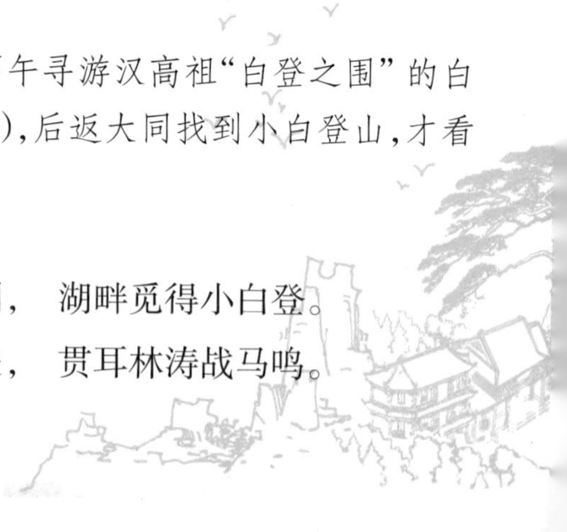

汉军蒙败幸未灭， 高祖险死庆逃生。
孤身退敌用何策？ 千古谜团问陈平。

大同火山群

2017 年 7 月 22 日

祥云戴帽树当裙， 林海静卧睡美人。
熔岩万古呈百态， 昊天七斗最传神。

注:大同火山群位于大同盆地桑干河河谷地带,已知有 30 多座,被誉为“东亚稀有的自然遗产”。

朔　州　市

应县木塔

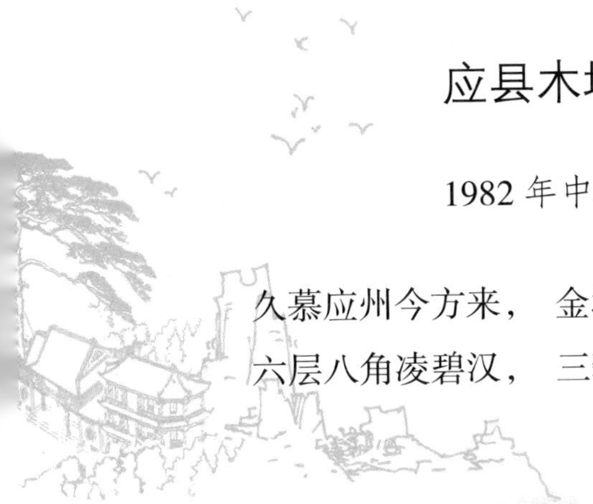

1982 年中秋

久慕应州今方来， 金城雁塔何雄哉。
六层八角凌碧汉， 三攀九回入仙台。

大荒千姿收眼底，　长风万里荡情怀。
恍闻号角连营起，　铁马金戈铸英才。

朔州大寺庙尉迟恭祠

2005 年 5 月

单鞭救主天下闻，　奇功更建玄武门。
本是黑脸打铁匠，　后岁家家敬门神。

注:唐名将尉迟恭为山西朔州(马邑)人,后被尊为门神。朔州老城其奉旨督建的大寺庙保存有其当年打铁的砧子。

长城杀虎口

2007 年 9 月 9 日,驾车从内蒙古入山西右玉县,途经古长城杀虎口。这里是历史上有名的长城西口,一曲《走西口》唱遍三北民间

雄关要塞分晋蒙，　烽火台下草青青。
古今传唱走西口，　商道依然响驼铃。

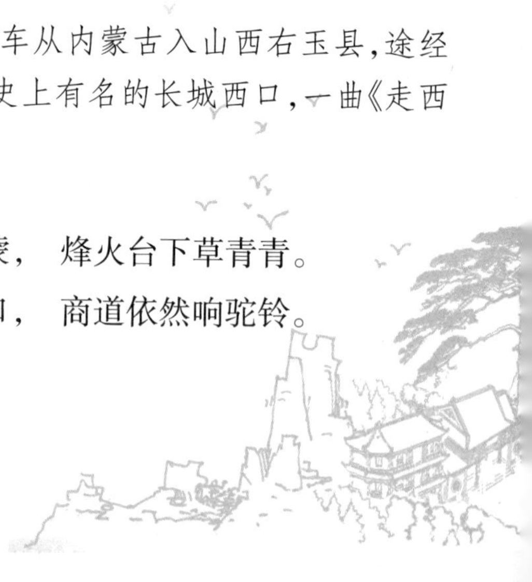

忆江南·应县木塔

2007 年 9 月

应州塔，离天二尺八。凭临紫塞眺秋雁，移步碧霄披彩霞。桑水净尘沙。

应州塔，梵宫坐释迦。兵火雷震立千载，古今中外树一甲。烽烟化莲花。

注：应县木塔又称释迦塔，建于辽代。与意大利比萨斜塔、法国埃菲尔铁塔并称世界三大名塔。

右 玉 赞

2013 年 8 月 10 日

谁言北国漫尘沙， 右玉林海绿无涯。
改天换地传接力， 终叫塞上绽奇葩。

过应州

——和元好问

2014 年 9 月

金城木塔雁门楼，塞外天高近中秋。
桑干水库功沃野，大运车流不断头。
西牵云朔东达冀，午吃凉粉晚披裘。
古来兵锋争战地，升平乐奏在应州。

附:元好问《过应州》

平野风埃接戍楼，边城三月似穷秋。
人家土屋才容膝，驿站毡车不断头。
随俗未甘尝马湩，敌寒直欲御羊裘。
十年紫禁烟花绕，此日云山是应州。

广武长城

2018年7月10日

依山傍岭腾巨龙， 雁门关下列前锋。
金斗银箕扼险要， 敌楼军堡亮雄风。
登城似见兵戈撞， 出塞犹闻号角鸣。
铁血忠魂杨家将， 边关世代唱英雄。

桃花源农庄

2018年7月下旬农机校老同学聚游，从太原、宁武、朔州至右玉，宿桃花源农庄

好个塞外桃花源， 水清草绿天湛蓝。
林荫掩隐小别墅， 晨起欣闻鸟虫喧。

忻　州　市

台怀镇

1982 年中秋

游五台未登五台，　五台环抱一台怀。
释迦白塔映斜日，　菩萨金顶坐高陔。
顶礼求愿钟方响，　倾诚献佛莲自开。
待到身临黛螺顶，　清光满目绝尘埃。

九龙泉

1982 年中秋

兴游龙泉寺，　特寻九龙泉。
幽潭凝碧玉，　细流鸣佩环。
合掌掬一口，　清甘透心田。
本是瑶池浆，　何以到人间？

秋行五台山

1982年中秋

乘八月金风，越千山万壑。
在北国的崇山峻岭间，奔驰着我们的汽车。

车内一派欢歌笑语，车外是迷人的无边景色。
那一幅幅奇丽的天然画图，
怎不叫人心醉神悦，抒怀放歌。

车行峡谷中，峡谷里峰回路折。
一边是悬崖陡立，一边是急流飞泻。
不时聚一汪碧潭，多像翡翠颗颗。

车儿盘上山梁，山梁上林海翻波。
绿的是松，黄的是杨，红的是枫叶。
那枫叶在金黄翠绿的世界里，耀眼得像一团火。

穿过密林，有如茵的天然牧坡。
青青的芳草地上点缀着山花朵朵。

群群肥壮的牛羊，
似团团云朵从山腰飘过。

车儿飞上山顶，
眼底展现出山的海洋，云的世界。
山如涌浪，云似奇峰，
云山浩荡，天地一色，极目千里，波澜壮阔。

啊，大山岭，你是何等气势磅礴！
大山岭，你是那样风采卓卓！
借来五彩神笔，画不尽你那无限风光，
写下最美的诗句，表不尽你那万千气魄。

我多想变一只小鹿，在草坡上自由地追逐。
我多想变一只黄鹂，在林荫间放声高歌。
我多想变一条鳗鱼，在碧水中尽情嬉戏。
我多想变一只雄鹰，在云天里迎风奋搏。

喇叭鸣，群山和。
是谁唱起了“马儿啊，你慢些走”。
是我在唱“车儿啊，你走慢些……”

入住五台山普化寺

1995 年 7 月

去去台山二十年， 阖家入寺诵华严。
法柱妻兄慈相伴， 钵餐开悟佛为缘。

注：1974 年我们部队野营拉练到过五台山。1995 年暑假期间和妻儿到五台山游玩，距今已 20 年。妻堂兄早年出家，在台山普化寺任法柱。他安顿我们在禅房住宿、素斋、诵经。

春游原平(10 首)

2005 年春我在老家原平神岩壑矿山，闲暇探游“崞县八景”(原平旧称崞县)

重游十圣寺

少年赶会社火红， 鼓乐高跷上寺中。
徒手仰天攀佛塔， 结伴登高撞铁钟。
渴饮灵泉清甘水， 醉卧照山无顶松。

可悲圣迹毁一旦，　何日复原慰众生。

注：土圣寺又名灵泉寺。“土圣晚钟”为“崞县八景”之一。我家阎庄等七村年年轮办土圣寺庙会，那是少时最喜欢最热闹的盛会，我曾参加高跷、鬼判、响器等节目。“文革”中松树被砍，大殿被毁。

石鼓寺说介公

停旨拒封避朝堂，　天牙山下尊大王。
生佐文公成霸业，　死佑黔首泽地方。
寒食清明传庙会，　金匾红披受供香。
遥望介公焚身处，　晨钟暮鼓做道场。

注：原平石鼓寺不供菩萨专供春秋时介子推，乡民尊其为石鼓大王，至今年年寒食清明赶会祭祀介公。

天牙石鼓

峰尖列空似天牙，　天牙奇石绽莲花。
更有神工举槌鼓，　风雷震落半天霞。

注：“天牙石鼓”为“崞县八景”之一。《原平县志》载：“因山顶奇峰并列，状似牙齿，故名天牙山。”山有奇石，风吹如擂鼓。石旁

有寺，为石鼓寺。

过阳武河

古人盛赞武河流， 我回原平故园游。
峰是当年仍苍劲， 溪至今日已污稠。
铁路公路穿峡岭， 煤车矿车堵阡沟。
企盼各业皆发展， 秀水清山万千秋。

注：阳武河为滹沱河支流。“阳武流金”为崞县八景之一。

神岩夜月

群岭睡卧听鸣泉， 独有岩松托玉盘。
长坡皓然万籁静， 探手广寒摘桂圆。

注：我回乡上云中山探矿，宿神岩壑。夜半起，见皓月当空，月亮之大、之亮、之近前所未见，令人心醉。

寻游崞山寺

访农问路驱车游， 层峦渐近南神头。
双溪交汇见云岭， 众殿溃废遗荒丘。

断壁依稀崞山寺，　残铃恍惚叠翠楼。
蒙恬有灵又何奈，　物移景非空悠悠。

注：“崞山叠翠”居崞县八景之首，且县由山得名。我少年外出，一直未临其山。近日借阅《原平县志》，方知其略，遂与友结伴寻游。相传秦大将军蒙恬在附近马头崖投崖自尽，后被当地乡民尊为“崞山大王”。

西神头大王庙古楸树

大王庙址空寂芜，　唯见古楸立浮屠。
百尺雄柯擎边塞，　十围壮躯镇北胡。
山崩地裂干犹劲，　雷轰电击枝未枯。
春秋代代传忠烈，　乡民至今念扶苏。

注：原平西神头有大王庙，相传秦太子扶苏被赐死后，乡民念其贤而忠烈，立庙尊为大王供祀。现大王庙已毁，唯数株巨木参天，有古柏，更有古楸树已逾千年而苍劲，实属罕见。

跌水崖

石神瀑布少时闻，　岁近花甲方登临。
双峰合抱摩牛斗，　一流飞泻散烟云。
长对苍翠空自语，　深锁幽谷难见人。

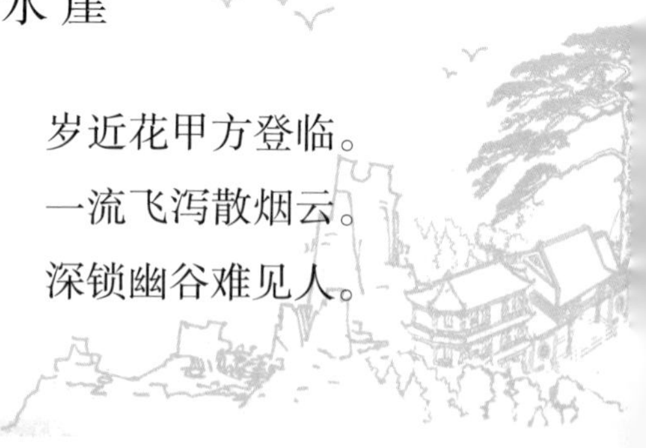

谁牵玉带穿山过，　游宾纷至现于今。

注：跌水崖“石神瀑布”属崞县八景之一，深藏于大山中。安泰公司正修筑从神岩壑至屯瓦村之山路，途经跌水崖，景区开发在即。

踏访“仙洞藏春”

踏青寻洞为探春，　南坡丘壑洞无痕。
登及崖顶参小庙，　不见居仙见蛇神。

注：“仙洞藏春”为崞县八景之一。县志记载仙洞位于南坡村附近。当地村民在相传巨蟒出洞的地方新建了蛇神庙，洞口已被封于庙下。

五峰山

东西南北中五峰，　老僧坐禅寿宁宫。
远眺滹沱垂柳绿，　近观香泉枕流空。
山花烂漫鸣野雀，　松枝摇曳戏长风。
静卧芳丛沐阳气，　尘梦醒时闻寺钟。

注：五峰山号称小五台。其“地角枕流”为崞县八景之一，可惜泉流已枯。

杨家祠堂

2005 年 5 月

满门忠烈卫北疆， 更有巾帼赛儿郎。
浩气千古昭华夏， 雁门关下祀祠堂。

注：杨家祠堂位于山西代县雁门关下鹿蹄涧，是杨家后人于元代为纪念宋代爱国将领杨业父子修建。

过宁武关

2005 年 6 月

长城盘绕锁乱山， 雉堞依稀带烽烟。
牧翁摇鞭犹传唱，“闯王倒取宁武关”。

注：宁武关同雁门关、偏头关为横亘晋北的内长城三关。李自成起兵东渡黄河后，从宁武关突破明军长城防线攻入北京。

续范亭纪念馆

2005 年 6 月

剖腹明志中山陵，　晋绥抗战献终身。
民族解放英灵在，　松柏气节第一人。

注:续范亭纪念馆位于原平市范亭中学校园内。续范亭,著名抗日爱国将领,山西崞县(现原平市)人。早年参加同盟会,任西北军参谋长。日军侵华后赴南京见蒋介石痛请停止内战一致抗日不允,在中山陵剖腹自杀。经抢救未死,后在山西同中国共产党合作组建新军,任新军总指挥。1940 年赴晋西北与贺龙领导抗战,任八路军晋绥军区副司令兼晋西北行政公署主任。1947 年病逝,毛主席送挽联:“为民族解放,为阶级翻身,事业垂成,公胡遽死;有云水襟怀,有松柏气节,典型顿失,人尽含悲。”

原平古庙会

2005 年 8 月

七月秋闲社火红，　原平庙会又欣逢。
物资交流土特产，　人文荟萃晋冀蒙。

摔跤盛赞挠羊汉，　看戏独爱小电灯。
老街广场人如海，　呼喝叫好到天明。

注：每年阴历七月二十二，我家乡原平都要举办古庙会，唱戏摔跤物资交流，非常热闹。家乡又称跤乡，非常盛行摔跤。“挠羊汉”是摔跤冠军。“小电灯”是当年北路梆子最受欢迎的演员，民间传“不吃猪肉炒蒜薹，也要听小电灯的咳咳咳”。

神岩鋆探矿遇暴风雪

2005年刚过中秋节，我和地质队在海拔两千米的云中山神岩鋆探矿，夜突降暴风雪，真切体验到唐诗“胡天八月即飞雪”之景

神岩探矿赏秋月，　一夜骤降漫天雪。
群峰莽莽复茫茫，　玉龙翻卷朔风烈。
钻机停转水冻结，　钻塔围帐尽撕裂。
工房旋飞墙板折，　大衣裹身冷似铁。
路封桥断车辙绝，　畜禽鸟兽行踪灭。
老天困我束手歇，　村民邀我情真切。
石屋暖炕盘腿坐，　山药莜面蒸不迭。
铁锅烩菜碗盛酒，　浮生谁得此怡悦！

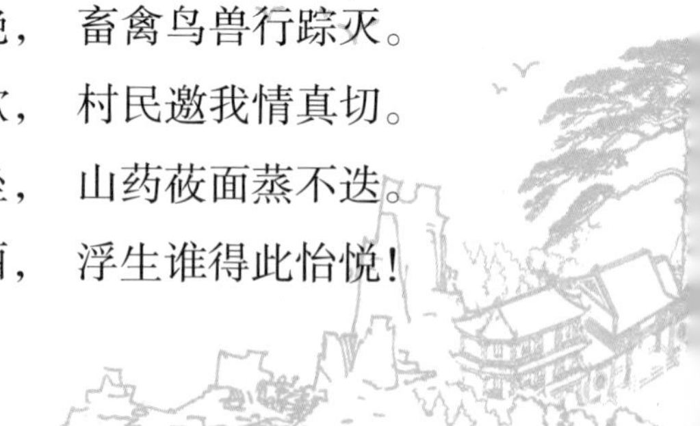

系舟山禹王洞

2007 年 5 月

系舟山高上青穹，　晋阳龙角谁铲平？
半腰深邃藏洞穴，　九曲回环与海通。
禹王治水来此住，　神龟怪蟹献琼宫。
隆冬洞内如春暖，　盛夏习习冒凉风。
色彩斑斓真秘境，　洞天山光画里逢。

注：禹王洞位于忻州系舟山，传说大禹治水曾系舟住宿于此，故名。又传晋阳城为龙城，系舟山为龙角。宋太宗为破其风水毁晋阳城，还把系丹山头铲平，谓“拔龙角”。然禹王洞深藏于半山至今，成为北方不可多得的旅游胜境。

蝶恋花·与亲友登云中山龙王垴

2007 年 7 月 14 日

笑语欢歌盘山绕，手拽白云飞上龙王垴。远望不知高多少，登临只见众峰小。

渐入仙境神缥缈,忽来雨风方觉情未了。争采奇花觅香草,童叟相戏有谁老?

注:龙王垴在我家村庄正西,高可摩云。携亲友登游。

秋游五台山

2007年中秋,与妻、妻弟及妻侄儿女一同陪平遥年迈的岳父母游五台山

金铺翠拥正中秋,　三代相携五台游。
禅林寻幽入溪谷,　灵峰探奇上岭头。
豆蔻红颜拜莲座,　耄耋鹤发步朱楼。
焚香祈佛佑二老,　寿比青山水长流。

晨登五台山东峰看日出

2007年中秋

一路盘旋跃朦胧,　及顶从秋入寒冬。
东望云海波平处,　喷薄日出满天红。

注:晨五时驱车上东台顶看日出,母亲也兴致勃勃地参加了。

从台怀镇上到东台顶，气候变化犹如从中秋进入数九寒冬。

灵泉寺组诗(6首)

灵泉寺(又名土圣寺)位于家乡原平阎庄村西云中山龙王垴下，风景优美，还有许多动人的传说。2005年春我曾作诗《重游土圣寺》，2008年3月带朋友再游

聚宝盆的传说

口口相传聚宝盆，　古刹僧侣有幸人。
暮割晨生草满甸，　早种晚收粟盈门。
防盗深埋松无顶，　肆虐滥伐树有根。
照山依旧千重翠，　林鸟翻飞何处寻？

注：传说当年灵泉寺僧人发现了聚宝盆。聚宝盆所在地，地里第一天割了草，第二天又长满；早上种庄稼，晚上即可收获。有贼寇闻讯前来盗宝，僧人们把聚宝盆埋在寺前照山松树下，并削去松顶做记号。事后满山松树都成了无顶松，聚宝盆却再也找不到了。“文革”期间，照山松树被砍伐殆尽。

渡仙桥

幽涧春色映斜晖，林峰拥翠斗芳菲。
漫步桥头心欲醉，不是仙人也神飞。

灵泉水

溢珠鸣玉出涓流，云中龙垴蕴源头。
松壑荫蔽消热恼，忘却红尘此中游。

万年冰

两山相峙郁葱茏，时见云气峡底生。
岭上黄杏迎炎暑，幽涧犹存万年冰。

自鸣晚钟

巨钟崔嵬立东峰，曾有僧指声自鸣。
七村轮番四月会，祈得年年五谷丰。

看花楼

看花楼上看山花， 姹紫嫣红蔚烟霞。
丹青绘得桃源景， 闲来入画是吾家。

跌水崖赏山桃花

2008 年 4 月于原平

重峦叠嶂云里排， 桃花漫岭红渐白。
春光无限写锦绣， 飞泉笑脸入画来。

注:上神岩壑铁矿途经跌水崖景区。适山桃花盛开,泉水与山花女娃相映衬,格外迷人。

黄河老牛湾

2008 年 6 月

黄河入晋第一湾， 悬崖峭壁夹险滩。
莽莽长城雄视北， 滔滔巨流折向南。
大坝横截万家寨， 平湖汇聚一水潭。

漫步高岗览古堡， 欲尝金鲤寻钓船。

注：老牛湾位于偏关县晋蒙陕交界，黄河与长城在这里相会。不远有万家寨引黄入晋蓄水大坝。午餐黄河鲤鱼味道鲜美。

老牛湾之歌

2008 年 6 月

黄河在这里拐了个弯， 长城在这里撒了个欢。
两条长龙戏宝珠， 宝珠镶在老牛湾。
长城东来到偏关， 黄河西来折向南。
拦河大坝蓄湖水， 塞上绿水映青山。
自古黄河富河套， 如今水泽晋阳田。
肩挑日月朝前走， 新时代的赞歌唱不完。

宁武游(4首)

2008年7月同安泰公司领导到宁武县芦芽山游览。这里集原始森林、高原草甸、汾河源头、天池、冰洞、奇石幽谷于一地,实属北国难得的风光胜境

汾河源头

楼子山高耸青松，　雷鸣寺下水雷鸣。
汾源泉涌蛤蟆嘴，　流膏沃野惠并城。

芦 芽 山

峭峰冲天似芦芽，　古松奇岩起岚霞。
高原草甸驰骏马，　风光瑰丽入仙葩。

万年冰洞

管涔山巍入鸿蒙，　酷暑深藏万年冰。
无底寒洞悬白玉，　分明北海水晶宫。

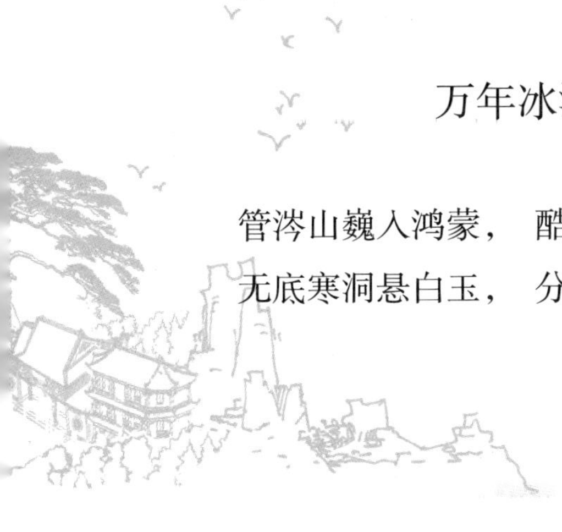

天　池

高山顶上水一泓，　葱茏四围漾清平。
无源不竭马营海，　残基草蔽汾阳官。

注:隋时曾在宁武天池建汾阳宫以避暑,不久被刘武周攻占烧毁。

金　山

2008 年 8 月

奇峰突兀势哪般？　云中牧马水双环。
六洞尘封谜故里，　时见云帽戴山尖。

注:金山立于家乡忻定盆地中央,形似金字塔。云中河、牧马河北南环绕汇入滹沱河。相传尉迟恭在山中开凿金银六洞以供军需,移走时封闭。民间流传“若要金山洞门开,除非尉迟转回来”。

重阳节登北天台山

2008年10月7日，值农历九月初九重阳节，与初中老同学白三虎、杨新晋、吕宝芳登代县北天台山，游赵杲观

几人登临北天台？　九九重阳携友来。
入沟满目红黄绿，　攀峰遍坡赭青白。
神笔巧绘秋林景，　花甲顿生少年怀。
你拉我拽歌和笑，　共与松鹤舞徘徊。

过雁门关(2首)

2010年10月26日

(一)

几经雁门未知门，　雨中山姑领登临。
长城久废犹百丈，　雄关蓦然立千寻。
将台依稀成往事，　杨家忠烈昭后人。
秋深不见南飞雁，　苍崖劲松傲霁云。

（二）

记得出塞雨纷飞，　云峰采菇淋蛾眉。
停车问寒请入座，　欢歌笑语顿生辉。
山姑带路游勾注，　峡岭寻关攀翠薇。
始睹雁门雄姿险，　至今难忘高俊梅。

注：雁门关位于勾注山巅。山沟有个仅有三户人家的村子，有女名高俊梅，和其母上山采蘑菇遇雨。我开车经过请她们进车避雨。母女为我带路始见雁门关。

阎锡山故居

2012年4月1日

“语不从容口不开”，　阎府家训妙语排。
脚踩三蛋持守土，　乱世难能亦雄才。

注：抗战初，阎锡山说自己在国民党、共产党、日本人之间求生存，好比踩在三颗鸡蛋上。

代州靖边楼

2013年7月2日

代州鼓楼高入云，　旌旗猎猎连雁门。
声闻四达靖边塞，　阅尽干戈化烟尘。

注:代州靖边楼是中国木质结构最高鼓楼,比天安门城楼高5.3米,比山海关靖边楼高13米,比嘉峪关城楼高17米,极为雄伟壮观。

平型关

2013年7月2日

抗日首胜平型关，　名震天下捷报传。
雄兵设伏布奇阵，　刺刀见红灭凶顽。
青山碧碧留浩气，　长城巍巍写诗篇。
今日争锋钓鱼岛，　旗扬东海待凯旋。

过忻口

2013 年 7 月 3 日

少时读书过忻口，　上下火车半山走，
只见漫坡遍沟猫耳洞，　又见锈刀炮壳子弹头。
常听老人讲南军，　忻口战场杀敌寇。
飞机大炮狂轰炸，　云中河里血水流。
我曾夜行见鬼火，　雷雨似闻杀声吼。
头皮发紧不退缩，　幻想参战斩敌酋。
后来一度很迷惑，　不知南军内情由。
再后方知南军是国军，　国共抗战此联手。
万千将士身殉国，　英雄壮烈辉千秋。
我为忻口而自豪，　纪念墙下泪暗流。
但愿两岸同胞牢记先烈志，　富国强兵手挽手。
陆台一统收钓岛，　五星旗红遍神州。

五台山登菩萨顶

2013 年 8 月 1 日于五台山

鹫峰攀顶百八台， 净土梵音我又来。
树托金莲浸银汉， 山挑青天片云白。
无垢无染无如著， 大彻大悟大圣裁。
静听佛经僧吟诵， 心灯常亮雨花开。

五台山晚归遇暴雨

2013 年 8 月 1 日

夕照晚归见奇观， 乌云蔽日染金边。
忽起狂风黄尘卷， 暴雨倾盆骤翻天。
恰似天河决堤腾巨浪， 携沙带石势无前。
冰雹砸顶如枪弹， 路断车停心胆寒。
直待雨弱寻归路， 一片汪洋何处还？

携老同学白三虎登陀罗山

2013 年 8 月 29 日

呼友登上陀罗山， 盘阶拄杖入云端。
北望莽莽龙王垴， 东览迢迢牧马川。
孤松已枯倚崖卧， 独石犹立映天蓝。
古寺残垣碑文在， 坐听林涛伴秋蝉。

注：陀罗山“孤松独石”为忻州古景之一。

陀罗山奇观

2013 年 8 月 29 日，在陀罗山顶蓝天之上，看到了高悬的半个明月，令人惊叹

秋高气爽艳阳天， 峰顶蓝空半月悬。
孤松独石挑日月， 延绵辉映万里川。

陀罗峰

——和元好问

2013 年 8 月 30 日

幼闻陀罗六十年， 老来寻攀续前缘。
松涛劲风鸣秋韵， 艳阳明月挂蓝天。
登峰放怀情难已， 卧岩闭目心泰然。
寺残石立灵源在， 古胜待来谱新篇。

附：元好问《陀罗峰》

念念灵峰四十年， 一来真欲断凡缘。
凿开混沌露元气， 散布兜罗弥梵天。
云卧无时不闲在， 楼居何处得超然。
殊祥莫诧清凉传， 会与兹山续后篇。

跌水崖山杏花

2014 年 4 月 6 日于原平

峰峦涌动起波涛， 花海浪漫泛白潮。

登高放眼心迷醉， 误认春寒雪未消。

一览阁

2014 年 6 月 7 日

油篓山上一览阁， 对望天牙横看河。
麦苗稻秧阡陌绿， 碧水长桥车马多。
天风徐来送清爽， 地气勃发腾浪波。
神笔难描眼前画， 唯敞情怀放声歌。

白仁岩禅寺

2014 年 6 月 8 日

远公讲经说法台， 千六百年我寻来。
空山围绿回鸟语， 仰见白莲云上开。

注:代州白仁岩禅寺背倚恒岳西脉,东邻雁门雄关。晋代高僧净土宗初祖慧远大师系山西原平人,于公元 359 年在此建寺,开辟了他修身说法的第一道场。

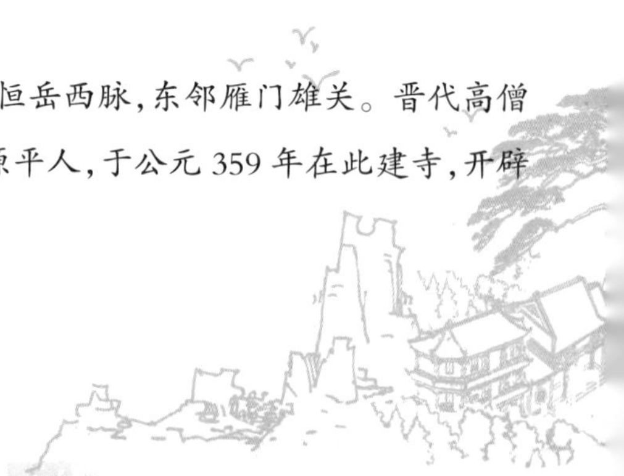

朦腾沟吃杏

2014 年 7 月 1 日于原平老家龙王垴下朦腾沟杏林

龙王垴下小山庄，　沟林十里大杏黄。
枝头硕果欲垂地，　树底清溪亦流香。
轻摘一嘬皆汁水，　任选百尝赛蜜糖。
惜愁带走最难事，　皮薄肉软怎装箱？

繁峙望友

2014 年 7 月 4 日与老同学郭耀庭相会于繁峙县城

“十山九无头，　滹沱水倒流”。
繁峙望老友，　山水笑语稠。
少年声相应，　老仍气相投。
回乡怀旧谊，　驱车会鼓楼。
入林吃大杏，　相伴滨河游。
畅谈往来事，　豁达乐无忧。
憾餐不沾酒，　豪情自敛收。
共勉身康健，　相约聚介休。

五寨游芦芽山荷叶坪

2014 年 8 月 2 日

一阵阴雨一阵晴，　爽风送我上高坪。
泉水潋滟洒沟底，　山花烂漫铺顶峰。
草甸连天白云淡，　松林盖壑墨叶浓。
返程忽见岩若虎，　方觉氤氲蕴神灵。

天牙山独好阁

2014 年 8 月 22 日于原平

滹沱夕照天牙红，　石鼓寂寂望西风。
秀莲曼妙形胜里，　险峰崔巍画图中。
古刹千秋尊介子，　邑民万代传孝忠。
南来北往白云客，　独好阁上咏秋声。

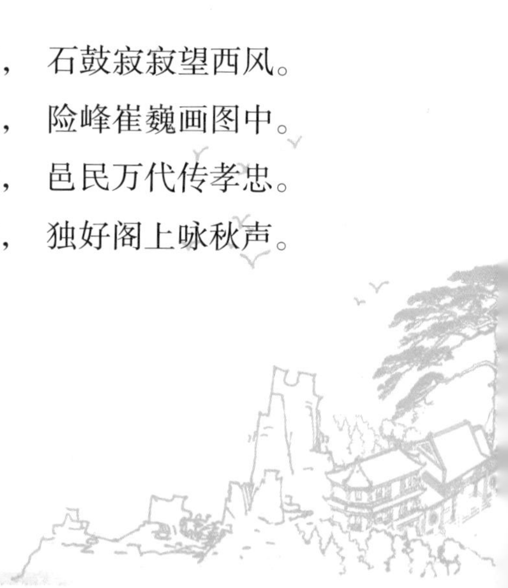

携老战友晋北游(6首)

2014年9月下旬，原北京军区炮十六师宣传队老战友相聚晋北，由我安排游玩

携老战友游五台山

山名久在《华严经》， 蒙蒙秋雨凉似冬。
绝顶生花云五色， 深树流泉岭千重。
智化文殊乘猊背， 敕建金阁笼松风。
灵境津门千里远， 河海绵连此心通。

龙泉寺九龙缸

一泓玉液九龙缸， 林壑生津漾灵光。
不盈不涸清甘洌， 怡神益寿永流芳。

五台山聚

战友深秋游五台， 雨中欢歌笑语来。
夜宿龙泉日暗隐， 晨上东台眼豁开。

朱楼钟响松峰翠，　碧嶂云涌院塔白。
诚敬菩萨香一炷，　同享康乐共消灾。

五台山文殊院

华北清凉第一山，　山含碧翠云吐烟。
谁省文殊无穷智，　圣迹随步绽金莲。

管涔山国家森林公园

跨越滹沱过云中，　西行登望芦芽峰。
金秋万山呈异彩，　战友九人抒豪情。
管涔林海传笑语，　马仑草原放歌声。
茅店品茶食野味，　余生会当几忘形。

登雁门关

云腾雾浮笼雁门，　峰尖缥缈若星辰。
城楼耸峻插穹宇，　将台恢宏点雄军。
一门忠烈杨家将，　百代英豪后来人。
触景生情众战友，　豪歌高唱遏行云。

携老同学三虎、新晋游静乐天柱山

2014年9月29日重阳节

北天一柱凌上苍， 灵霄金殿隐松岗。
幽涧品饮龙泉水， 汾畔聚餐土饭庄。
羊肉豆腐殊有味， 莜面山药格外香。
返程留影悬钟下， 老友欢欣度重阳。

静乐悬钟山

2014年9月29日

谁竖奇石云顶峰， 恰如巨钟悬半空。
憾锁深山人知少， 静看霜野染秋红。

寻游元好问墓及野史亭

2014年11月20日同老友梁国泰、薛斌等赴忻州韩岩村寻访元好问墓园

情为何物惊世间， 生死相许恸长天。

哀肠九迴悲日月，　长歌一曲荡人寰。
身浮沧海修亡史，　文展中州举宗贤。
黄尘老尽英才路，　远目归鸿望遗山。

注：元好问，号遗山，秀容(今山西忻州)人。金元诗坛巨星，文坛领袖。曾在金朝为官，元灭金后不仕元，但不避个人恩怨，上书元相举荐众多文人，又开元曲先河，并致力于《金史》搜集整理，潜心著书立说，为金元文化做出了巨大贡献。其作《雁丘词》中“问世间情为何物，直教生死相许”震撼人心，成为爱情悲歌的千古名句。

貂蝉故里

2014 年 11 月 20 日，同老友到忻州木芝村寻游貂蝉墓

闭月倾城话貂蝉，　为国除贼入连环。
何言秀容无好女？　名著三国千古传。

奇村温泉

2014 年 11 月 21 日

东靠金山西望峰，　奇村奇水冠云中。
胸隆平野双峦秀，　乳丰丘凹一湖澄。

热流地涌汤池暖，　好客鱼游泳馆红。
旧地重来携众友，　沐浴休闲好梦中。

注：忻州奇村距我老家十余里，有双乳山、双乳湖、龙泉寺，景色秀美。地下温泉热流充盈，水质至优，是休闲度假的好地方。

双乳湖

2014 年 11 月 22 日于忻州奇村

谁绘三奇美人图？　双乳山伴双乳湖。
峰绽春蕾地挺秀，　水聚秋波天降姝。
群鱼欢戏青影动，　轻舟荡漾云汽浮。
游罢拈香龙泉寺，　菩提树下结真如。

三奇赞

2014 年 11 月 23 日

傲赞奇村有三奇，　奇山奇水人亦奇。
沃野双丘踞古寺，　林壑一湖隐菩提。
泉涌地热消闲处，　浴疗池暖养身时。
更夸跤乡好儿女，　英雄夺冠万人迷。

河曲娘娘滩

2015 年 8 月 29 日

九曲黄河第一滩，　薄后汉文圣迹传。
激流奔腾下龙口，　长城崔嵬立山巅。
水面微澜围绿岛，　世外浓荫笼桃源。
会交三省融情地，　民歌如海唱不完。

注:河曲县黄河娘娘滩曾是汉文帝之母薄太后栖居地。

西口古渡

2015 年 8 月 29 日晚于河曲县城

黄河之水天际来，　西口古渡舟船排。
北通阴山连蒙境，　右接宁夏设宣差。
昔年青壮离乡走，　今夜灯花待河开。
忽来风雨皆流逝，　闭目闲听二人台。

探游弥佛洞

2015年8月30日于河曲县石城村黄河峡谷

悬崖险径惊断魂，　下临黄河百丈深。
鬼斧凿得弥佛洞，　释道同佑四方人。

晋西北新黄土谣

2015年8月31日于保德县

“河曲保德州，　十年九不收。
男人走口外，　女人挖苦菜。”
一曲走西口，　无数民歌手。
几支黄土谣，　传唱到今朝。
今看黄河边，　旧貌换新颜。
地下出乌金，　荒岭披绿林。
古边通高速，　长桥飞古渡。
高峡聚平湖，　自驾有通途。

石鼓寺寒食清明庙会

2016 年 4 月 4 日

天牙山下柳芽黄，　鼓乐喧天祭祠堂。
寒食清明年年会，　老戏社火岁岁狂。
精忠纯孝铭介子，　御寇拯灾尊大王。
乡俗长存浩然气，　千古不移是吾乡。

注:原平天牙山石鼓寺供奉着介子推。据碑文记载,介子推曾显灵为当地乡民御寇赈灾,乡民将介子推尊为石鼓大王。每年寒食清明节,乡民都要在石鼓寺举办庙会,闹社火、唱大戏、挂旗献匾,隆重祭祀介子推。

普济桥

2016 年 6 月 10 日

崞阳城外普济桥，　千年车辙刻石条。
券洞一汪清川水，　微澜倒映柳梢摇。

注:普济桥位于原平市老崞县城,系金代所建拱券石桥,为省重点文物保护单位。

寻游秘魔岩

2016 年 6 月 11 日繁峙老同学郭耀庭带我寻游秘魔岩

繁峙寻游秘魔岩，　驱车深入大山间。
三面绝壁拥古刹，　四围苍松指穹天。
危崖密林隐龙洞，　曲径高幽苦登攀。
饥渴难挨腿发软，　野杏摘食涩亦甜。
及洞无洞见石缝，　龙嘴滴水岩为檐。
摩崖石刻佛陀坐，　群峦涌波脚下延。
魔力何为秘何是？　行程尽处静参禅。

夜宿汾河源头

2016 年 8 月 10 日晨作于宁武东寨镇

翠峰红楼入初秋，　汾泉由此日夜流。
鸣琴仙乐催眠睡，　醒来晨起看源头。

宁武马伦草原

2016 年 8 月 10 日

穿林登顶看草原， 半天浓雾半天蓝。
绿茵舞动红衣女， 云腾不见芦芽山。

宁武悬空村

2016 年 8 月 11 日

头枕青山脚悬空， 庐舍隐现白云中。
土茶一壶当琼浆， 笑同驴友饮几盅。

同川赏梨花

2017 年 4 月 21 日

结伴回乡踏晚春， 兴赏梨花醉芳心。
千层丘壑翻雪浪， 一片欢声焕童真。

注：原平同川梨久有盛名，谷雨刚过阴转晴，与农机校老同学欢聚老家原平同川赏梨花。

徐向前元帅故居

2018年6月28日

文山脚下滹水滨，　农舍书香耀寒门。
投笔从戎经百战，　挥师决胜统千军。
开国勋著列元帅，　毕生谦正为人民。
河边永安隔数里，　时有英雄世所尊。

注：徐向前故居位于山西省五台县东冶镇永安村，与阎锡山故居河边村相隔十数里。1901年徐帅出生于此。由于年久失修，故居早已破落。徐帅去世后，当地集资恢复了故居原貌。房屋占地面积216平方米。

晋 中 市

绵山游(9首)

1980年9月中旬，同晋中地区宣传部、文化局、报社及县博物馆诸同志介休游绵山

西江月·从兴地村登龙头寺

当面绝壁千仞，凌空雄踞龙头。白云生处涌碧流，注入风禾烟柳。

待到攀及峨顶，顿觉肩摩斗牛。山川壮色尽眼收，谁称丹青炒手？

注：介休八景有“绵山晚翠”。登绵山首登龙头寺。

龙头寺眺望

奇峰突峙柱苍穹，骋怀极目览无穷。

沃野似锦延天际，　汾水如练系介灵。

稻粱千顷风卷绿，　烟云万缕日照红。

空王应悔隐身去，　何若揩民施善行。

注：相传唐代高僧田志超(人称田善友)由此入绵山隐化，被唐太宗封为空王佛。

水调歌头·抱腹岩云峰寺

石磴攀云立，百级入空灵。重峦叠嶂环抱，奇岚绕青松。忽见巉岩躬处，巧缀朱阁一角，幽窟嵌金容。恍见当日境，海会何火红。

追往事，惜流景，叹凋零。怅眼惆对荒寞，不见抱琴僧。颓垣依稀炽烬，残碑赫然标语，长叹意难平。何日重修建，古胜谱新声。

注：抱腹岩云峰寺介休八景称“抱腹慈云”。抗日战争时期日军上山扫荡尽毁寺庙。“文革”时期再遭劫难，极“左”标语仍在目。

望江梅·回头望柏龙

回头看，崖半柏如龙。黛叶两片支龙角，枯根一曲蟠身形。风来自飞腾。

望江梅·蜂房泉

中岩秀，苔苞吐灵泉。乳滴蜂房泛霓霭，珠落玉盘奏鸣弦。一饮赛真仙。

注：蜂房泉俗称“母奶头”，数个苔苞悬于绵山绝壁上，长年滴水。介休八景称“乳滴蜂房”。

庆东原·五龙峰

才下五龙殿，又过五龙峰。没来由怒母掀巨岭，反落个点石难动。

千百载无情风雨，默然对密绿疏红。任凭那过客漫指评，无奈何列队礼迎送。

注：相传五龙圣母与空王佛下棋输掉绵山。其五个儿子怒推悬崖欲压空王佛，被空王佛点化为五座石峰永不能动，是为五龙峰。

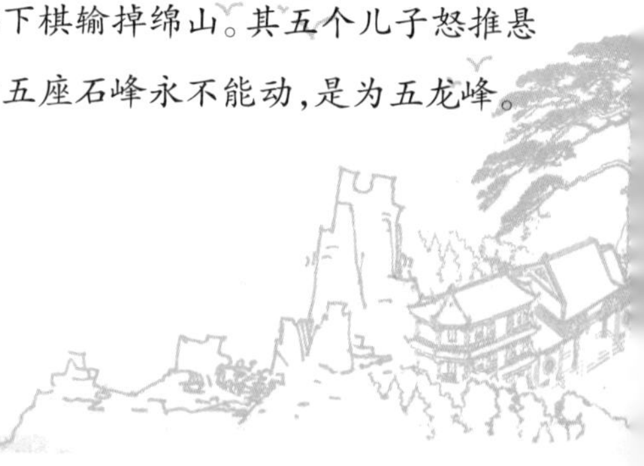

鹧鸪天·过鹿桥兔桥

少时曾吟“蜀道难”，今临飞栈绝崖悬。上窥青冥天一线，下俯深涧浪百旋。

身已过，胆犹寒，凭栏静听草虫喧。鹿兔形迹今何在？渡桥佳话万古传。

注：相传空王佛入山时行至绝险，得兔、鹿前导，化桥而渡。介休八景称“桥横鹿岸”。

艾蒿坡小憩

游人几到艾蒿坡？　芳草幽馨沁心窝。
坐看屏岭层林翠，　渴饮清泉满溪歌。
朱帕戏水波光乱，　银镜摄影笑语多。
手掐山花入图画，　江南春景又若何。

注：艾蒿坡在云峰寺以内相去数里，为栈道与涧溪交会之处，景色最为优美。

如梦令·艾蒿坡溪边小照

青峡一抹斜照，花香鸟语溪闹。掬水洗襟尘，忽见银光闪耀：“快笑，快笑，这个镜头准妙！”

注：晋中报摄影记者逗笑抢拍镜头。

史 公 塔

1980 年 10 月 14 日

倏忽四百八十冬，　雄峙乾方凌碧空。
历世几经衰而盛，　治邑谁评过与功？
也曾有为创新业，　未尝不肖吃祖宗。
长信人心明似水，　乡民至今念史公。

注：史公塔位于介休城西北八卦中乾方位。史公名记事，为明代介休县令，在任兴利除弊，造福一方。去世后乡民建“史公塔”以纪念之。

双林寺彩塑赞

1990 年 6 月带安泰公司贵客赴平遥游双林寺

唐碑宋槐立双林，　彩塑精绝天下闻。
武中蕴文韦驮像，　刚里含柔护法神。
飘带萦绕张曲线，　神情凝动慑灵魂。
慨叹匠师埋名姓，　美院纷沓有传人。

登平遥古城墙

2009 年 2 月

龟城箭楼铭贤人，　万千游客只纷纭。
登高回首当年事，　红海洋里染青春。

注：平遥城墙平面呈乌龟形，上有 72 座箭楼，代表孔子学生中的七十二贤人。1966 年“文革”时，我在山西省农机校（校址平遥）。1970 年离校入伍。

登尹吉甫点将台

2009 年 10 月 24 日

古城高登点将台， 铁马已然黄土埋。
旧迹今朝做遗产， 吾爱清风颂穆来。

注:平遥东城墙上有尹吉甫点将台。尹吉甫是西周中兴贤相，曾带兵出征来自北方不断威胁周朝的猃狁,获大胜,并且在平遥筑城驻防,被奉为“平遥建城之祖”。

尹吉甫更是流传后世的《诗经》的总编纂者,所以又被尊称为中华诗祖。晋代谢安曾问他那位咏雪吟出“未若柳絮因风起”的侄女谢道蕴:“《诗经》何句最佳”?道蕴答道:“吉甫作颂,穆如清风。”

随李安民董事长游绵山

2010 年 5 月 28 日,安泰公司李董应绵山开发者阎吉英邀请上绵山游玩。八年前阎回村当村长,借机阻挡安泰公司发展占地而严重对立

曾起狂飙卷义安， 相跨八年约绵山。
清风细雨迎稀客， 秀水碧峰展欢颜。

早知今日宜握手， 何必当初莽出拳。
世道从来和为贵， 登高更上一层天。

重阳节登银锭山宏济寺

2010年10月

一年一岁又重阳， 登山览胜携高堂。
古寺龙兴展宏济， 雄塔唐立颂秦王。
汾水南下穿峡谷， 太岳横亘入苍茫。
放眼沃野丰收景， 老犹健步乐安康。

注：重阳节同妻和内弟夫妇护年近八旬的岳母登介休银锭山。山上宏济寺有高塔，系为颂扬秦王李世民在山下大败刘武周军队并收服尉迟恭而建。汾河水从山脚南下冲出灵石口入晋南。

白云寺

2011年7月，参加平遥文艺轻骑队成立35周年老队员聚会，餐后同游白云寺

白云寺顶无白云， 就岩起屋入丛林。
禅窑圣殿清幽地， 师生留影在山门。

石膏山

2011年10月16日同介休摄影协会诸友到灵石游石膏山

金秋探胜石膏山，　满目风光色斑斓。
奇峰千仞矗云岳，　巨岩三叠悬洞天。
岚生虎壑盘萝道，　涛起龙崖泄林泉。
孤楼飞瀑藏幽谷，　未遁仙庐也结缘。

平遥古城市楼

2012年正月于平遥

金井市楼入霄空，　商铺挨门竞繁荣。
长街漫步鸡市口，　东庙西衙是古城。

天峻山文峰塔

2012年6月9日，携安泰公司众老随李董登介休天峻山

天峻山雄立南屏，　山巅尖塔谓文峰。
塔耸云端直似笔，　路盘松岭曲如绳。

登高尽览定阳景，　建树为兴学士风。
层林翠嶂氧吧美，　又见驴友队红旗。

介休秦柏

2012年8月15日

撑天盖地立高岗，　云低野阔顾茫茫。
枝柯戟列千尺短，　躯干合围百丈长。
雄如龙虎踞丘壑，　势若蛟螭腾上苍。
嗟呼天下第一柏，　亘古无言伴禅房。

注：介休秦柏岭有秦代古柏，实为“华夏第一柏”。是日同初中学友游观。

也说晋商大院

2012年8月21日

回顾明清说晋商，　富可敌国盛名扬。
海禁难行开驮道，　票兑汇通铸辉煌。
诚信拓展堪称颂，　沧桑没落足悲伤。
伟业俊杰今何在？　万千游人看高墙。

注：身居晋中，遍游祁县乔家和渠家、榆次常家、太谷曹家、平遥票号、灵石王家等晋商大院，感慨颇多。

重阳节安泰众老游红崖峡谷不行谒介山子推林

2012年10月23日

重阳晚秋翠几重，　安泰众老游兴浓。
驱车直奔红崖谷，　谁知降雪路难行。
冰滑崖险登不得，　转游绵上又一峰。
介山苍柏掩神道，　子推祀庙铭高风。
寒食禁火已作古，　忌坂远望建新城。
背靠青山留影照，　分明一丛不老松。

史公塔赞

2012年11月16日

当年自考敬史公，　塔下攻读心意明。
清风柳丝翻书页，　晨曦啼鸟驱倦容。
解题何烦百般记，　应试从来一卷通。
长信北坛灵气在，　羽球健步放歌声。

重访大寨

2013 年 5 月 20 日与战友们访大寨，拜见了老英雄宋立英并合影

太行山脉虎头峰， 四十年后我重登。
眼前又见狼窝掌， 窑洞再会老英雄。
红浪滚滚已远逝， 绿树葱葱跨时空。
永贵坟前拜三拜， 擎天松劲永长青。

太岳顶峰牛角鞍

2013 年 6 月 4 日携安泰公司众老赴灵石红崖峡谷，登上太岳最高峰牛角鞍

四望群山碧浪平， 天低云近脸生风。
顿觉胸襟阔如海， 方缘太岳最高峰。

登峰有感

2013 年 6 月 4 日作于太岳牛角鞍

登山趣在路不平， 林深泉细听鸟鸣。

上得顶峰忽冷战， 人到高处也招风。

张壁古堡

2013 年 8 月 17 日介休

三面深沟背靠山， 城堡地道环套环。
攻守兼备谁布阵？ 尉迟敬德千古传。

平遥游孟山

2014 年 5 月 2 日

穿过超山登孟山， 山路盘旋复盘旋。
层林渐密千峰翠， 丁香怒放百花鲜。
偶见老窑石板屋， 长伴岩松细流泉。
驱车远上三界寺， 方觉初夏有晴寒。

注：三界寺正名永寿寺，因位于平遥、沁源、武乡三县交界处的孟山之巅而俗称如是。

过韩信岭

2014年8月17日

灭楚兴汉世英豪，　成也萧何败也萧。
兔死狗烹时悟晚，　何如范蠡乐逍遥。

注：太岳山灵石境有韩信岭，岭上掘现“淮阴侯墓”碑。据说当年吕后诛韩信后，将其首级快马北上送至山西报率军平叛的刘邦。刘邦洒泪将韩信首级就地葬于韩信岭。

再游绵山

2014年10月24日

半世结缘此云峰，　车行不再险攀登。
前山峭岩堆寺庙，　后沟林泉隐涛声。
曾遭扫荡仇敌寇，　今逢开发赞阎公。
喜忧净土复何在，　幽涧深树听鸟鸣。

春携国泰、平生诸老友
游平遥镇国寺慈相寺

2015 年 4 月 23 日

才观千年万佛殿，　又瞻九级一浮屠。
漫野梨树花藏雪，　春光笑脸蕊里浮。

南庄古村落

2015 年 7 月 8 日应邀参加介休南庄旅游开发座谈会即席作

古庭古韵见南庄，　绵山山麓隐凤凰。
武镖阴氏独一府，　文举张家十八堂。
林垣水库多游趣，　瓜果血桃好品尝。
大美乡村今揭晓，　人间此地蕴天堂。

云簇湖

2015 年 10 月 2 日与家人游榆社云簇湖景区

远山倒映云簇湖，　潋滟游船入画图。

水天微茫闻飞雁，　烟岚浮动掩柴庐。
碧林幽径通荷苑，　小店鲜鲤伴酒壶。
硕果收摘梨花岛，　阖家欢悦漾秋浦。

观玄神楼有感

2015 年 12 月 2 日

高楼雄峙冠中州，　楼底通衢车马流。
古建奇称谁识体，　今人歪解我摇头。
潞公何祀拜火教？　县志无称“祆”神楼。
应复邑史原面目，“玄神”异彩引胜游。

注：介休城区有玄神楼，县志记载为介休“三贤”之一的宋代名臣文彦博所建。

蝶恋花·张壁古堡聚会

2016 年 2 月 20 日

正月新春聚古堡，论古谈今，雅兴知多少？“知彼”微友留影照，细品长赋夸楚翘。

酒桌觥筹真热闹，我歌她和，举杯开怀笑。张总编词齐喊妙，共祝猴年好运到。

洪山源神池古庙会

2016 年 4 月 9 日，为农历三月三，作于介休洪山

“三月三，骑上毛驴赶洪山。”
千年古镇古庙会，　万众蜂拥看神泉。
胜水流膏十万亩，　富泽定阳米粮川。
痛惜改革三十载，　亿年胜水断涌泉。
水流干枯庙清冷，　源池裸露乱石滩。
唯留集市仍火爆，　长街排棚摆货摊。
商品缤纷多丰富，　男女接踵互摩肩。
我等游玩多尽兴，　宋师家中共午餐。
小九开车出古镇，　夺路堪比突围难！

源神池叹

2016 年 4 月 9 日

鸑鷟远去神泉枯，　胜水空空留画图。

膏源断流谁之过？ 怅然四顾忆当初。

注：介休洪山源神池古称“鸑鷟泉”。鸑鷟是一种水鸟。

左权访麻田八路军总部旧址

2016 年 6 月 21 日

抗日烽火燃太行， 群峰怒立举刀枪。
英雄血染清漳水， 民族解放铸华章。

介休北辛武古琉璃牌楼

2016 年 9 月 22 日

琉璃牌楼太和岩， 五彩夺目何壮观。
汾川沃野生宝地， 太极真宰立玄天。
净乐钟灵岂三二， 紫气飞腾有万千。
欣游介休北辛武， 赏心结友贵忘年。

注：携东北远道而来的忘年新友连达到介休北辛武村，观全国重点文物保护单位太和岩琉璃牌楼，连达作画我作诗。

冀家大院

2016 年 9 月 22 日于介休北辛武

晋商辉煌有冀家， 老宅虽败隐雄华。
雕梁画栋风骨在， 慧眼识珠待开发。

重阳雨中登云龙山

2016 年 10 月 9 日

东入太行探云龙， 重阳遇雨又登峰。
重峦叠嶂云霄外， 金瓦朱墙烟树中。
幽泉泻玉谷鸣翠， 林海翻波崖缀红。
攀顶逐阶到龙柱， 开云现日浴松风。

注：云龙山位于太行腹地和顺县城西。重阳节携友登游，初有细雨，到半山观景亭雨停，登顶达九龙柱淡云现日。只见群山滴翠，松涛涌动，令人心旷神怡。

常家庄园

2017年7月29日

一家庄院一本书，　百顷园林百幅图。
茶驮商道驰万里，　“八可”怡然胜樵苏。

注：山西榆次常家开创中欧茶驮长路，遂成晋商巨贾。其营造的常家庄园，集北方厚重与南方灵秀于一体，为可居、可读、可修、可思、可赏、可游、可悦、可咏的“八可”庄园，可谓华夏民居之大观园。

携成义、春生诸友
游寿阳方山国家森林公园

2017年8月3日午后作于寿阳县方山寺

当年并肩赴狂澜，　今日结伴游方山。
五台南埵形胜地，　三晋东隅秀美天。
神蝠振翼凝紫气，　白龙蛰伏吐清泉。
循径穿林入朱寺，　饥餐素斋又修禅。

祁寯藻故里

2017 年 8 月 3 日作于寿阳县

循循三帝师，　堂堂一儒宗。
福山蕴灵秀，　寿川育豪英。
凤嶂林水绕，　甲第星月明。
何由兴土木？ 厚德自遗荣。

注：祁寯藻，山西寿阳人，官居大学士、首席军机大臣。曾先后为清道光、咸丰、同治三位皇帝授课，史称“三代帝王师”。

同安泰众老游汾河湿地公园

2018 年 4 月 11 日

萝黄柳翠桃花红，　湿地公园入朱亭。
夹道石刻书雅致，　平湖镜映塔玲珑。
一伙老童弄弦语，　几个春朋放歌声。
天蓝云淡尘嚣远，　朴野消闲近壶蓬。

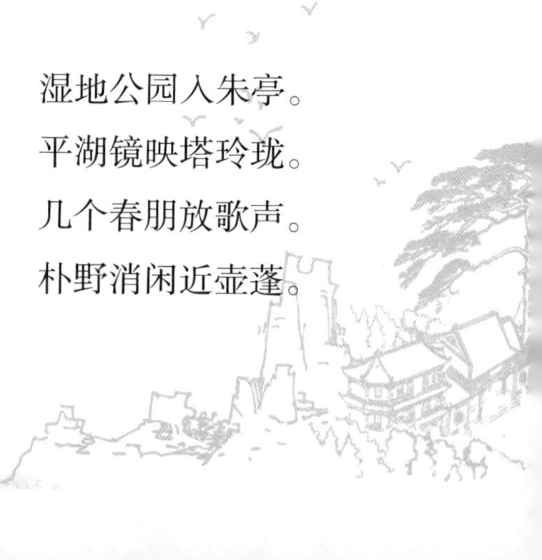

再游石膏山

2018 年 5 月 24 日

初夏又游石膏山， 溯溪观瀑看龙泉。
缆车停电未登顶， 穿林涉水亦怡然。

天峻山拓碑远望

2018 年 5 月 31 日携“知彼”群主、忘年友陈全等人登天峻山文峰塔拓古碑

负重登游天峻山， 文峰塔巅展汗颜。
南望太岳层层翠， 北览定阳浩浩蓝。
渴饮饥餐呼老索， 爬梯拓碑靠陈全。
身累乐行兴文事， 倍觉胸海比天宽。

登游凤山

2018年6月3日携安泰众老游太谷凤山。山顶有雁行三塔，始建于唐。午后游城内古楼、无边寺、孔祥熙家院。无边寺白塔为太谷城标志性建筑

凤山绝顶飞凤凰，　杳暝突兀凌青苍。
天坠峦崖形双翼，　唐立浮屠雁三行。
香刹几经恶战火，　胜境重现好时光。
餐后悠然逛太谷，　无边白塔日月长。

探游龙脉沟

2018年8月5日应张壁任经理之邀，同热心于张壁旅游发展的诸友，从明月湖经龙脉、独牛数沟林间溯源而上，探游围绕古堡沟峪拟开发的新旅游线路景观

张壁古堡世属殊，　崖底深藏美画图。
峡沟双叉入龙脉，　细流三迭汇明湖。
绿荫幽径茂芳草，　清溪碧潭竞菖蒲。
夏日休闲好去处，　林间步道待成途。

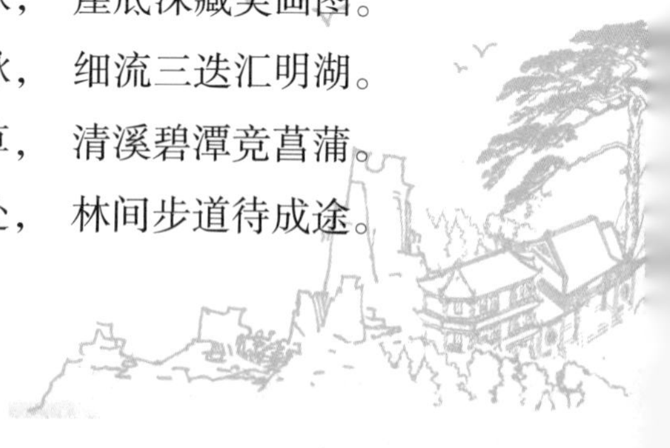

夏门古堡

2018年10月27日

健步登临百尺楼，　汾曲霜林漫坡秋。
夏禹山门开断壁，　灵石峡口泄洪流。
依岗傍水建城堡，　层窑叠院上龙头。
莫怪今人迁低处，　看秦王岭旧迹留。

注： 灵石夏门古堡建于明清，主要建筑集中在秦王岭龙头岗上。其中百尺楼以峭壁为靠，以汾河为险，造型奇特，气势不凡。传说夏禹在此开山凿峡，“打开灵石口，空出晋阳湖”。人们为纪念夏禹功绩，将此地命名为夏门。

吕　梁　市

游凤山道院

——和陈抟《归隐》原韵

2007 年 4 月

凤山寻胜掸烦尘，　情迷希夷趋步频。
敢断乾坤敢赌岳，　不图富贵不嫌贫。
坠驴贺主真奇士，　鼾睡醉生是仙人。
丹岫琼阁隐云洞，　轻烟细柳沐阳春。

附：陈抟诗《归隐》

十年踪迹走红尘，　回首青山入梦频。
紫绶纵荣怎及睡，　朱门虽富不如贫。
愁闻剑戟扶危主，　闷听笙歌聒醉人。
携取琴书归旧隐，　野花鸣鸟一般春。

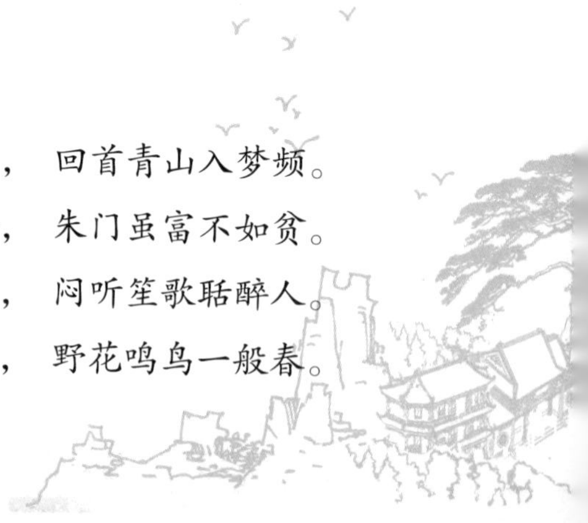

注：离石凤山道院是为祭祀宋代道祖陈抟和其门徒孙云际而建。陈抟，唐末宋初之际道教学者，曾隐居于武当山、华山。传说与赵匡胤下棋赢得华山。赵匡胤黄袍加身后，他大笑坠驴以贺。他辞官不就，著作颇丰，还以大睡"百日不醒"闻名于世。宋太宗赐号"希夷先生"。

卦　山

2009 年 5 月 15 日

八峰耸峙呈卦山，　钻岩抱石柏参天。
千姿万态皆南倾，　诚迎忠魂归故园。

注：卦山柏、黄山松为天下奇观。

玄中寺

2009 年 5 月 15 日

古刹钟声撞梵宫，　石壁嶙峋拥玄中。
西方圣林一净土，　时有东邻拜祖庭。

注：玄中寺位于交城西北石壁山上。从北魏到隋唐，佛教弥陀

净土信仰由此开宗立派，远播日本、朝鲜。这里也是电影《古刹钟声》的取景拍摄地。

北武当山

2009 年 5 月 16 日

玄极北立望奇绝，　一千六百上天阶。
脚下林涛腾龙虎，　头顶崖峰跃龟蛇。
背倚青松留佳照，　手掐鲜花唱山歌。
忽来雷电挟风雨，　树荫撑伞步当车。

注：北武当山位于吕梁方山县。上峰顶须登一千六百四十余级石阶。峰顶有仙龟、神蛇巨石，左右有青龙、白虎二峰。

碛口古镇

2014 年 10 月 17 日

依山襟水店铺繁，　虎啸龙吟送迎船。
九曲黄河第一镇，　二碛丰埠数百年。
航道驮队通南北，　涛声岳色伴暑寒。
惜昔商贾如云地，　今人访古望夕烟。

注:碛口位于山西临县湫水河汇入黄河处。古镇背依卧虎山，头顶黑龙庙，湫水因山洪带入黄河沙石，形成大同碛麒麟滩，礁多而水急浪高，船筏难行，碛口遂成为黄河北干流上航运的中转站而兴盛数百年。

在刘胡兰雕像下

2014年10月20日

吕梁松青，汾畔花红。　云周西村，豆蔻女英。
为求解放，投身革命。　忠诚于党，不怕牺牲。
面对顽敌，从容淡定，　铡刀血染，浩气如虹。
惊天泣地，巾帼英雄。　生的伟大，死的光荣！

武则天故里

2014年10月20日

万木霜红浪漫时，　驱车独自访南徐。
吕梁山脉冲天宇，　文峪河水聚龙池。
亘古谁登女皇座？　于今尚留圣母祠。
伟业何虑碑无字，　坤元绝代著史诗。

注：武则天故里在山西省文水县南徐村。这里右依吕梁山，左伴文峪河，村中则天圣母庙为全国重点文物保护单位。

赴岚县白龙山

2016 年 5 月 12 日

晨起风狂雨涟涟， 约友驱车奔岚山。
天开日出乌云散， 峰碧云白太空蓝。
拄杖拾级登阁庙， 观景拍照赏林峦。
饥餐莜面大烩菜， 一碗泉水好甘甜。

白龙山赞

2016 年 5 月 12 日

曾有县令大兴工， 凿泉抗旱化白龙。
布云播雨八方绿， 降福消灾五谷丰。
但见奇峰涌秀水， 满目岚光绕青松。
乡邑年年祭神庙， 好官永在民心中。

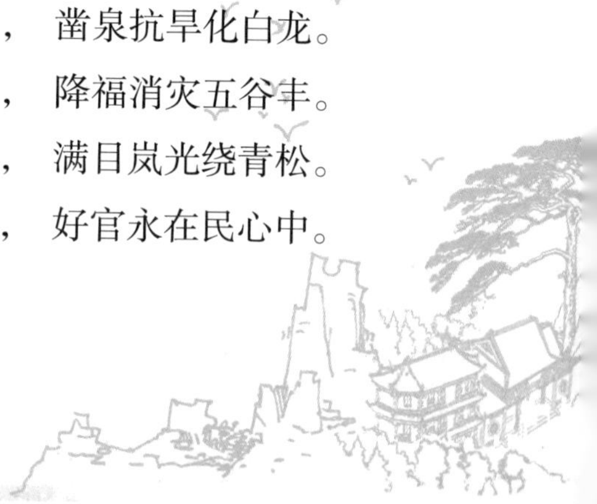

交城山游福记

2017年7月12日于吕梁关帝山苍儿会景区

入伏宜游福，结伴山水游。
西登关帝岭，车顺文峪流。
三川苍儿会，一水庞泉沟。
林海翻碧浪，清泉润歌喉。
湖面涟漪静，草坪泛绿油。
松风送清爽，福气尽兜收。
午餐农家乐，土菜倍可口。
品茶听林涛，纵老忘白头。

清平乐·六一游峪道河

2018年6月1日，与成义、春生诸古稀老友齐聚汾阳峪道河游玩

北来南去，神泉探幽绿。峪道河川喜游聚，相顾苍颜如玉。

饱经风暴狂澜，古稀地阔天宽。跋涉千山万水，归来依

旧少年。

秋日孝义游观胜溪湖中阳楼

2018 年 8 月 17 日

四十余年梦未休， 古稀重见中阳楼。
襟山带水湖溪胜， 行孝仗义人文稠。
百顷澄波摇近影， 一派生机豁远眸。
亭榭忽闻乡音曲， 白云望断天尽头。

注：中阳楼位于孝义老城中央。1975 年我部队从介休迁到孝义，曾观中阳楼，之后再未入孝义老城。今日游孝义胜溪湖，特到老城观之。

饮马池草原

溪水潺潺茂松青， 穿林步蹬上顶峰。
远山近壑芳草绿， 蓝天白云醋柳红。
曾经尉迟牧马地， 今来老少共顽童。
欢歌笑语享清爽， 乐在乡野忘归程。

注：黑茶山森林公园饮马池景区位于吕梁岚县北部，相传为唐

开国大将尉迟恭牧马之地。2018 年 9 月 8 日同平遥家人赴岚县游玩,中午吃土豆宴,下午游饮马池草原。

临 汾 市

壶口瀑布

2007 年 9 月

北水南流复向东， 晋陕峡谷滚雷霆，
激浪滔滔下壶口， 不尽炎黄万古情。

广 胜 寺

2008 年 4 月 27 日

霍山青翠霍泉清， 佛塔穿云映飞虹。
几度神游广胜寺， 国宝金藏记赵城。

注:洪洞广胜寺琉璃塔又称飞虹塔,昔藏有珍贵佛经。抗日战

争时期日军曾来抢劫，我八路军闻讯及时转移。现存北京，世称“赵城金藏”。

又看壶口

2008 年 4 月 29 日

黄涛激荡震苍穹，　雷鸣鏊吼腾飓风。
雄跌晋陕大峡谷，　亘古奔流壮豪情。

克难坡望河亭随想

2008 年 4 月 29 日

坡顶亭头伫望河，　恍见峰鏊起兵戈。
雄师血战太行岭，　晋军退守克难坡。
运动动运岂相似，　敌友友敌费琢磨。
百年兴衰多少事，　涛声远去逐逝波。

注：八路军以太行山为根据地英勇抗战，阎锡山在日军占领太原后退居吉县克难坡。毛主席以“运动战”克敌制胜，阎锡山则鼓吹“动运战”。

广胜寺三绝

2011 年 4 月 16 日

春岭松云浮塔铃， 七彩琉璃映飞虹。
佛经传奇存金藏， 烽火护宝铭赵城。
大行散乐忠都秀， 元代壁画古戏宗。
三绝名扬广胜寺， 老友流连共陶情。

注：洪洞广胜寺三绝：琉璃宝塔、赵城金藏、元代壁画。

蒲县东岳庙

2011 年 8 月 2 日

谁见地狱十八层， 东岳庙里塑狰狞。
善恶轮回终报应， 天理昭昭自分明。

隰县小西天

2011 年 8 月 2 日

游罢蒲县东岳庙， 又上隰县小西天。

山栖凤凰双展翅， 寺立峰冠独悠闲。
悬塑精绝千万像， 隔尘灿烂四百年。
殿门题联赵朴老， 西方极乐在人间。

霍山陶唐峪

2012 年 8 月 6 日于霍州

花岩流彩碧玉潭， 小桥飞瀑石门悬。
崇岭密林腾云雾， 高蹬直上一线天。

菩萨蛮·苏三监狱

2012 年 8 月 13 日

苏三离了洪洞县，泪洒街前满腔怨。牢门深几重，长枷锁冤情。

公道不公道，只有天知道。谁能断红尘？犹唱玉堂春。

菩萨蛮·洪洞大槐树

2012 年 8 月 14 日

问我老家在何处?山西洪洞大槐树。沧海逐逝波,难忘老鹳窝。

天涯怀故土,世代寻祭祖。悠悠华夏魂,四海同根亲。

云丘山

2012 年 10 月 10 日与农机校老同学游乡宁云丘山

南眺稷山北乡宁,　身在云丘最高峰。
林涛漫卷秋风劲,　层峦涌浪碧透红。

蝶恋花·壶口瀑布游

2012 年 10 月 11 日与省农机校老同学陪陶建国老师游

越岭穿山壶口到,黄水滔滔,雷吼人惊叫。浊浪翻激虹彩耀,师生携手争拍照。

宝哲戏说哄堂笑,力端捧杯,敬酒玩花套。黄河岸边品厨灶，红烧鲤鱼盖了帽。

鹧鸪天·秋行太旧高速

2012 年 10 月 16 日

洞穿崇岭跨河梁，车流畅似马脱缰。四通八达高速路，绿篱茂林列两旁。

枫似火，杨叶黄，松青柏翠柳梢长。深秋一道风景线，赏心悦目向远方。

重阳游姑射山

2013 年 10 月 13 日

峰峡叠翠仙洞沟，　身入群峰万木稠。
姑射二害伏龙虎，　尧访四贤结鸾俦。
青山秀色壮西晋，　玉垒金晖映深秋。
重阳登高携众老，　追古云御逍遥游。

注：时逢重阳节，安泰众老随李安民董事长赴临汾游姑射山。姑射山因传说中的仙姑（鹿仙女）射虎伏龙为民除害而得名。

姑射山仙洞

2013 年重阳节

帝尧仙姑喜相逢，　姑射山中凤和鸣。
从此“洞房花烛夜”，　爱侣新婚一世情。

注：传说帝尧进山访贤与仙姑相逢并在山洞中结为夫妻，由此婚房称为“洞房”。

七里峪

2013 年 10 月 15 日

霍岳参天雾腾云，　球友欢歌飞茂林。
青山写意着重彩，　秀水缠绵奏清音。
桦林簇拥半坡下，　松针静落满地金。
抖展红旗留影照，　潇洒全是画中人。

注：介休北坛羽联球友结伴游霍州七里峪。

壶口龙洞观瀑

2015 年 9 月 11 日

龙洞观瀑震魄怀， 始觉黄河天上来。
飞流激荡惊雷吼， 彩虹绚丽玉花开。
峡崖绿荫遮荒土， 蓝天白云扫雾霾。
登高坐看窈窕女， 笑骑驴背如轿抬。

霍泉分水亭

2016 年 3 月 15 日于洪洞

世代争水成祸根， 油锅捞钱止争纷。
从此三七分洪赵， 霍泉永泽四方人。

乾 坤 湾

2016 年 4 月 17 日与安泰众老到永和县游黄河乾坤湾

游人几到乾坤湾？ 峡流旋转似陀盘。
北望天来黄河水， 西行古渡永和关。

悠悠太极演蛇曲，　浩浩长龙抱青山。

一览春光千万里，　神济沧海挂云帆。

古县牡丹园

2016 年 4 月 27 日

国色天香冠群芳，　更立千年牡丹王。

红英绿叶织锦绣，　玉蝶金蜂舞霓裳。

花节早知有古县，　心仪何必去洛阳。

艳容素华真仙子，　伴友一游焕春光。

尧 庙

2016 年 10 月 4 日

陶唐五帝盛世隆，　名与山河共传承。

文明始祖崇禅让，　英才霸主尚争雄。

尧天舜日已远逝，　秦皇汉武仍时兴。

慨叹圣殿一把火，　老庙新修又松青。

注：1998 年临汾尧庙千年主殿被人纵火焚毁，后重建。2016 年 10 月 4 日与律师好友张建国聚游。

临汾华门

2017 年 5 月 10 日

号称天下第一门，宏伟壮丽入青云。
江山浓缩十八景，史文荟萃堪绝伦。

人祖山

2017 年 5 月 11 日

一路欢歌游兴酣，携友登上人祖山。
俯视群峦翻波绿，手抚云团叹天蓝。
伏羲女娲始创世，唐碑宋庙复纪元。
更留抗战英雄血，浩气绵延谱史篇。

注：吉县人祖山传说是伏羲女娲创世的地方。唐碑记载这里建有最早的伏羲女娲庙。1938 年 3 月中国军队在这里英勇抗击日本侵略者，取得了人祖山阻击战的胜利，留有烈士纪念碑。

襄汾游(3首)

2017年9月中旬,省农机校6307班老同学臧树庆邀请同学到襄汾聚会游览

丁　村

丁家大院丁家门，　丁村遗址丁村人。
化石依稀十万载，　民居璀璨四百春。
金龟戏水存天地，　耕读继世传古今。
民俗家宴呈特色，　到此能不赞襄汾。

注:丁村旧石器时代遗址、丁村古建筑群为全国重点文物保护单位。

汾　城

秋高结友逛汾城，　千年古镇笑脸迎。
遍地庙宇重叠叠，　参天松柏郁葱葱。
生死不息喧嚣外，　物人变化宁静中。
古稀重聚感树庆，　福寿延年享太平。

注：古镇汾城，在唐代是尉迟恭的封地敬德堡，唐太宗赐名“银太平”。历千年沧桑，这里仍保留着较为完整的古代县城的格局。

龙澍峪

葱隆对峙蛇路盘，　桥台庙寺随壑山。
云腾龙斗双阙洞，　壁立岩开一线天。
摩崖石刻飞神韵，　文人雅士迷道缘。
力登高阶三百六，　消灾化劫保平安。

注：龙澍峪位于襄汾县西部吕梁山支脉。景区内松柏环山，峡谷幽翠，庙宇错落，三百六十级台阶直达山顶南天门。龙斗双阙、天桥古蹊、摩崖石刻等为著名景观。

麻衣寺塔

群峦叠翠林涌波，　浮屠九级傲层阿。
盘湾塔影麻衣寺，　天安地泽沁水河。
远峰岚气旷消散，　近壑松溪聚平和。
太岳龙山收灵境，　造化缘来美景多。

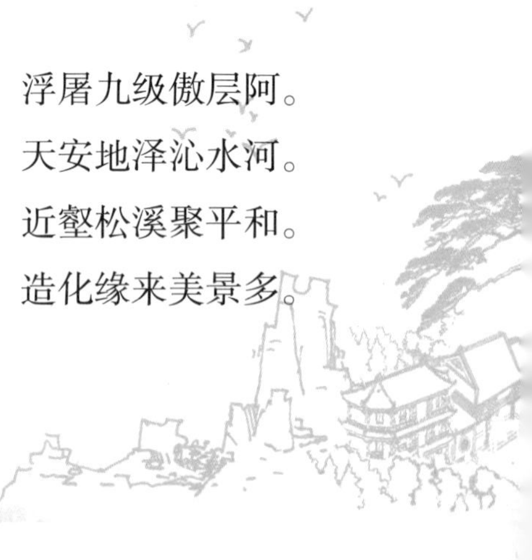

注:麻衣寺位于安泽县城北沁河畔九龙山。建于金代的砖塔矗立于山巅。“沁湾塔影”为著名景观。2018 年 10 月 23 日与好友行游。

红叶岭

2018 年 10 月 23 日于安泽太岳腹地红叶岭赏红叶,时略迟

登瞭望台览群峰，　枦黄松翠间残红。
方知太岳霜来早，　丹枫落叶舞西风。

汾西师家沟

2018 年 12 月 12 日

汾西城外师家沟，　巨石牌坊立村头。
向阳背风院中院，　依山就势楼上楼。
砖木精雕融一体，　耕读传世扬九州。
清代民居人何在，　只缘今日此身游。

运　城　市

河东游(5 首)

2006 年 8 月携友自驾游河东

蒲津古渡

千里驱车赴蒲州， 惊叹镇河大铁牛。
力遏狂涛连秦晋， 长与锦绣铸风流。

普 救 寺

七夕过后游西厢， 抚塔远眺议崔张。
有情人皆成眷属， 莫忘鹊桥与红娘。

鹳 雀 楼

东望条山西望河， 云水茫茫入烟波。

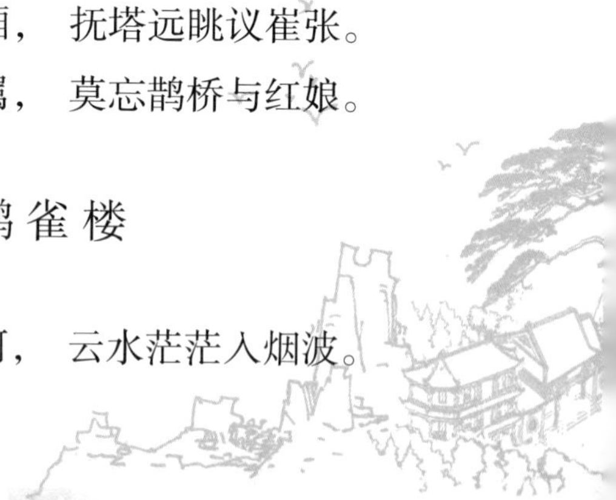

不知鹳雀飞何处，　更上层楼与天摩。

运城盐湖池神庙

池神风神太阳神，　三神庇荫兴运城。
盐业奇强今胜昔，　千古传承唱南风。

登 历 山

拾级攀岩雾朦胧，　山自飘摇兴自浓。
云生涧底飞流上，　迷茫不见舜王坪。

永济五老峰

2013 年 9 月 28 日

中条西脉五老峰，　巨柱通天鼎苍穹。
谁为帝王授河洛，　峻极三省望华潼。

五老峰玉柱峰顶

2013 年 9 月 28 日

玉柱金顶过天桥，　双腿发颤心发毛。
极目遥览晋秦豫，　风来似闻大河涛。

解州关帝庙咏关公

2013 年 10 月 3 日

桃园结义义长留，　精忠鼎汉誓不休。
青龙一柄著神勇，　赤兔千里竞风流。
浩气丹心昭日月，　护国佑民秉春秋。
麦城虽走英灵在，　流芳岂只在神州。

春游裴柏村

2016 年 3 月 14 日

名冠神州宰相村，　朱祠翠柏铭贤人。
修身治国倾朝野，　入相出将灿星云。

河东灵胜独一地，　天下裴家无二门。
闻喜行游诚拜访，　只觉瑞气满胸襟。

注:于闻喜东镇与农机校6307班老同学聚会,同游裴柏村。裴家历汉晋唐宋先后出了59名宰相、59名大将军,共有上千名杰出人才名垂青史,是名冠华夏的“宰相村”。

绛州龙兴寺

2016年3月15日

香刹浮屠聚祥云，　一柱擎天眺龙门。
檐角悬铃声传律，　塔顶冒烟状迷人。
宋祖掘井留佳话，　唐孙立碑刻奇文。
神游绛州观今古，　卧牛城里又逢春。

注:绛州龙兴寺龙兴宝塔始建于唐,重修于清乾隆年间。塔高13层,每层8角上各挂一铁铃,风吹铃响有“八方协律”之称。最为神奇的是该塔曾多次冒烟,观者成千上万而不解其谜。

绛州隋园

2016 年 3 月 15 日

久闻静境与仙通，　春临亭榭桃花红。
隋代园林独一处，　憾无池水正施工。

注：新绛城保存着我国最古老的也是唯一一座隋代官家园林“绛守居园池”。唐宋不少文人墨客在此吟诗作赋，范仲淹曾用“静境合通仙，消荫不知暑”的诗句赞美此园池。

龙　门

2016 年 10 月 1 日游河津龙门

黄河万里决昆仑，　大禹治水凿此门。
断崖逆折冲浑浪，　鲤鱼跃登化龙鳞。
裂谷惊雷震山野，　险峡飞虹连晋秦。
兴乘轻舟旋古渡，　携手秋风到孟津。

万荣后土祠

2016 年 10 月 2 日

中华祖祠后土神，　女娲圣母受汾阴。
轩辕扫地坛初立，　武帝赋辞庙更新。
崇楼壮丽东瞻鲁，　秋风飒爽西望秦。
极目黄河舞长练，　烟波滃郁迷古津。

注：万荣后土祠位于汾河与黄河交汇处，是华夏最古祭祀土地女娲圣母的祠庙。从汉唐到宋，历朝皇帝先后 24 次到万荣祭祀后土，其中汉武帝一生六次来此巡行祭祀，留下了千古绝赋《秋风辞》。

登秋风楼

2016 年 10 月 2 日

深秋携友到万荣，　秋风楼上沐秋风。
千里汾川黄叶落，　一曲棹歌萧鼓鸣。
人生易老谁可奈？武帝骄极亦哀情。
盛衰回环沧波逝，　幸怀佳丽慰平生。

注：万荣秋风楼位于后土祠正殿后。汉武帝在此祭祀后土，作《秋风辞》，长吟“兰有秀兮菊有芳，怀佳人兮不能忘”。

秋日赏飞云楼

2016 年 10 月 3 日

久闻解店东岳庙，　今日登赏飞云楼。
梁柱斗拱纯木建，　宋元明清古风留。
千寻拔地壮穹宇，　半截插天断云头。
四顾原野呈五彩，　硕果累累唱丰收。

注：飞云楼位于万荣县解店镇东岳庙内，为纯木质结构，与应县木塔并称为“南楼北塔”。乡语云：“飞云楼，半截插在天上头。”

运 城 颂

2016 年 12 月 6 日

华夏文明起河东，　池盐产运兴斯城。
卤色泛赤蚩尤血，　南光送紫舜帝风。
文盛一村出宰相，　武扬四海祀关公。
人杰地灵昭日月，　携手遍地是英雄。

蒲津古渡观唐开元大铁牛

2017年5月9日

携友才下鹳雀楼，　又看开元大铁牛。
盛世明皇今何在？　唯有黄河日夜流。

永济万固寺

2017年5月9日携老战友游

奇殿无梁塔参天，　岿然一千五百年。
天塌蒲州撼愈固，　地倾黄河历弥坚。
层林滴翠傍峰峻，　飞檐响铃挂月圆。
独上浮屠揽寥廓，　万般闲情在青山。

注：中条山万固寺始建于北魏，原名万谷寺。明嘉靖四十四年（1565年）遭八级大地震，史称“天塌蒲州”，民舍尽毁然塔岿然不动，遂更名为万固寺。

东 华 山

2017 年 9 月 1 日

救母劈山裂西东，　巨石飞来化奇峰。
云连秦晋三千里，　雾锁林峦十万重。
挥汗高登岭脊上，　拄杖神游天界中。
途中小憩品野果，　舒卧凉亭听鸟鸣。

注：东华山位于运城市绛县中条山北麓。相传小沉香“劈山救母”时，巨斧砍下，山峰开裂。一半留在陕西华阴市，即名闻天下的西岳华山；另一半飞越五百里落到绛县境内，为东华山。

瑶 台 山

2018 年 10 月 4 日，同老友李天增、赵军从三门峡返夏县温泉下榻，就近登瑶台山

秋高远上瑶台山，　夕照松林塔顶寒。
望断河东苍茫地，　晚归瑶池泡温泉。

谒司马温公祠

2018 年 10 月 5 日

峨岭青葱柿叶红，　涑水回环护祠茔。
少年砸缸解危困，　毕生为国献赤诚。
资治垂言著通鉴，　忠清粹德炳史声。
一代山斗传千古，　杏花碑前落日明。

注： 司马温公祠位于夏县司马光故里，是祭祀北宋著名政治家、史学家司马光的圣地。祠内宋哲宗御书“忠清粹德之碑”，又称杏花碑，由苏轼奉旨撰文并书，给予司马光极高的评价。

解州关公影视城登海光楼远眺

2019 年 10 月 6 日

影城高登海光楼，　百里盐湖一望收。
关王把刀摩天立，　万仞中条亦低头。

长　治　市

太行大峡谷

2008 年 8 月，同好友陈宪荣等赴壶关游太行大峡谷

太行立千峰，　磅礴胜岱宗。
峡谷贯南北，　绝壁劈西东。
抱犊团紫气，　龙潭挂彩虹。
悬瀑垂百丈，　林海绿万重。
云起山形变，　日斜寺钟鸣。
古径搭天路，　幽洞入迷宫。
魏武曾征战，　悲吟苦寒行。
八路勇抗日，　奇峦伏雄兵。
我来新雨后，　花艳鸟飞鸣。
雄伟叠妍秀，　长歌共忘情。

随李董事长及安泰众老游沁源灵空山

2011 年 7 月 13 日

翠嶂幽涧曲径通，　灵空山里阅空灵。
崖下林掩一禅寺，　峰巅云绕九旗松。
茅棚茗茶品泉水，　石室野餐听雨风。
举杯共祝安康寿，　一行原是老顽童。

黎城黄崖洞

2014 年 5 月 1 日携羽联球友游

危崖层叠断千嶂，　幽泉合璧龙虎藏。
救国风雷激河汉，　抗日烽火燃太行。
英雄御敌黄崖洞，　凶顽陈尸瓮圪廊。
今人莫忘当年事，　仍有大任赖担当。

虹梯关

2014 年 10 月 14 日

东趋平顺入太行，　鸟道羊肠挂天苍。
五十四盘虹梯立，　三千六阶乱云狂。
百年不出真天子，　一朝逼反草头王。
古关犹存英雄气，　青山崔嵬映斜阳。

注：明嘉靖年间，朝政腐败，民不聊生。平顺人陈卿领导当地农民起义，在太行山据关凭险，夺州克县，铭碑垂史。是日同内弟桃林、好友薛斌和李平生游。

虹梯关通天峡

2014 年 10 月 14 日

千寻绝嶂与天齐，　此关缘是上天梯。
拾阶攀壁腾云雾，　飞岚闪日挂虹霓。
身登顶巅眼界阔，　峰入穹庐泰山低。
峭峡流泉连晋豫，　东向寻渠看红旗。

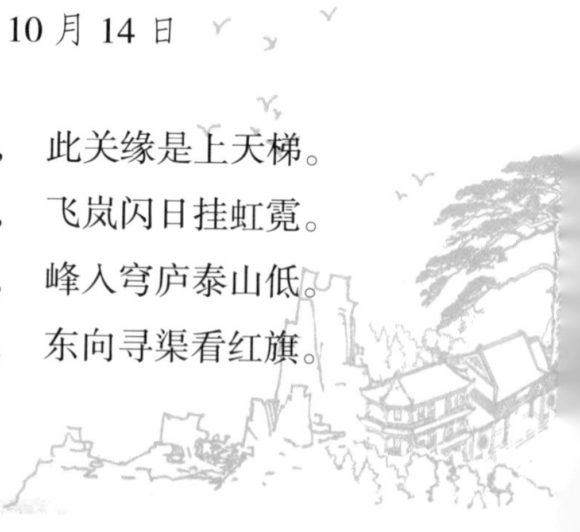

注：由平顺虹梯关向东不远到河南林州红旗渠游。

花坡走谷雨

2016年4月19日农历谷雨节同老友到沁源花坡游玩

淡云拂阳正清和，　百草寻拜文昌阁。
携友登山走谷雨，　欢声笑语到花坡。
崖畔新芽绽桃蕾，　岭上丛林捧松萝。
又见峰巅耸风电，　上排白塔下青螺。

金鸡寨景区

2016年6月21日

游罢陵川过黎城，　金鸡寨上探九龙。
太行苍茫群岭碧，　山路盘旋断崖红。
罕见棒槌冲天立，　遥望犁牛拔地横。
禅房览遍千峰态，　坐与僧尼论性空。

秋游响堂山

2016年10月16日携羽联球友游襄垣县响堂山（也称仙堂山），相传出生于襄垣的东晋高僧法显曾在此坐堂讲经

球友伴游觅仙堂，　层林尽染柏枝香。
高僧讲经追法显，　先贤济世尊药王。
雄崖秀谷存福地，　幽洞灵泉溢秋芳。
四望峰腾九龙汇，　霜叶红来犯惆怅。

晋　城　市

皇城相府

2007年8月16日

下得云台复北行，　辞豫返晋到皇城。
帝幸山庄生紫气，　相出村野耸青峰。
君臣同心治天下，　满汉一家铸升平，

节香荫茂赐陈氏，　烟霞散尽独遗荣。

注：皇城相府在山西省阳城县，清代名相陈廷敬出生于此，故陈宅称“相府”。又因康熙皇帝曾驾幸，又称“皇城”。康熙皇帝亲自赐陈廷敬楹联：“春归乔木浓荫茂，秋到黄花晚节香。”

王莽岭

2016年6月20日同老友梁国泰等赴陵川登游王莽岭

结游太行登云顶，　巍峨壮丽王莽岭。
奇峰巨石龟驼卧，　苍松翠柏龙虎腾。
幽峡探首刘秀跳，　松林小憩方知亭。
悬崖百丈观日处，　绝壁千仞没云中。
形胜苍茫通南北，　气势磅礴贯西东。
河南遥在烟雾处，　村舍点点若无踪。

从干莽岭到锡崖沟

2016年6月20日于陵川

太行云顶降谷中，　挂壁转崖众心惊。
天外有天峰为柱，　峡里藏峡水生琼。

劈山开路赞好汉，　旅游致富胜愚公。
深沟岂似桃源里，　高速前行万事通。

柳氏民居

2017 年 8 月 31 日沁水好友吴志刚陪游

三山环抱司马第，　一水世泽柳河东。
丹桂传芳十三院，　文兴尽遗大唐风。

注：柳氏民居一进十三院，位于山西省沁水县西文兴村，太行、王屋、中条三山环抱，门前碧水长流，是唐柳宗元遗族于明代兴建。

湘峪古堡

2017 年 8 月 31 日

箭楼插天傲群峰，　兵洞连营气势雄。
深山古堡谁造就？　沁水湘峪三都城。

注：湘峪古堡位于山西省沁水县郑村镇湘峪村，是由明代曾任都察院右副都御史的孙鼎相兄弟修建的蜂窝式城堡。因孙鼎相排行老三，他的府邸名“三都堂”，所以湘峪古堡又称三都城。

再游皇城相府

2018 年 7 月 16 日

头顶骄阳到皇城，　未觉乌云罩当空。
惊雷急雨银河泄，　兵洞碉楼雾气腾。
风送清爽雨涤垢，　城显雄奇山更青。
师生欢娱同饮酒，　更有鲜花寄深情。

注:2007 年 8 月曾赴晋城游皇城相府。2018 年 7 月 16 日应在晋城工作的学生李爱萍邀请,同介休的众学生再游皇城相府。

入伏日与学生同游珏山

2018 年 7 月 17 日逢入伏,时在晋城与众学生同游珏山

晋魏河山第一奇，　双峰捧月上无极。
攀顶三讲胸襟阔，　登高四望云霄低。
天门胜境连苍莽，　丹河碧流杂稻畦。
佳人伴行少儿笑，　入伏游福共忘机。

注:珏山位于晋城市区东南 13 千米的丹河南岸。“珏山吐月”也称“双峰捧月”,为晋城四大景观之一。

内蒙古自治区

辉腾格勒草原

2007年9月8日秋高气爽时节，与原平二哥、大同二姐夫妇、外甥外甥女等到内蒙古草原一游

苍穹作庐地铺毡，　风电白塔缀莽原。
骑马不敢扬鞭跑，　奶酒烤羊美一餐。

大召寺

2008年9月

梵音花雨紫云蟠，　振衣入刹宇宙宽。
名重三绝无量寺，　御泽九边第一泉。
年中晾佛施法会，　日晚清心坐蒲团。
行善积德胸如海，　山崩地裂亦安然。

注：大召寺汉语名无量寺，是内蒙古呼和浩特最早兴建的一座藏传佛教寺院。寺内藏品极为丰富，银佛、龙雕、壁画是大召寺的“三绝”。“九边第一泉”指大召寺前的玉泉井。

昭君墓

2008年9月

和亲万里别汉室，　秋水微波落雁痴。
宁把荒冢留塞北，　不肯屈膝贿画师。

呼伦贝尔游(5首)

2011年7月下旬同老友张成义、陈怀文赴内蒙古呼伦贝尔游

清平乐·从海拉尔到满洲里

无边无际，芳草接天地。片云遮日飘阵雨，牧场牛羊嬉戏。

路阔车稀畅行，谈笑已到边城。举目俄罗斯店，长街异域风情。

卜算子·叹呼伦湖

神往呼伦湖，今日驱车到。湖面缩小露底滩，怅然未拍照。

鲜有牛羊群，不闻鸿雁叫。“风吹草低”在何方，苍天可知道？

呼伦贝尔之呼和诺尔草原

呼和诺尔美草原，　牧场如茵天蓝蓝。
湖畔扬鞭驰骏马，　帐中起舞伴歌弦。
遍野芳花送清爽，　一阵雷雨解热烦。
莫尔格勒青河水，　世代养育金帐汗。

注：莫尔格勒河流入呼和诺尔湖，滋润着美丽的大草原。金帐汗蒙古部落临河而建，择草而居。

海拉尔西山樟子松

罕见西山樟子松，　雌雄同株抗沙龙。
拔地参天耐寒旱，　三北防护做先锋。

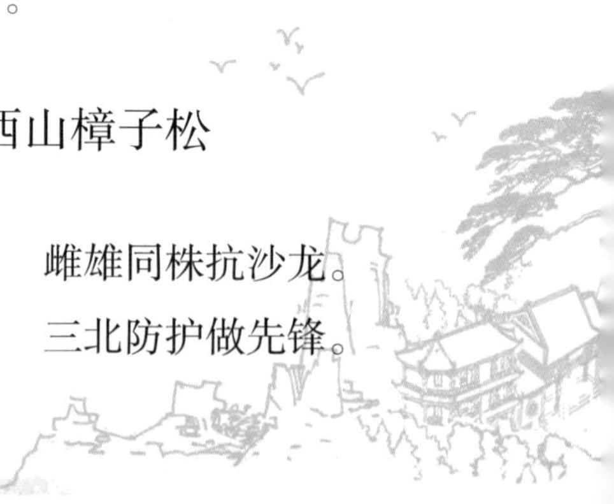

从海拉尔沿大兴安岭北上满归

火车北上林海行，　大兴安岭郁葱葱。
民工结队采松子，　进山专找马尾松。

克什克腾世界地质公园

2013 年 6 月 29 日

千里草原美无垠，　克什克腾天下闻。
仙湖溢流芳草地，　绿茵游牧牛羊群。
五颜六色花世界，　千姿百态石园林。
登高只觉蓝天近，　放怀伸手摘白云。

元上都遗址

2013 年 6 月 30 日

经棚冒雨奔蓝旗，　上都修路路泞泥。
原驰草茂觉途远，　风吹云厚看天低。
忽见残城留断壁，　恍闻号角催马蹄。
天骄可汗俱往矣，　唯遗史话任重提。

成吉思汗陵

2013 年 8 月 8 日

鄂尔多斯陵墓高， 巍巍大汗号天骄。
雄才伟略气吞虎， 铁马金戈势卷涛。
一统漠北兴帝业， 横跨欧亚建王朝。
草原英名传千古， 风流岂止射大雕。

鄂尔多斯大草原畅想

2013 年 8 月 9 日

骋怀极目大草原， 高歌再活五百年。
长生秘籍知何处， 自在山水天地间。

托克托神泉景区

2016 年 8 月 8 日上午到内蒙古托县神泉景区游玩，下午赴山西右玉杀虎口

晨离呼市到神泉， 黄河由此折向南。

灵源圣水长喷涌，农耕游牧久融繁。
俯瞰洪波飞索道，穿行沙海坐旱船。
游罢又奔杀虎口，长城古驿看雄关。

内蒙古西行记(7首)

2017年9月下旬同友人自驾走京新高速，赴内蒙古西部游

杯酒说包头

“先有复盛公，后有包头城。”
当年走西口，晋人闯内蒙。
精心做生意，诚信搞经营。
小村变宏市，驮队贯西东。
奈何遭战乱，民商俱凋零。
幸依共产党，日出扶桑红。
草原驰骏马，青山飞彩虹。
农牧齐发展，钢城展笑容。
改革开新宇，包头更繁荣。
我来览且宿，长街绽华灯。
美餐烤羊腿，举杯共欢声。

过河套

北傍阴山南靠河，　京新高速畅驰车。
粮丰沃野绘图画，　水流碧海抒浪波。
黄河百害富河套，　游情千里唱情歌。
巴彦淖尔再西去，　一望戈壁唯骆驼。

大漠西行

西行千里遍地沙，　黄尘不见野人家。
漠天浩瀚无缘绿，　沿途盛开塑网花。

注：从包头走京新高速自驾赴额济纳旗，横穿巴丹格林、腾格里、乌兰布和三大沙漠。沿路地表覆盖塑网的防风固沙工程，是“一带一路”沿线的又一伟大工程。

黑　城

一座遗城半流沙，　黄风白日散云霞。
居延漠北沧桑地，　丝路新开向阳花。

注：额济纳黑城于西夏时建立。蒙古军占领时设总管府，被明

征西将军冯胜攻破后废弃尘封于大漠中。1886 年俄国学者波塔宁来此考察时发现。现为国家重点文物保护单位。

胡杨怪树林

无数沙堆无数坟，　无数枯枝无数魂。
似由雄军战惨死，　但见尸躯成怪林。
七倒八歪雕荒漠，　千姿百态震游人。
胡杨恐怖胡如此？　悲怆人祸占七分！

注：额济纳有约 130 公顷的胡杨林因河水断流而干枯死去。它们垂死挣扎的身姿令人震撼而悲怆！

额济纳胡杨保护区

长驱只为一片黄，　大漠金光醉沧桑。
漫漫杨林呈异彩，　弯弯黑河入画廊。
狂风吹到枝尤硬，　酷热袭来叶最凉。
驻足长赞英雄树，　喜见瓜田恣摘尝。

五当召

六殿三府一塔陵， 玉壁朱门几多重。
老松蟠绕五当寺， 白云随意问钟声。

注:“召”蒙语意为寺庙。五当召位于包头市石拐区大青山深处五当沟,是中国藏传佛教四大名寺之一。

锡林浩特游(3首)

2018年7月上旬，原部队宣传队老战友从山西天津赴内蒙古锡林浩特聚会游玩

游白音锡勒牧场后夜听马头琴音乐会

莽原蓝天映白云， 战友北疆聚欢欣。
摩托牧羊游草地， 汽车驱马驰绿茵。
锡林午餐羊排肉， 浩特夜听马头琴。
细雨疾风阳春雪， 夜半霄空绕余音。

注:7 月 4 日与老战友们游白音锡勒牧场,下午参观锡林浩特国际马头琴学院,晚上应院长齐·布日古德邀请听了马头琴专场音乐会。

锡林九曲

花甲战友游兴浓，　辽阔草原肆驰骋。
锡河九曲芳草碧，　晴空万里艳阳红。
敖包相会传笑语，　银帐留影寄深情。
报雨防雨不见雨，　乐忧抬头看大公。

注:锡河九曲湾是锡林郭勒草原最美的地方。由于连年天旱少雨,水量大减,草原沙化。若干年后美景还在吗?游乐之余隐隐忧心。

贝子庙额尔敦敖包山

依岗傍水有法门，　祥云紫气盈宇林。
五大学山贝子庙，　十三敖包额尔敦。
听禅罕见佛欢喜，　感时倍觉友知音。
红尘往路难回首，　古稀宜为素心人。

辽 宁 省

沈阳故宫

1992 年 9 月携妻游

平房大炕地火坑， 琉璃殿堂简朴风。
辽东崛起八旗奋， 犹闻战场舞刀声。

沈阳帅府

1992 年 9 月

少帅英姿塑前门， 青楼虎厅贮风云。
奉天西安两事变， 家国恨爱遗远魂 。

沈阳怪坡

1992 年 9 月

携妻沈阳游怪坡， 滑车逆上竟为何？
眼前水往高处走， 方知世间奇事多。

大连星海广场

2009 年 7 月 9 日

碧海丹心圆五星， 华表巍峨广场中。
百年城雕留脚印， 泱泱九州腾巨龙。

过渤海

2009 年 7 月 11 日从大连乘葫芦岛号轮船过渤海赴烟台

游别大连赞喜来， 出港豁然眼界开。
一色水天幻海市， 万顷波涛荡情怀。
群鸥伴飞葫芦岛， 细雨迎沐狼烟台。
唐宗何必瞒天过， 我若八仙上蓬莱。

辽西朝阳

2010 年 10 月 29 日

几度公出赴朝阳，　辽西处处好风光。
龙城崛起腾龙虎，　凤山展翼舞凤凰。
进化石证始祖鸟，　考古宝库牛河梁。
漫步凌水望双塔，　晚霞披红倒影长。

凤凰山

2011 年 7 月 31 日于丹东

凤凰落丹东，　北山遗古城。
曾经高句丽，　扩展几时雄。
大唐薛仁贵，　英武盖世功。
神弓射箭眼，　一箭定辽东。
今我游此地，　雨后山碧青。
雄险幽奇秀，　绝景浑天成。
脚踩老牛背，　伸手攥云峰。
极目巡天际，　大气腾恢宏。

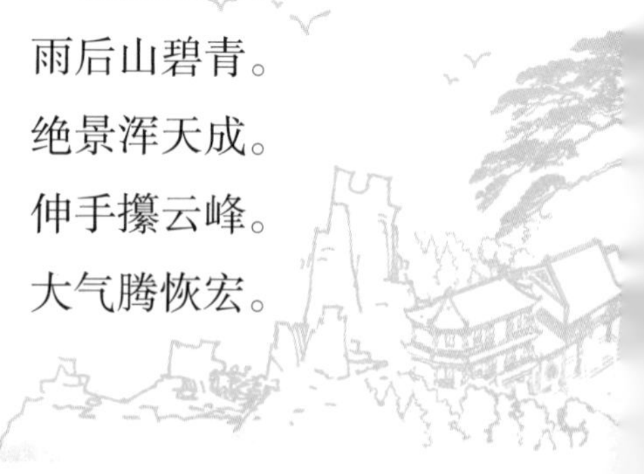

鸭绿江断桥

2011 年 8 月 1 日

鸭绿江水浪滔滔， 江水滔滔留断桥。
抗美硝烟已久逝， 五十年后仍援朝。

九门口水上长城

2013 年 7 月

长城九门口， 遥接老龙头。
凌空向绝壁， 跨河筑桥楼。
城在水上走， 水在城中流。
兵戈战今古， 世遗立千秋。

注:九门口水上长城位于辽宁省绥中县李家乡新台子村境内。其南端起于危峰绝壁间,与自山海关方向而来的长城相接。自此,长城沿山脊向北一直延伸到当地的九江河南岸，在宽达百米的九江河上,筑起规模巨大的过河城桥,以此继续向北逶迤于群山之间。

吉 林 省

净月潭

1992 年 9 月携妻游览

大美长春净月潭， 状如弯月雅若兰。
山岭葱茏现高塔， 水光潋滟浮玉盘。
女神广场风尘净， 太平钟楼岁月闲。
穿林沐氧觅幽胜， 花鹿引路到福田。

注：净月潭位于长春近郊，因状如弯月而得名，被誉为台湾日月潭的姐妹潭。

长春伪满皇宫博物院

1992 年 9 月

中欧日式宫殿群， 伪皇烟消罪证存。

生生日军侵华史， 痛示国耻警后人。

镜泊湖泛舟

2011 年 7 月 27 日

山环碧水水绕峰， 游船十里万籁空。
镜泊湖水水如镜， 满目风光在镜中。

鹧鸪天·镜泊湖

2011 年 7 月 27 日

山光水色天下奇， 仙女出浴娇旖旎。
长湖百里平如镜， 轻舟飘过泛涟漪。

观湖景，吃湖鱼， 封路穿林未曾迟。
欣见放水飞瀑布， 正值首长光临时。

注：镜泊湖因天旱瀑布缺水。中央某首长要来，故提前憋水。今日恰逢首长光临，景区封路放水。我们从林中小路穿插到瀑布下，遂看到飞流直下之奇景。

长白山天文峰

2011 年 7 月 28 日

仙姿神韵系长白， 盘岭穿林登顶台。
未睹天池真面目， 茫茫雨雾扑面来。

长白山天池瀑布

2011 年 7 月 28 日

山头雨雾寒风吹， 山谷红日射斜晖。
飞瀑百丈云头坠， 万绿丛中起惊雷。

集安好太王碑

2011 年 7 月 29 日

高丽史争该问谁， 丸都山城太王碑。
巨石铭文立千古， 白山绿水遗芳菲。

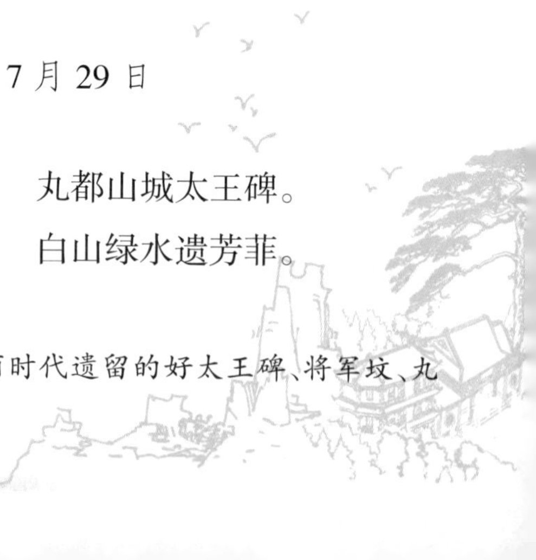

注：吉林省集安市有高句丽时代遗留的好太王碑、将军坟、丸

都山城等古迹，为世界文化遗产。

将军坟

2011年7月29日

高丽古国将军坟， 巨石垒砌是何人?
无愧东方金字塔， 不在沙漠隐山林。

五女峰国家森林公园

2011年7月30日于集安

鸭绿江畔老岭山， 峰青水碧胜江南。
迤岭叠嶂五女秀， 神龟卧佛一线天。
林荫古道松郁郁， 峡谷细流水潺潺。
登高穷目擦把汗， 听泉静坐氧吧园。

黑龙江省

中秋游太阳岛

1984年9月7日，值中秋佳节，时出差黑龙江，与老同学范泉文和佳木斯友人相携游松花江太阳岛

公出肇东度中秋，　萍水结伴珠城游。
太阳岛上览胜景，　松花江里荡轻舟。
扑克三甩生百乐，　杯酒一呼解千愁。
归寓信步赏云月，　北国深情何日酬。

风雨夜宿泥棚

1984年9月17日于肇东乡下

秋日乘车莽原行，　天公留我宿泥棚。
主人殷勤敬醇酒，　老索诙谐逗笑声。
土坑小床品寒热，　斜门破窗听雨风。

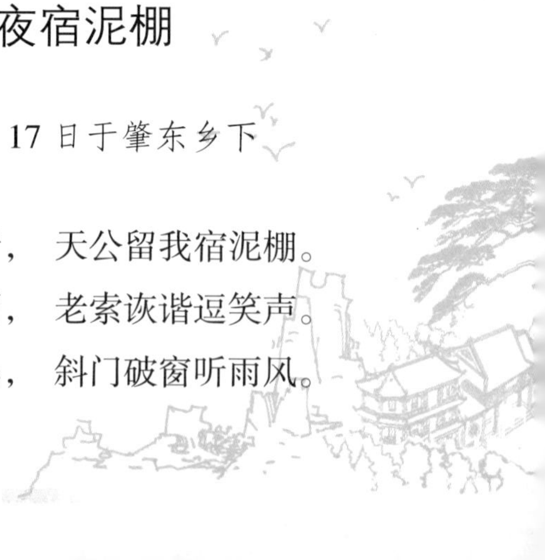

起来踏野采瓜子， 浪迹江湖铭此情。

齐齐哈尔思恋

1984 年 9 月 23 日于齐齐哈尔昂昂溪招待所

噢，
我这是怎么了，为什么魂不守舍？
吃饭尝不出滋味，上床辗转难卧。

我这是怎么了，为什么魂不守舍？
办事丢三落四，看书什么也记不得。

走在旅行途中，我问飞驰的列车，
车轮咯咯地笑了："你去问你老婆。"

坐在松花江的小船上，我问翻滚的浪波，
浪花哗哗地笑了："你去问你老婆。"

我脸红了，怎么都这样说。
七尺高的男子汉，干吗一提就是老婆？

我悄悄地问自己的心，哎哟，心儿不在心窝。
我的心哪里去了？怪不得魂不守舍！

心儿飞走了，带走了我的魂魄。
飞越万重关山，飞进你那温暖的心窝。

呵，
亲爱的，我日夜把你思恋。
关山万重，怎能把你我阻隔。

我们的心连在一起，
离开你，日子真没法过。
我就要回到你的身边，到时候，
你再悄悄地……把心儿还给我！

破阵子·神州北极

2011 年 7 月 22 日于漠河

曾到天涯海角，今游神州北极。龙江上游涌豪壮，雄鸡王冠留威仪。哨卡飘红旗。

极光极昼极夜，晨星晨月晨曦。五色纷呈放异彩，百闻难见梦神奇。诗兴酣淋漓。

从嫩江到五大连池

2011 年 7 月 23 日

昔年北大荒，　今日米粮仓。
大豆千顷绿，　菜花一片黄。
地肥丰物产，　原阔少村庄。
三江织水网，　在此润天堂。

五大连池老黑山

2011 年 7 月 24 日

挥汗登顶老黑峰，　火山张口向天冲。
山下熔岩凝石海，　波澜壮阔卷黔龙。

五大连池

2011 年 7 月 24 日

连池本是堰塞湖， 火山喷发成五珠。
北国山水增奇美， 更有药泉把病除。

火山杨赞

2011 年 7 月 24 日

熔岩石海火山杨， 夹缝生存气轩昂。
瘦小多曲难为栋， 长留绿色秀沧桑。

哈市喝啤酒

2011 年 7 月 25 日

哈尔滨市喝哈啤， 中央大街排档低。
烤肉烤鱼烤冷面， 夜灯初亮照江堤。

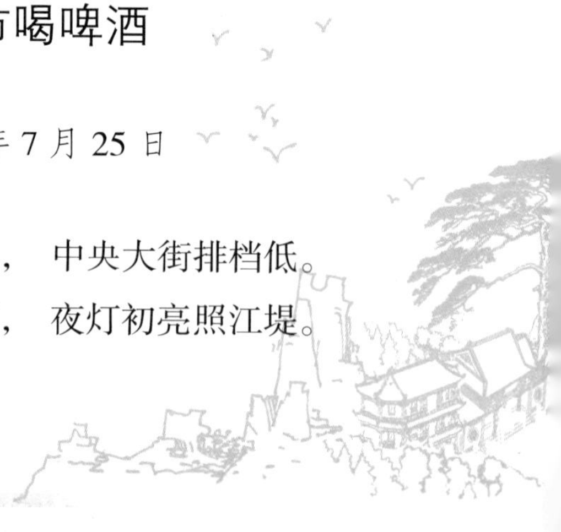

过海林市

2011 年 7 月 26 日

林海逢夏无雪原， 茫茫不见威虎山。
乡民遥指子荣墓， 英雄美名天下传。

哈尔滨圣索菲亚教堂

2011 年 7 月 25 日

百年孤独立远东， 典雅超俗自伟宏。
时人几识索菲亚？ 钟声久远传阿城。

注：圣索菲亚教堂坐落于中国黑龙江省哈尔滨市道里区索菲亚广场，是一座始建于 1907 年拜占庭风格的东正教教堂，为哈尔滨的标志性建筑。

上 海 市

东方明珠塔

2008 年 5 月女儿在沪荣任奥运火炬手。与妻赴上海，女儿带我们登东方明珠塔

云塔千寻立浦东，　尖挑灵霄半天虹。
眼底长江入东海，　脚下群楼锁低空。
南望大桥雄姿在，　北建高铁速路通。
看遍环球谁醒目？　明珠闪耀东方红。

杭州湾跨海大桥

2008 年 11 月 22 日

天苍苍，水茫茫，　水天苍茫一片黄。
跨海大桥描七彩，　银滩碧浪在何方？

注：跨海大桥长15千米有余，染成赤橙黄绿青蓝紫七段颜色，似彩虹把上海和浙江连接起来。女婿开车带家人过大桥观杭州湾景，然海水满目灰黄。何以如此？令人惆怅。

重阳节在沪登金茂大厦

2009年重阳节

人过花甲又何求，　平安健康欢乐游。
在沪无处登峻岭，　环浦有兴上高楼。
极目云雾连烟雾，　满街车流挤人流。
重阳敬老人未老，　余生要闲多少秋？

上海世博园

2010年5月9日

花簇满园开世博，　扬浦欢呼迎万国。
展馆多显高科技，　申城尽现美生活。
时生战乱随贫困，　聚图发展赖安和。
时代潮流谁可逆，　中华昂首正高歌。

佘　山

2011 年 9 月 8 日

两丘相对绿枝繁，　些隆在沪也称山。
圣经声声歌不断，　飞临教堂最高端。

上海过中秋节

2011 年 9 月

中秋又至赴申城，　回望经年自从容。
游山玩水身心健，　读书写作兴致浓。
好句多拈寻常语，　长歌尽抒真性情。
阖家团聚月圆夜，　倍感天伦乐无穷。

注：儿子索江应邀从澳大利亚回国参加世界传媒大会，中秋夜到上海，全家团聚。

城隍庙

2011 年 9 月 12 日

繁华闹市隐城隍，名品老店檐下藏。
人如潮涌出出进，精选小吃细品尝。

腊八游玉佛寺

2013 年 1 月 18 日值农历腊八节

高楼围小寺，芸芸拜玉佛。
闹市求净土，喧嚣问禅和。
腊粥方施罢，素斋紧张罗。
香风伴花雨，梦酣谁后觉?

沪上闲居

2013 年 2 月 27 日

早茶吃罢午餐熟，三晴两阴犯糊涂。
身居异乡烦常有，酒缺知己味全无。

独伴古诗觅新句，　遥呼老友思旧庐。
闻语推窗谁来访？　清风掀动满桌书。

春游嘉定

2013 年 3 月 3 日艳阳天，携妻和几位在沪山西好友志刚、老刘等应邀到嘉定的平遥老乡巩姐家聚会

春光明媚笑语稠，　老乡相随嘉定游。
碧水环萦兴宏业，　紫气东来聚红楼。
美酒佳肴忙巩姐，　神聊胡侃逗老刘。
逍遥万事皆不论，　庭院深深倩影留。

龙 华 寺

2013 年 11 月 15 日

闹市香刹嘉龙华，　弥勒端坐浑是家。
大肚非空容乾坤，　笑脸随缘展袈裟。
绕塔驱忧尘烦灭，　鸣钟祈福运气佳。
焚香祝愿亲人好，　菩提无处不飞花。

注：龙华寺系三国时孙权为其母兴建，取弥勒菩萨于龙华树下成佛之说而命名。

二月二游世纪公园

2014 年 3 月 2 日值二月二龙抬头，久阴天霁，同家人游

红梅怒放满园香，　湖畔媪舞亦娆狂。
莫道江南春草绿，　久烦阴霾爱阳光。

新江湾城碧园红叶

2014 年 5 月 14 日携妻与妻老同学如荷等游观红叶

初夏谁知枫叶红？　枫叶红在江湾城。
毋待秋深西山去，　碧园红叶酿诗情。

南 京 路

2014 年 7 月 25 日

高楼林立地摩天，　老店名品个顶尖。
虹霓闪烁人涌动，　不见当年好八连。

游园赏梅

2015 年 1 月 22 日伴妻侄女文静到世纪公园赏梅

腊梅开时满园金，新蕾泛红喜迎春。
湖波竹影相辉映，未觉已是画中人。

重阳节世纪公园携友赏菊

2015 年 10 月 21 日

枝头芳桂湖畔菊，公园赏花步徐徐。
敢傲霜凌始绽放，心清若水何问渠。

在松江泰晤士小镇做客

2016 年 12 月 26 日，与妻儿受悉尼结识的一对企业家夫妇邀请,到松江泰晤士小镇其家中做客

悉尼交友会申城，松江做客细雨中。
英式小镇泰晤士，哥特教堂异国风。
茂林碧水环别墅，彩街群雕念莎翁。

观湖美餐品红酒， 频频举杯不胜情。

元旦阖家游共青森林公园(3首)

2017年元旦携妻女、小外孙丹丹欢乐游

（一）

松林落叶满地金， 腊梅一枝独报春。
阖家游园渡元旦， 丹丹最是快乐人。

（二）

松�曲水映斜亭， 长椅小憩听鸟鸣。
忽见新娘拍婚照， 寒冬裸臂亦从容。

（三）

风撒涟漪漾平湖， 红黄小船碧水浮。
谁在草坪吹泡泡， 飞过青松散翠竹。

定风波·浦江晨

2017 年 10 月 20 日

云水烟霞雾遮林，环浦临江行健身。舟船飞鸥聊伴侣，好美！信手拈词且高吟。

人生何处无欢乐？真价。生活每日有开心。寄语天涯众老友，如是。携手翩然驾麒麟。

泾南公园

2017 年 12 月 6 日

千年银杏立泾南，　环流护树辟公园。
笙歌群舞适时乐，　冬犹红绿春盎然。

家院桂花

2018 年 10 月 26 日于沪家院

秋晚风清淡云白，　百花谢过桂花开。
金粉银蕊香满院，　过往窈窕闻顾来 。

深坑酒店

2019 年 1 月 24 日

天马山下大深坑，　琼楼倚崖向天冲。
地球伤痕废变宝，　悬流碧挂胜龙宫。

注：上海佘山世茂洲际酒店（又名“深坑酒店”）位于上海市松江国家风景区佘山脚下的天马山深坑内，海拔 88 米，是世界上首个建造在废弃的采石坑内的自然生态酒店。

江　苏　省

苏　州

1999年7月中携妻及儿女游苏州

七里山塘到虎丘， 东方水城水长流。
画舫泊靠寒山寺， 枫桥寻梦又苏州。

游寒山寺读《寒山诗》

1999年7月中游寒山寺购读《寒山诗》，始知寒山

天台林密隐高僧， 灵岩幽穴卧裸虫。
放旷释怀真意度， 参禅消妄诗境通。
石梁牛印指归路， 青天冷月照心灯。
至今遗迹寒山寺， 和携拾得听夜钟。

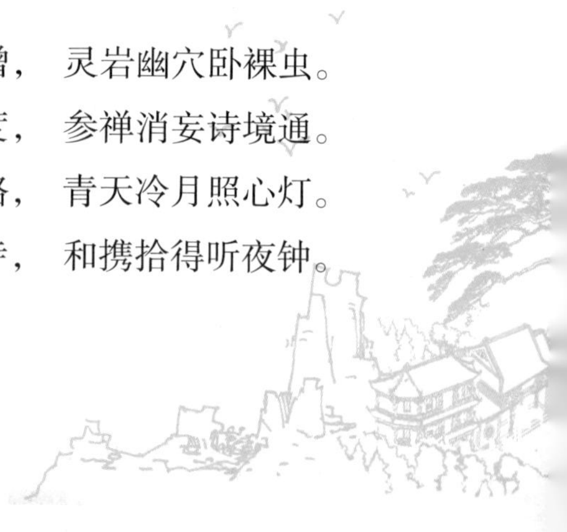

华东行(4首)

2008年5月下旬,伴随女儿参加奥运圣火传递,同妻女家人游泰州、南京、扬州

泰州望海楼

随传圣火到泰州,　偷闲登上望海楼。
东眺烟波不见海,　下俯城河绕清流。
曾毁兵火起盛世,　承兴文运唱春秋。
高入青云思天近,　古郡新胜赖运筹。

南京拜中山陵

紫金山上腾紫云,　天下为公冠古今。
开创共和终帝制,　民主先行第一人。

玄武湖

钟山倒映水清幽,　虹堤翠柳环五洲,
六朝古都遗迹在,　烟波浮出览胜楼。

蝶恋花·扬州瘦西湖

借得西湖水一角，移来金山，亭亭半点小。二十四桥锦带绕，月荷风柳分外好。

十里波光报晨晓，三月烟花，扬州春来早。骚客怪才留墨宝，引来后人续诗稿。

天目湖·南山竹海

2009年11月

群峦环抱天目湖，　山壑如海万亩竹。
祝愿钟鸣金门岭，　荡舟波隐石葫芦。
奇峰耸秀连三省，　苑茶清香第一壶。
忘情浑不思归去，　曲岸新月卧青蒲。

注：26日至27日，携妻赴江苏溧阳天目湖、南山竹海景区游玩，登峰览苏、浙、皖三省聚景，下湖品茶，吃天目湖大鱼头，感受“水甜、茶香、鱼鲜”三绝。

“五一”游太湖

2010年5月1日携岳母、内弟家人游

园林赏罢出姑苏，　车流缓缓达太湖。
十里大桥连数岛，　几叶白帆映层浦。
水天浩渺成一色，　渔村棋布缀明珠。
“三白”下酒催人醉，　做个瀛洲小糊涂。

注：“三白”为太湖著名的白鱼、银鱼、白虾。

拙政园

2010年5月1日于苏州，园林美，然太小

巧借山水入园林，　竹韵花影远嚣尘。
毕竟偷闲城市里，　一亭沧浪游几人？

虞山尚湖

2011 年 9 月 7 日携居常熟的姐姐、姐夫、外甥游

尚湖清清映虞山，　恰似倩女拥俊男。
难得此地风光美，　倚山面水松下眠。

翁同龢故居

2013 年 11 月 4 日

晋阳书屋雅文风，　两任帝师一巨翁。
彩衣堂前状元第，　光耀三吴振家声。

注: 江苏常熟清代翁同龢一门两状元，曾任同治光绪帝师，力推变革维新。其故居彩衣堂里有晋阳书屋。

虞　山

2013 年 11 月 5 日

携亲漫步上虞峰，　远眺尚湖色空蒙。

千年古寺尽藏海， 十里青山半入城。
独攀剑门骛寻险， 小憩松亭静听风。
归晚美餐大闸蟹， 红酒觥觞溢深情。

注：常熟虞山南面尚湖，山中剑门、藏海寺、松风亭都是著名景点。

过徐州

2014 年 1 月 17 日

黄河旧道涌车流， 五省通衢过徐州。
风生水灭评楚汉， 日升月落唱黄楼。
中原逐鹿战淮海， 雄师奋臂缚苍虬。
汉源古胜新妆秀， 云龙山上后登游。

注：苏轼有诗《登云龙山》。此行未登，后当补游。

苏州游狮子林

2014年7月26日伴妻、妻闺蜜黎晓游

怪石如狮竞嶙峋， 游客假山密如林。
真趣匾下难有趣， 赞罢园艺叹人群。

报恩寺塔

2014年7月26日

九级浮屠九五尊， 万岁千秋知报恩。
登顶极目江河汇， 罡风浩然净此心。

注：苏州报恩寺塔由三国时吴主孙权为报母恩而建，塔高九层，凸显皇家九五之尊之气魄。

岳王庙

2014 年 11 月 19 日

赤心报国尽精忠， 挥师矢志捣黄龙。
谁遣金牌十二道， 更陷囹圄百千重。
世人皆口唾奸佞， 青史几字刻元凶？
凭吊神伤莫须有， 仰天长诵满江红。

镇江行组诗(6 首)

2015 年 10 月下旬随儿子游镇江

镇江行

久思镇江今日行， 三山一渡景重重。
层层楼阁入仙阙， 浩浩江流滚蛟龙。
北固尚留英雄泪， 京口长存学士风。
饥来一碗锅盖面， 香醋拌餐美融融。

注：镇江精品景观为“三山一渡”，即金山、焦山、北固山和西津渡。

金山寺探法海洞

谁言法海不懂爱？　丞相送子修化外。
妒火烧情囚许仙，　恨压白娘作妖怪。

注：据碑文记载，法海本姓裴，河东（山西）人，唐宰相裴休之子。裴休送子到镇江出家，其筹资建金山寺后不知所终。《白蛇传》“水漫金山”一事使法海恶名远扬。

北固楼

北固山上北固楼，　满眼风光望神州。
六朝风月情未了，　千古兴亡战已休。
稼轩空吟悠悠恨，　放翁长留淡淡愁。
江流日夜向东海，　霜霾迫降又深秋。

甘露寺

吴云楚水京口风，　龙凤呈祥记遗踪。
周郎计安甘露寺，　赔了夫人又折兵。

焦　山

乘船跨江上焦山，　碧浪环岛抵吴关。
青峰滴翠水浮玉，　摩崖刻石寺包岩。
三诏不起隐仙士，　一塔凌霄焕云天。
抒怀吞吐浩然气，　遥见渔村起炊烟。

注：“三诏不起”典故，指东汉高士焦光隐居于此，汉献帝三次下诏任用，焦光不应帝诏，终老此山。后人尊誉焦光，将山称为焦山。

镇江西津渡

江流浩浩扑山楼，　古渡悠悠运船稠。
闲情漫步石阶路，　酒旗面匾满街头。

无锡太湖游(5首)

2015年10月下旬随儿索江应其朋友之邀游无锡太湖

灵山大佛

大佛参天比肩齐， 太湖波远灵山低。
梵宫展演吉祥颂， 欧式寺堂亦新奇。

游灵山有感

大佛参天立苍穹， 教堂辉煌树梵宫。
一景投资上百亿， 何如捐助脱贫穷？

念奴娇·鼋头渚

三环水绕，突鼋头，渚势欲吞吴楚。烟波三万六千顷，玉镜银光炫目。东望充山，青峰染黛，隐朱楼别墅。飞舟逐浪，惊起轻鸥无数。

往岁携友太湖，品三白鱼，逛岛桥晚渡。今日胜有子相伴，更有新朋导路。寻鱼沽酒，赏点罨画，谈笑嗟荣辱。

桃源醉醒，迷眼身在何处？

注：鼋，传说是龙的第九子。鼋头渚在无锡西南太湖之滨三面环水的半岛上，形如突入湖中的鼋头，故名。

惠山泉

《二泉映月》天下传， 今知天下第二泉。
惠山石泄千寻瀑， 松崖涧含九龙涎。
春芽泛玉僧煎茗， 秋露凝珠寺安禅。
客来欲攀时已晚， 未饮一掬享清甘。

注：无锡西郊有惠山，山有九峰，蜿蜒若龙，惠山泉又称天下第二泉，水质滑洌清甘，宋时曾为贡品。著名的二胡演奏家盲人阿炳就是无锡人，他的《二泉映月》就取材于此。

西江月·太湖游

水乡喜结新友，轻车环游太湖。万顷烟波几叶舟，七十二峰拥簇。

鼋头丹亭翠影，礁侧雪浪青蒲。螃蟹银鱼共小酌，挥手高铁返沪。

宜兴游

2016年12月23日

数九时节到宜兴， 竹海翻波竹叶青。
太湖之源探海底， 翡翠长廊听瀑声。
蜀山书院遗古树， 紫砂茶壶赏新型。
最喜东坡美茶饮，“三绝”远寄溪山冬。

注：苏东坡在宜兴饮茶有“三绝”，即阳羡茶、金沙泉、紫砂壶。

江阴访徐霞客故居

2016年12月24日特到江阴访徐霞客故居，瞻仰这位伟大的游圣、地理学家、旅行家、游记文学家

为瞻游圣到江阴， 霞客游记天下闻。
古涉山水谈何易， 华夏旅行第一人。

华西村

2016 年 12 月 24 日

久慕大名到华西， 农村兴旺排第一。
花园别墅村民住， 金塔大厦游人迷。
坚持集体驱贫困， 发展经济创奇迹。
辉煌永记吴仁宝， 共同富裕举红旗。

注：华西村在老书记吴仁宝（已去世）带领下坚持走集体化道路，大力发展经济，实现共同富裕，取得举世瞩目的成就。华西村被称为“中国第一村”。

重阳节登栖霞山

2017 年 10 月 28 日

龙盘虎踞凤凌空， 重阳漫山霜叶红。
古刹云蒸舍利塔， 秀崖霞栖望江亭。
一座纱帽升王冠， 六朝遗迹嵌金陵。
笑谈五王十四帝， 今朝我登最高峰。

注：栖霞山位于南京城郊，由龙山虎山凤翔峰组成，有众多六朝胜迹，也是中国四大赏红叶胜地之一，被誉为“金陵第一明秀山”。是日重阳节，同上海的介休乡友登游。

栖霞峰顶望大江有感

2017 年 10 月 28 日

半坡红叶满山秋，　径登栖霞最峰头。
岷涛西来吞吴楚，　危矶东向跃鲸虬。
六朝形胜销王气，　千寻要塞伴荒丘。
江水不问兴亡事，　夕照烟波日夜流。

乌衣巷

2017 年 10 月 29 日

夫子庙南鹭洲西，　一巷成名千古奇。
晋风唐韵追王谢，　年年燕飞柳莺堤。

随索江从无锡赴阳澄湖吃蟹

2019 年 1 月 8 日

万顷苍波岸柳青， 芦花稻谷尽藏冬。
观湖喜餐大闸蟹， 美人腿间辨雌雄。

注：阳澄湖蟹被誉为蟹中之冠。湖中有一条美人腿半岛，索江朋友今日在此以地道阳澄湖大闸蟹和大嘴乌肉盛情款待，并教我如何识别公蟹雌蟹、如何吃蟹黄蟹膏，美餐且长见识。

浙　江　省

严子陵钓台

2000 年 7 月

披裘钓泽隐东台，　春江不见金殿开。
潮生潮落歌归处，　山高水长胜蓬莱。

注：是月下旬，携妻与儿女同游富春江严子陵钓鱼台。宋范仲淹撰《严先生祠堂记》中“云山苍苍，江水泱泱，先生之风，山高水长”之名句，流传至今。

长相思·千岛湖

2000 年 7 月 29 日全家人游千岛湖

钱江流，春江流，新安大坝截中流。一湖千岛稠。
凤岛游，羡岛游，飞舟遏浪溯江游。直上黄山头。

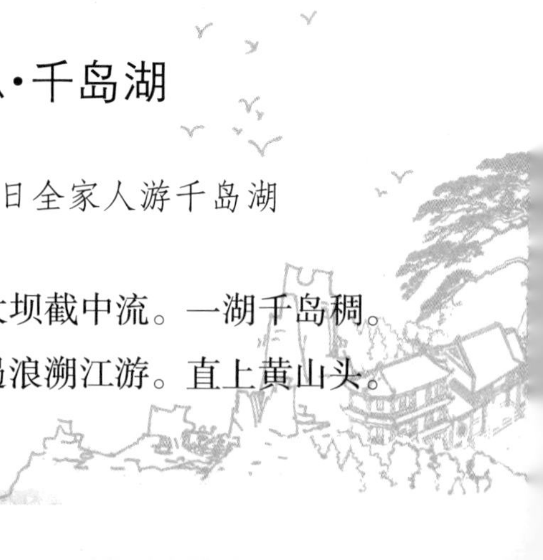

富何求，贵何求，忘情山水无所求。柳荫钓沧州。

普陀山(4首)

2000年7月31日偕妻与儿女游

(一)

日僧东渡请至尊，　普陀海阻莲花身。
从此留山开道场，　长祀“不肯去观音”。

(二)

五朝恩宠山藏寺，　千年兴盛海浮僧。
震旦佛国清净地，　大悲行门渡苍生。

(三)

东行碧海万顷波，　诚拜观音上普陀。
香火熏得游人吐，　名为敬佛实欺佛。

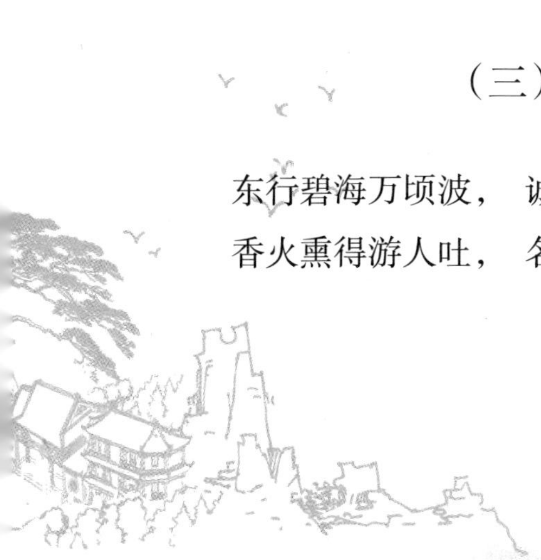

（四）

释迦是人不是神， 积德行善创佛门。
谁若错当贪官看， 厚供求财枉费银。

假日游西湖

2011 年 4 月 30 日同家人游

离沪驱车赴杭州， 西湖景美不胜收。
两堤信步赏柳浪， 三潭戏波荡轻舟。
慧峰秀水画中画， 龙茶醋鱼楼外楼。
南屏禅寺钟声晚， 阖家安康乐悠悠。

天台山石梁飞瀑

2011 年 5 月 7 日

两山对峙石梁横， 梁下飞瀑跃青龙。
挟风掣电惊雷吼， 霞客三访仍动容。

注：明代旅行家徐霞客曾三次来此探访。

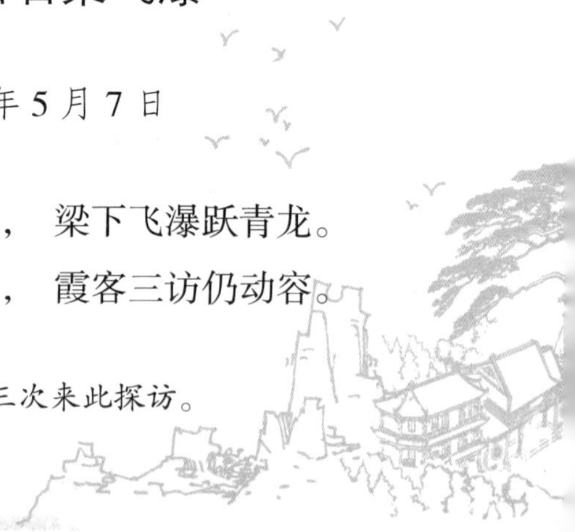

游石梁飞瀑

2011 年 5 月 7 日

林竹滴翠山色浓， 石桥高架连双峰。
飞瀑雪练自空落， 鬼斧神工浑天成。
罗汉圆场做道场， 古刹钟声伴涛声。
触目皆景看不够， 太白欲来可就行？

注：傍瀑有方广寺，是五百罗汉的总道场。李白诗云："龙楼凤阁不肯住，飞腾直欲天台去。"

雁荡山

2011 年 5 月 8 日

雁荡山奇百二峰， 霞客谢公有遗踪。
崖嶂磅礴立千仞， 林雾朦胧影万重。
悬瀑飞花泄幽谷， 古洞碧潭藏蛟龙。
最美乌岩观云海， 他日有兴再攀登。

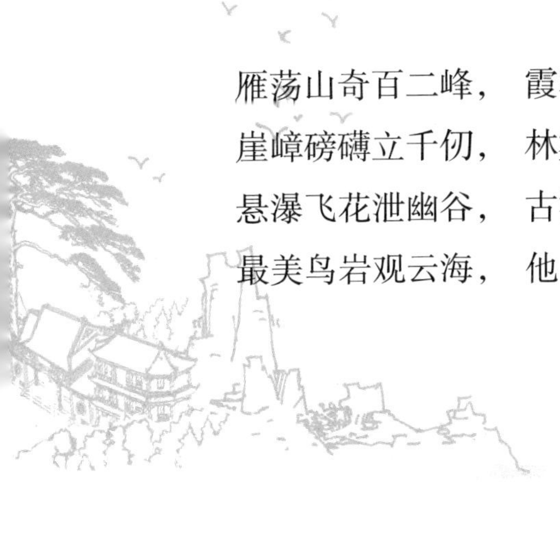

钱塘观潮(4首)

2011年9月10日至12日，同女儿、女婿赴钱塘观潮,震撼作诗

(一)

八月十八望钱塘，　百里长堤挤人墙。
谁道无风不起浪，　风平潮涌扑天狂。

(二)

钱塘大潮最雄奇，　来如巨龙绞长堤。
雪浪凌空撼天地，　涛头不见弄潮儿。

(三)

忽如飓风卷狂涛，　恶浪冲天比天高。
万鼓擂动千军吼，　正是海潮向人潮。

（四）

游客纷沓聚海门，潮起万马涌千军。
惊涛击岸有何惧，本是风波浪里人。

菩萨蛮·钱塘观潮

2011 年 9 月 30 日

不到长城非好汉，不观海潮终身憾。
几次到钱塘，人流汇汪洋。

狂涛惊雷吼，飞舟逐浪走。
拍岸回头潮，海天共滔滔。

乌　镇

2014 年 1 月 22 日同老乡好友志刚游

冬尽春临访乌青，吴越古镇悦心容。
楼岚阁雾吞吐处，水街岸市往来中。

双桥灯火展秀色，　六朝遗胜泛新声。
名人荟萃多才俊，　书院流连诵昭明。

注：乌镇别名乌墩、青墩，是茅盾先生的故乡。乌镇“昭明书院”为南梁昭明太子读书之地，其所著《昭明文选》在中国文学史上占有重要地位。

乌镇茅盾故居

2014 年 1 月 23 日

乌巷故居拜茅公，　椽笔镌书世纪风。
英名设定文学奖，　一花引发万花红。

游乌镇逢小年

2014 年 1 月 23 日

腊月二十三，　农历过小年。
结伴游乌镇，　漫步逛桥轩。
昭明书院静，　茅盾展馆繁。
幽巷藏老店，　碧流荡篷船。
参禅白莲寺，　听戏沈家园。

桥市买糖点， 水阁食美餐。
半壶三白酒， 一盘四喜丸。
举杯信口唱， 老友尽开颜。

溪　口

2014 年 5 月 17 日携妻行游

浩荡风雷已淡然， 秀岭雄关锁桃源。
细雨朦胧游溪口， 世纪恍惚映心田。
双龙戏珠成往事， 一统宏业势无前。
中华两岸好儿女， 携手同行笑开颜。

溪口蒋介石故居

2014 年 5 月 17 日

九曲清幽武岭奇， 细雨轻筏下剡溪。
方知绝胜好山水， 南行万里盼归栖。

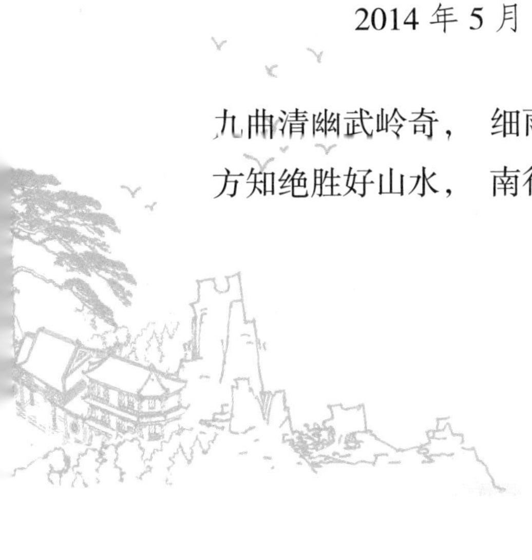

溪口美龄别墅

2014 年 5 月 18 日

一山云雨半溪烟， 乐亭抱月美人眠。
小窗窥赏琴书画， 女英原来赛神仙。

七盘仙谷

2014 年 5 月 18 日

蛇行斗折七盘坑， 幽涧瀑潭缀林峰。
驿道岩茶香绿野， 静伫石桥听鸟鸣。

注：七盘仙谷距绍兴市新昌县城 5 千米。

卜算子·山阴道上

2014 年 5 月 20 日于绍兴

常思会稽山，今走山阴道。峰峦竞秀镜湖明，棹歌丽人笑。

流觞咏兰亭，梅梁祭禹庙。江左星驰荟英杰，俱怀王逸少。

绍兴唐寅园

2014 年 5 月 19 日

酒盏花枝谁有缘？ 泰然回步桃花庵。
江南才子风流处， 似见唐寅花下眠。

绍兴沈园读陆游《钗头凤》

2014 年 5 月 20 日

铁马金戈一放翁， 沈园饮恨更伤情。
千古悲曲钗头凤， 白发年年断秋风。

绍兴访鲁迅故居

2014 年 5 月 20 日

俯首横眉爱憎明，血荐轩辕气如虹。
长夜彷徨至呐喊，投枪正是纸上声。

咸亨酒店小酌

2014 年 5 月 20 日

咸亨酒店小， 大名谁造就？
好个孔乙己， 诱我登门扣。
曲尺大柜台， 铜钱排出手。
一碗太雕酒， 一碟茴香豆。
小酌自浅饮， 惬意直享受。
鲁迅在我心， 永为孺子牛。

古轩亭口

2014 年 5 月 21 日晨于秋瑾烈士纪念碑前

古轩亭口碑入云， 巾帼壮烈第一人。
投笔拔剑摧帝制， 散财捐躯为黎民。
冷雨流尽侠女血， 春风唤回英雄魂。
我来低首真颜汗， 皮囊几多报国心？

兰　亭

2014 年 5 月 21 日

久蓄心愿到兰亭，　书圣遗迹遍诸峰。
茂林修竹聚名士，　曲水流觞酿闲情。
景幽人杰誉海内，　文妙书绝冠寰中。
王谢堂前燕已去，　长留集序颂雅风。

鹅池墨池

2014 年 5 月 21 日

一湾碧水几只鹅，　鹅字碑刻伴松柯。
行临墨池敢试笔，　诚瞻书圣现砚磨。

柯　岩

2014 年 5 月 21 日

北倚柯山南望湖，　危岩百丈入穹庐。
石佛巍巍水中坐，　云骨奇石立浮屠。

雨中登雷峰塔

2014 年 7 月 24 日

兴登新塔上雷锋， 欲览西湖雨空蒙。
远眺苏堤成横线， 近观碧峰耸南屏。
裸腿粉颜多玉女， 虎背熊腰少金童。
皆因解放白娘子， 庸庸许仙难自容。

六和听涛

2014 年 7 月 24 日

六和塔下欲听涛， 车流滚滚马萧萧。
慨叹武松英雄汉， 独臂青灯坐寂寥。

飞来峰灵隐寺

2014 年 7 月 24 日

灵鹫咫尺近， 飞来天外峰。
鲜花礼佛笑， 静听暮钟声。

安　徽　省

谷雨游九华山

2010 年 4 月 20 日

初到江南第一山，　时逢谷雨雨绵绵。
云遮未登天台顶，　雾重诚拜佛主前。
千亿应化金地藏，　九华存辉李谪仙。
尘世多少名利客，　何日度尽大愿圆。

注：新罗（今韩国）王子金乔觉到九华山修炼成为菩萨，尊“金地藏”，九华山遂成为地藏王“应化”之地。地藏菩萨大愿：“众生度尽，方证菩提，地狱未空，誓不成佛。”

九华天台

2010 年 4 月 21 日

昨逢浓雾未登台， 今晨顺风上天来。
云海银波拥墨翠， 古刹清音净心怀。
金龟朝斗祥和至， 大鹏听经瑞花开。
挥汗沐雨临极顶， 方觉心澄万里埃。

登天台谣

2010 年 4 月 22 日

“不登天台，等于没来。 登了天台，下次不来。”
我到九华，风雨雾霾。 健步登攀，直指天台。
金龟朝斗，蜡峰列排。 大鹏听经，峭壁险裁。
风烈雨骤，伞难撑开。 不惧疲惫，更无徘徊。
观山赏景，谈笑开怀。 石阶六百，终达高陔。
天地混元，何其壮哉。 如有机缘，定当再来!

黄山游(11首)

2011年9月27日至29日携妻游黄山,喜观日出

迎客松

雾中走近迎客松，　青狮白象睡朦胧。
忽开云幕半天脸，　兰青碧翠现奇峰。

注:迎客松侧有青狮、白象两座巨岩,曾有文殊道场。

百步云梯

黄山何险，　云梯百步。
石滑阶陡，　不敢四顾。
低头看路，　抬头看雾。
不见青山，　只见树木。

从玉屏峰到天海

寒风吹过玉屏峰，　眼前迷雾乱飞腾。
登临天海不见海，　耳旁阵阵海涛声。

光明顶

光明顶上无光明，　天低云暗雨蒙蒙。
三十六峰皆不见，　唯见风中立青松。

夜宿黄山

微灯细雾夜茫茫，　北海林中小木房。
热荡泡脚驱疲累，　松涛伴眠入梦乡。

黄山观日出

一觉醒来正黎明，　快步登上狮子峰。
欢声齐庆乌云散，　瞩目迎来满天红。

黄山日出

层峰叠海裹浮云，　峰暗云白闪如银。
丹辉一抹冲空起，　日光穿林万点金。

始信峰

始信峰上小平台，　云遮雾罩复散开。
悬崖倒挂松探海，　对面石笋云里栽。

注：始信峰观景台因邓小平登临之故，改名小平台。台侧绝壁有奇松谓探海松，对面石笋峰在云中忽隐忽现，风景奇佳。

登黄山有感(3首)

（一）

黄山绝景观赏难，　每有云雨雾遮拦。
登高不知身何处，　几多茫然共怅然。

（二）

昨夕阴雨今朝晴，　心似蓝天旭日升。
畅览奇峰三十六，　不虚此游谢天公。

（三）

行游五岳看黄山，　雄奇险秀各有天。
莫道归来不看岳，　无穷兴致到天边。

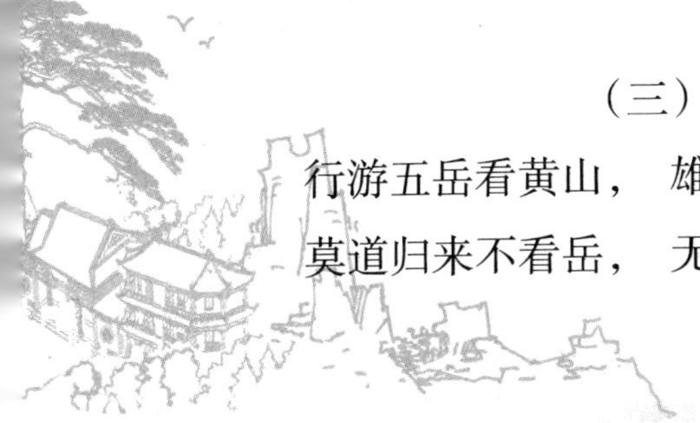

游黄山谢天公

黄山百变孰阴晴，　欲登须先问天公。
天公考我为何来，　峰岩云罩雾里埋。
天公怜我登攀累，　细雨松涛催人睡。
天公知我爱云汉，　满天乌云风吹散。
天公赏我为山痴，　情景交融尽成诗。
游罢黄山谢天公，　佑吾来日万里行。

黄山游

秋高何处解闲愁，　携妻拄杖黄山游。
奇松迎客随风舞，　云海翻波漫岫流。
曾登五岳抒快意，　今览四绝放歌喉。
观日直登瑶台顶，　顿觉身临天上头。

注：奇松、怪石、云海、温泉为黄山四绝。

沁园春·过黄山

2014 年 5 月

朝起申城，经浙越皖，西向婺源。望峰峦滴翠，烟岚云起。层层竹岭，片片茶田。溪绕幽涧，车穿隧道，青葱闪动入黄山。浓绿处，现黑瓦白墙，精美画帘。

此处别样黄山，无石险松奇有路宽。喜午餐入市，饱尝徽味。土特名茶，质优价廉。农舍琼楼，飞檐玉壁，徽商风韵处处传。正斜日，沿江胡大道，欢歌向南。

注：因江泽民祖居婺源江湾，胡锦涛祖籍安徽，故当地人把从婺源至安徽的高速公路称为“江胡大道”。

福 建 省

晨登鼓浪屿

2000 年 8 月中携妻儿女游厦门

朝晖初上日光岩， 排浪击礁势吞天。
声闻郑师龙虎壮， 擂鼓扬帆克台湾。

望 金 门

2000 年 8 月

站在厦门望金门， 海天茫茫涌浮云。
一水分开楚汉界， 终究同是中国人。

集美归来堂

2000 年 8 月

归来堂上侨旗红，　爱国爱乡献赤诚。
无数游人来集美，　交口共赞陈嘉庚。

武夷山游(3 首)

2009 年 12 月初，携妻儿女游武夷山

(一)

武夷山水天下奇，　如诗如画九曲溪。
碧峰相向迎次第，　竹筏浪荡竞逶迤。
茶赐红袍一品贵，　壑架船棺千古迷。
更有朱子传书院，　自然文化冠世遗。

(二)

云霭缥缈探武夷，　丽姿天韵最神奇。
三三秀水峰环抱，　六六青峰水迷离。

雪花泉涧喷珠玉，　丹霞嶂顶落虹霓。
九曲棹歌唱今古，　天游尽胜不临溪。

注：宋代朱熹在武夷山建书院，写有《九曲棹歌》。天游指天游峰，徐霞客称天游峰“不临溪而能尽九溪之胜”。

（三）

鹰峰展翅竞天高，　岩半珍藏大红袍。
奇山秀水好茶品，　山歌声里望归樵。

土 楼 赞

2017 年 3 月 13 日下午由广东进入福建永定县观赏初溪土楼群，福建土楼 2007 年被列为世界文化遗产

恰似飞蝶降云天，　化作城堡立山巅。
依山傍水排八卦，　围圆逐屋转千圈。
曾赏故宫揽乾坤，　今叹土楼冠宇寰。
族聚一居抟和气，　世遗岂止数百年。

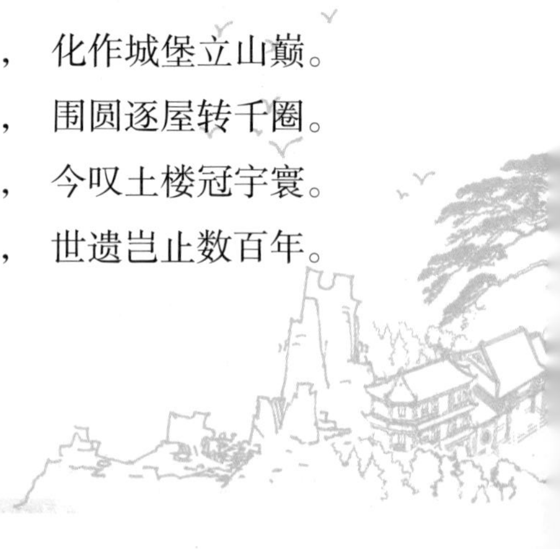

又到厦门

2018 年 10 月 16 日同老友李天增、赵军从马来西亚飞抵厦门

辞别大马到厦门，　鼓浪屿上上游轮。
天风海浪生琴韵，　汽笛鸥鸣伴潮音。
挥汗攀登日光岩，　极目东海海连天。
群楼夕照观美景，　老街灯下吃海鲜。

日光岩望金门

2018 年 10 月 16 日晚于厦门

日光岩顶望金门，　排灯初亮正黄昏。
碧水白涛分两地，　长藤巨树本同根。
当年炮火多少怨，　现今硝烟了无痕。
隔海酿出高粱酒，　待来同饮报新春。

重阳节飞离厦门

2018 年 10 月 17 日重阳节

重阳九九喜登高， 借机腾飞上九霄。
群峰峻岭皆脚下， 唯有白云脸颊飘。

福州三坊七巷

2019 年 1 月 9 日

白墙黛瓦榕绿浓， 旧火新灯映楼亭。
闲来表里山河客， 青石板路问书声。

林则徐祠

2019 年 1 月 9 日

抗敌御侮卫黎民， 矢志报国献终身。
虎门销烟垂青史， 海涛山雨为君吟。

注：林则徐，清代政治家、思想家和诗人，官至一品。因其主张

严禁鸦片并在虎门销烟，有“民族英雄”之誉。林则徐祠位于福州市三坊七巷南头。

林阳寺赏梅

2019 年 1 月 10 日

山寺梅开灿霞云， 缤纷五色报春临。
阵阵幽香溢禅院， 醉倒花前拜观音。

于中好·福州游

2019 年 1 月 10 日

三山鼎峙一江流，三九南行到福州。三坊亭阁连七巷，三叩林公敬心头。

安民巷，安泰楼。新朋老友喜同游。佛跳墙对白干酒，他乡感同在介休。

江　西　省

江西游(6首)

2010年6月上旬同老友张成义、刘春生赴江西游

登滕王阁品《滕王阁序》

神风送客此地游，　物华天宝竞风流。
高阁作笔江砚墨，　始得佳作传千秋。

庐山三叠泉瀑布

飞泉三叠百丈峰，　携云挟电走游龙。
虹霓七彩喷珠玉，　幽谷铁壁滚雷霆。

庐山含鄱口

远眺鄱湖雨蒙蒙，　近观五老半脸峰。

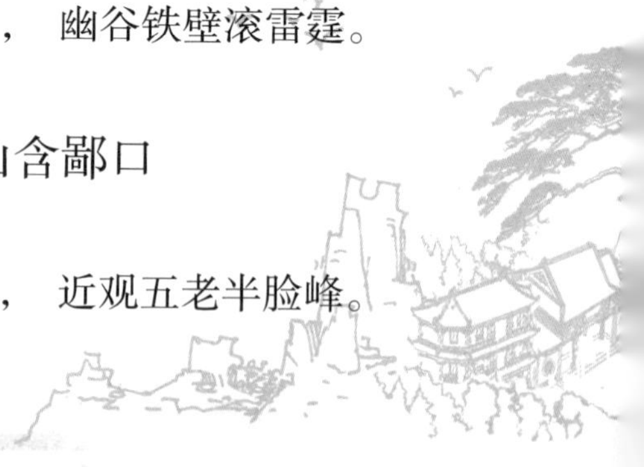

忽见云开露红日， 却腾大雾入朦胧。

慧远讲经台

深入庐山到石门， 慧远功德天下闻。
四海香客朝净土， 宗师本是故乡人。

注：慧远大师系我老家山西原平人。

仙 人 洞

崖下坐观谈判台， 仙洞劲松列成排。
深涧险峰云飞渡， 常乐我净寻梦来。

水调歌头·登井冈山

心底久蓄愿，朝拜井冈山。今日来游胜地，伴友尽开颜。白是崇山峻岭，新建红墙碧瓦，雄迹耀宇寰。登临黄洋界，感慨何万千。

先烈志，红星路，誓承传。更举改革开放，振兴战犹酣。勃发浩然正气，横扫黑恶腐败，潮流谁可拦？同心振华夏，巨龙腾九天。

再游江西(6首)

2013年5月上旬同友人再游江西

龟　峰

弋阳龟峰天下奇，　丹霞异景处处迷。
龙宫出海呈瑰宝，　鬼斧神工入世遗。

三清山

峰插太虚号三清，　攀缘直上云里行。
丹炉问谁再点火，　老天为我特放晴。
千崖竞秀松林茂，　万壑争奇泉水淙。
飞崖断壁盘栈道，　拄杖小憩到仙宫。

过鄱阳湖

浩瀚无际鄱阳湖，　渔舟点点水面浮。
有心登高览全貌，　明日乘风上匡庐。

再登庐山

摩天镇地立东南， 揽江携湖势吞天。
百年风雷龙虎斗， 一曲恋歌化尘烟。

龙虎山

碧岭丹山绣锦云， 炼丹形现龙虎名。
六十三代天师府， 百零八景地母门。
竹筏漂流泸溪水， 美味品倒异乡人。
险壁悬棺呈绝技， 一蓑鸬鹚入湖林。

龙虎山印象

龙盘虎卧环岭丘， 泸溪曲绕个中流。
背山面水兴道府， 天人合一任勾留。

婺源行(8首)

2014年5月下旬从上海赴江西婺源游玩

婺源行

璞峦草野蕴兰芝，　最美乡村至方知。
油菜花海虽过季，　红豆杉林正当时。
篁岭梯田皆入画，　长寿古里尽成诗。
青山对流竹排外，　驴友如醉我如痴。

源头古村

探源书屋为谁开？　源头活水迎我来。
清溪茂竹入幽境，　云影观书品茶台。

注：据传南宋朱熹著名诗句“问渠哪得清如许？为有源头活水来”即触景生情于此。

篁岭(一)

初登篁岭游兴浓，　粉墨梯田展画屏。
天街观晒逢拍戏，　小铺闻笛放歌声。
花田四季行丽女，　茂竹三叠隐牧童。
漫步杉桥心潮动，　南国忽起故园情。

篁岭(二)

篁岭源自感皇恩，　父子入相传盛名。
江湾卧龙延紫气，　天街耸玉绕祥云。
梯田环抱千层绿，　古树簇拥四时春。
山居何必蓬莱去，　引来天涯万里人。

注:已有500年建村史的篁岭是清代父子宰相曹文埴、曹振镛的故里。江湾是江泽民故里。

三　溪

清晨早起行路迟，　行到三溪看水时。
层峰叠翠夹幽瀑，　坐听黄鹂唱花枝。

古洪村

古宗古落古洪村， 古祠古堂古雕门。
民风民俗存古朴， 耄耋仍赛年轻人。

长寿古里洪村

半月桥门半月溪， 长寿古里御笔题。
礼让戒赌养生乐， 百岁于此不稀奇。

婺源返沪途中

峰波涌浪向后流， 车如碧海驾轻舟。
半厢越女儿台戏， 难敌老索一歌喉。

山东省

孔府

1998 年 5 月 16 日

未临曲阜心存疑，　华夏文明举谁旗？
兴兴毁毁儒释道，　是是非非孔仲尼。
毕竟春秋昭今古，　至诚仁德冠中夷。
众生朝圣大成殿，　桃李不言自成蹊。

登泰山

1998 年 5 月 20 日

初登泰山凌绝顶，　浓云密雾岚气冷。
岱岳雄姿无所见，　近与岩松相扶拥。
租衣御寒兴难尽，　携友小屋睡复醒。
睁眼忽喜云开处，　万壑千峰现身影。

盘石蹬梯天门下，　奇松巨石耸高岭。
云山翻动接东海，　海天浑然波涛涌。
我欲乘风遨齐鲁，　鸿鹄奋翔蛟龙猛。
直上九天揽星月，　慰我情怀歌且咏！

蓬 莱 阁

2009 年 7 月 11 日

乘船冒雨到烟台，　云雾缥缈上蓬莱。
海市蜃楼幻无影，　人间仙境景自开。
丹崖千仞八仙去，　青波万里三山来。
直欲渔梁坐垂钓，　孤心一点净浮埃。

青岛登信号山

2009 年 7 月 12 日

红房绿树傍青山，　碧海金沙映蓝天。
地拔琼楼多层次，　天成仙境无暑寒。
凭栏驻足观近里，　登顶骋目望远帆。
无愧东方有瑞士，　情迷再游八大关。

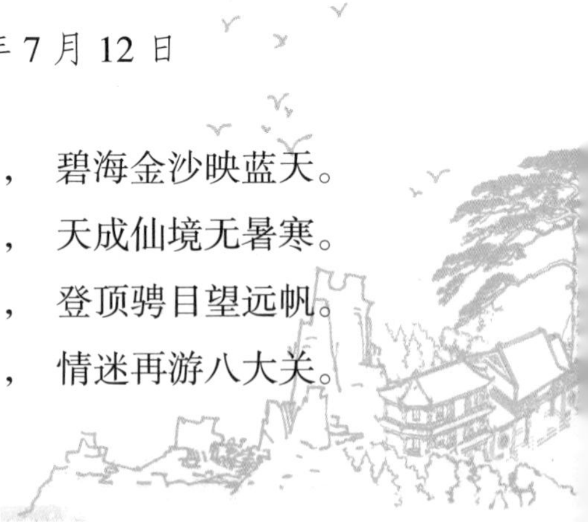

注:青岛有“东方瑞士”之美称

崂　山

2009 年 7 月 13 日

细雨蒙蒙登崂山，　瀑布滔滔泻海湾。
穿林拨雾访寺庙，　半是比丘半是仙。

再登泰山

2009 年 7 月 14 日再登泰山，时值入伏，登山是为游福

岱岳峥嵘势可呼，　登临入伏喜游福。
缆车凌空众山矮，　天街健步绝顶孤。
远松近柏映高下，　浓云淡岫若有无。
人世攀峰无止境，　笑把险途履坦途。

济南游记

2009 年 7 月 16 日

动车一发赛飞船， 即离泰山达济南。
趵突园盛泉水浅， 大明树茂湖柳残。
齐烟漫点万佛洞， 秦琼故居五龙潭。
宋词丰碑千年在， 长吟稼轩与易安。

行香子·访李清照故居

2009 年 7 月 16 日

香脸娇旎，风韵清丽，文采飞扬旷世奇。拈寻常语，入音律词。诉黄花瘦，孤月冷，寒风急。

国破家亡，颠沛流离，凄雪苦雨志不移。补《金石录》，传《漱玉词》。树婉约宗，易安体，巾帼旗。

注：李清照，号易安居士，宋代女词人。她所作词前期情感缠绵，后期悲情断肠，被称为“千古第一才女”。

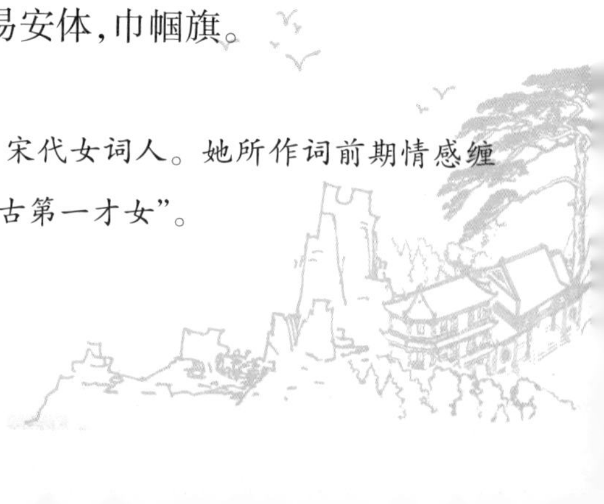

河　南　省

洛阳牡丹

2007 年 5 月 2 日

洛阳牡丹艳缤纷，　花开富贵几家门。
何如远离京华地，　野共桃李报三春。

观牡丹有感

2007 年 5 月 2 日

唐爱牡丹宋爱梅，　花开花落情为谁？
怜香谁比柳三变，　赢得花葬亦须眉。

观龙门石窟

2007 年 5 月 2 日

观罢牡丹逛龙门， 世遗瑰宝撼魄魂。
万佛庄严传千载， 石窟开凿是胡人。

注: 龙门石窟开凿始于北魏拓跋氏政权。

嵩山少林寺

2007 年 5 月 3 日

中岳庙本道家门， 奈何人皆奔少林。
棍僧勤王誉天下， 芸芸满山练武人。

云台山天瀑

2007 年 8 月 15 日

古贤山水寄情怀， 诗作最喜李太白。
一曲黄河之水天上来， 千古传诵唱不衰。

今我遍游名山川，　方知水自天来在云台。
云台天瀑何雄哉！
此山当为太行头，　峭壁千仞泄飞流。
摧云辟地惊雷吼，　势如万马腾九州。
冲波逆折出峡谷，　汇注黄河入海流。
嗟夫！
云台天瀑壮，　天瀑壮云台，
振我华夏一往无前向未来。

注:云台山位于山西陵川县与河南修武县交界处,景区由河南开发。山中大瀑布落差高达百丈,极为壮观。

破阵子·茱萸峰

2007 年 8 月 15 日

未及重阳九九,结伴攀登茱峰。石磴千级通峰顶,拄杖挥汗向葱茏,小憩风雨亭。

寻采茱萸香草,吟品摩诘诗文。极目秋山云天际,未逢佳节也思亲。今古共红尘。

注:唐代诗人王维,字摩诘,曾于重阳节登茱萸峰,写有《九月

九日忆山东兄弟》。茱萸峰位于云台山景区。

开　封

2013 年 2 月 17 日

霾雾蒙蒙到开封，　七朝古都展新容。
清明河园观漕运，　相国御寺访高僧。
忠君报国天波府，　廉正为民铁包公。
兵火风雷存铁塔，　菊花开时再攀登。

开封铁塔

2013 年 2 月 17 日

铁塔非铁暗琉璃，　孤高入云挂虹霓。
雷震洪火千年立，　望断中原逐鹿旗。

开封天波府

2013年2月18日

曾访雄迹上雁门，今到开封祭英魂。
七郎八虎杨家将，一门三代忠良臣。
威镇边关撼天地，血染疆场泣鬼神。
浩气无佞天波府，朱楼金匾励后人。

龙门石窟

2013年9月29日

背倚青山面碧流，万佛庄严历千秋。
胜缘结得伊川渡，吟句听泉上石楼。

白园谒白居易墓

2013年9月29日

醉吟不醒眠香山，龙门伊水铭诗篇。
白园代代人仰敬，不言少傅言乐天。

嵩山佛井

2013 年 9 月 30 日

少室盂峰二祖庵，　苦辣酸甜四井泉。
绳瓶提水吾品饮，　佛缘由此结福源。

注：嵩山之少室山有二祖庵，系达摩弟子慧可断臂立雪修炼地。庵内有四眼井，相近而苦辣酸甜味不同。相传武则天于嵩山封禅时曾饮此水，谓佛井。今日登山到此并品饮四井水。

重游少林寺

2013 年 9 月 30 日

牧羊小曲唱少林，　少林棍僧天下闻。
从此嵩校多姓武，　谁持禅定见精神。

嵩　山

2013 年 9 月 30 日

雄绝奇妙书页岩，　嵩阳太古地翻天。
引来武皇登封禅，　后人登顶顾流连。

黄河小浪底

2013 年 10 月 1 日

黄河折下邙阜东，　黄鹿截坝半天横。
跨世决战小浪底，　举国铸就大工程。
亘古中原汛为害，　今朝峡湖水变清。
欣游美景贺国庆，　明年汛期看泄洪。

红旗渠

2014 年 10 月 15 日从平顺到林县

千军万马战太行，　悬崖做屋石当床。
凿壁引来浊漳水，　跨峡架起幸福梁。

当代长城创奇迹，　人造天河写辉煌。
十年一曲英雄谱，　红旗猎猎染秋霜。

玉皇顶步云桥

2014 年 10 月 15 日

轻脚慢行步云桥，　微风晃动云中摇。
玉皇顶上放眼望，　天河如带半山飘。

注：红旗渠谓天河，玉皇顶更在红旗渠之上，凌空架有步云桥。

红旗渠景区络丝潭

2014 年 10 月 15 日

太行贯北南，　漳河劈两半，
南岸是林州，　北边谓涉县。
高峰正山西，　飞瀑来空半。
绝壁夹湍流，　古悬天桥断。
今筑红旗渠，　山花更妍绽。

相益络丝潭，　雄美谁不赞！

注：天桥断是当地农民为解决漳河分割冀豫而集资兴建的一座铁索桥，已历数百年。

与老战友游河南重渡沟(8首)

2016年7月15日至21日老战友于河南重渡沟聚会游玩

入游重渡沟

群峰滴翠溢清新，　进沟入住农家门。
半袖云岚拢斜照，　满耳鸟鸣唤归林。
日穿竹叶描幻影，　月浸泉声抚梦魂。
战友同是闲来客，　逍遥忘情望冰轮。

同老战友游滴翠河景区

拄杖溯溪沐爽风，　竹林滴翠接远峰。
钟乳石挂水帘洞，　飞虹瀑结玉珠宫。
九龙排炮震峡谷，　五彩莲池抒画屏。
文瑞放怀歌一曲，　齐夸老兵正年轻。

农耕村

战友团聚重渡沟， 农耕村里逍遥游。
碧峰竹海探茅舍， 飞泉迭水赏溪流。
大索抡锤当铁匠， 小郑登高展歌喉。
欢声一片返住处， 酒足饭饱齐午休。

入伏日携战友游金鸡河景区

入伏游福进山林， 竹海鸣泉草木深。
壑口千年菩提树， 谷内百叠瀑布群。
玉笛悠扬飞旋律， 老兵澎湃唱《知音》。
满载福气返农舍， 怡然万事不关心。

老君山

峻极仙宫聚紫云， 群峰竞秀并晴阴。
秦岭东延八百里， 伏牛中立一千寻。
太古造山成奇势， 李唐溯源尊老君。
大道恒德行日月， 到此深悟天地人。

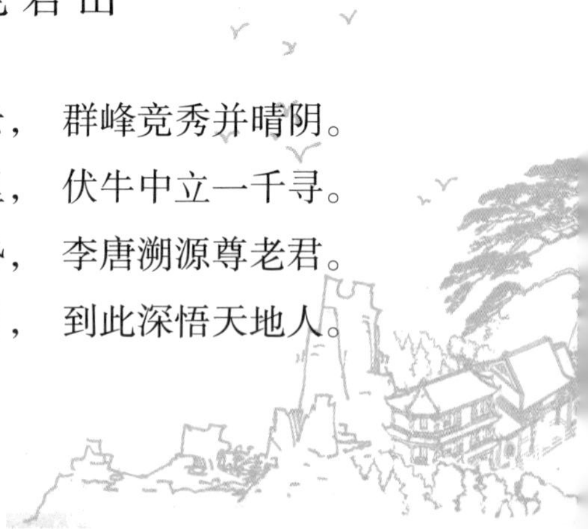

探秘鸡冠洞

云锁青山雾迷离，　鸡冠洞里欣探奇。
千姿百态石钟乳，　五光十色玉菩提。
闻声不见暗河水，　低头免撞彩天梯。
神来仙往如梦幻，　出洞只见雨淅淅。

注：鸡冠洞位于河南栾川县鸡冠山，是一个奇特的石灰岩溶洞。

重渡沟千年菩提树下
品摩诘“万事不关心”诗句有感

倚树品摩诘，　静望遮天荫。
重渡思辋川，　高洁寄终身。
茶禅融真味，　诗画入元神。
一心只向佛，　“万事不关心”。
吾喜摩诘诗，　吾敬摩诘人。
尤喜“不关”句，入山伫柴门。
厌烦谈时事，　却叹不由人。
闭目思净土，　睁眼是红尘。

记老战友欢聚重渡沟

一周相聚重渡沟，　山泉竹海伴歌游。
白云遮阳观飞瀑，　碧峰伴月宿小楼。
菩提树下留影照，　农耕村里话丰收。
餐后茶余追往事，　深情厚谊铭心头。

游三门峡

2018 年 10 月 4 日

三门峡已无三门，　峡隐不见人鬼神。
黄河大坝横天半，　洪浪飞流壮波心。
坝下孤峰耸水面，　中流砥柱涤寰尘。
我来信是骑鲸客，　惊涛擂鼓探虹云。

注：金代元好问《水调歌头·三门赋》词句："唤取骑鲸客，擂鼓过银山。"是日携老友游三门峡，正值开闸泄洪。只见惊涛拍岸，声若奔雷，彩虹闪动，蔚为壮观！

湖 北 省

坛子岭远眺

2012 年 7 月 26 日从长江三峡到宜昌游三峡大坝库区，登坛子岭一览无余

万里长江流向东， 撼见泄洪卷狂龙。
平湖浩瀚接天际， 大坝巍峨锁西陵。
船通沪渝巧升降， 电供吴楚促飞腾。
工程卓越冠寰宇， 振兴华夏树丰功。

黄鹤楼

2012 年 7 月 27 日

足迹已然四海游， 今日始登黄鹤楼。
两山相望扼三镇， 一桥飞跨通九州。
手撕云朵揩颜汗， 情随涌浪顺江流。

乡关美景无不在， 楚歌伴行乐悠悠。

龟　山

2012 年 7 月 27 日

寻幽漫步游龟山， 江跨大桥势昂轩。
美女姗姗林荫道， 不见当年田玉川。

注：田玉川是戏剧《游龟山》中英雄。

步行长江大桥

2012 年 7 月 28 日

万里长江第一桥， 江流东去浪滔滔。
龟蛇作证英雄史， 黄鹤展翅看今朝。

武昌食武昌鱼

2012 年 7 月 28 日

黄鹤楼下步徐徐， 桥畔寻食武昌鱼。

把酒望江怯横渡，　待到剑门敢骑驴。

武当山

2012年7月29日

飞车索道跃葱茏，　直上武当最高峰。
一柱擎天冠金顶，　万山来朝拜玄宫。
崇法自然通大道，　养生太极创真功。
人仙此处无分界，　云游品悟兴无穷。

武当山天门道所见

2012年7月29日

重庆挥手朝天门，　武当来拜朝天宫。
江边不闻纤夫唱，　山路但见轿竿横。
抬肩汗似落汤崽，　乘坐浑如倒栽葱。
何若瑶台乘索道，　一阵清风上霄灵。

湖北游(15首)

2015年4月底至5月上旬畅游湖北

走进神农架

走进神农架，探寻野人踪。
凌崖云中走，飞瀑画里行。
林壑接幽谷，板壁连险峰。
野人何处在？逗猴传笑声。

大 九 湖

神农架游大九湖，镜里蓝天片云浮。
暗河溶洞分江汉，碧峰绿水映穹庐。
半山杜鹃发新翠，几方湿地露菖蒲。
艳阳当空晚春好，但求湖水莫再枯。

雨后神农峰

雨后再看神农峰，　谁把云雾化丹青。
山若有无迷变幻，　似见野人露身形。

过昭君故里

奇峰异壑捧宝坪，　香溪碧水揽怀中。
原是明妃美故里，　和亲永留塞外情。

注：王昭君故里为湖北秭归(现兴山县)宝坪村，近靠神农架，香溪水环绕，风光秀丽迷人。

神农架

山谷已夏山顶冬，　岭坡春秋碧共青。
赤橙黄绿呈四季，　春夏秋冬聚一峰。
板岩嵯峨林荫茂，　峡涧深幽药材生。
应祭神农尝百草，　华夏文明树长青。

龟峰杜鹃红

动车东行到麻城， 专赏龟峰杜鹃红。
时逢中雨淋彻夜， 晨起雨歇山朦胧。
阵雾阵风又阵雨， 偶忽云破天露晴。
漫山但见花似火， 姹紫嫣红接远峰。
残红已随雨铺地， 嫩蕾初放倍娇情。
花海波动涌人海， 雨来伞开招大风。
浓雾弥漫难远望， 雾里看花更动容。
龟峰未能识龟面， 来年携友再攀行。

孔明雕像

羽扇纶巾酷从容， 三分鼎立诚在胸。
舌战群儒为联手， 决胜雄师借东风。

周瑜雕像

赤壁山前展豪情， 火烧曹营百万兵。
帐前斫案勇决战， 周郎首功后孔明。

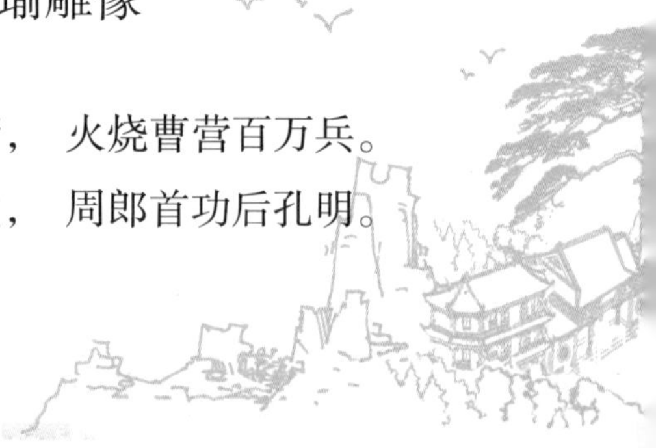

赤壁怀古

峭壁穿空大江流， 烈火张天映峰头。
孙刘联剑三分定， 孟德宏图一战休。
英雄嗟哦豪气逝， 暮山苍茫胜迹留。
千古兴亡谁人省， 渔歌夕阳我自游。

游赤壁读苏东坡《念奴娇·赤壁怀古》

“不熟悉苏东坡和他的诗词文章的读书人是没有前途和出息的。”

江涛东去赤壁存， 东坡名字辟古今。
诗词书画皆绝唱， 嬉笑怒骂尽奇文。
百折庙堂仍尚志， 九死蛮荒自亲民。
莫到西湖品西子， 苏堤春晓醉煞人。

武赤壁

长江浩荡流向东， 孙刘联手破曹兵。
三分天下一火定， 至今犹见赤壁红。

注：长江边有两个赤壁，人们把三国古战场称为“武赤壁”，把苏轼误以为战场而作诗文的地方称为“文赤壁”。

赤壁矶头

吴楚茫茫起狼烟， 江矶烈焰腾九天。
英雄赴命危难际， 樯橹飞灰谈笑间。
赤壁红崖留胜迹， 乌林碧水吊当年。
人生如梦梦何醒？ 春暮云垂思渺然。

荆　州

刘备厚颜哭荆州， 只借不还垢名留。
孔明搪塞鲁子敬， 云长傲蔑孙仲谋。
失守痛逝三结义， 大意难表千载愁。
无数英雄浪淘尽， 唯见长江滚滚流。

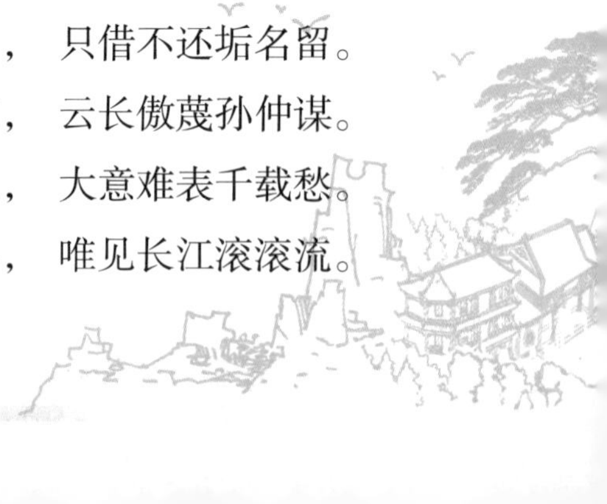

宜昌天然塔

一塔伫立大江边，　文峰凌汉览群山。
借水壮城培地脉，　以人为力行天然。
巍镇荆门十二口，　雄当蜀道三千旋。
喜见今朝建长坝，　高峡平湖送远船。

蝶恋花·三峡大瀑布

碧峰幽谷深处走，飞瀑悬帘，落自重霄九。水墨丹青展画轴，神笔出自何人手？

雨衣缤纷入洞口，瀑里穿行，似闻惊雷吼。回看珠缕若摇柳，此景只应天上有。

湖　南　省

韶　山

——谨步毛主席《到韶山》原韵

2000 年秋与妻女到湖南看望上大学的儿子，同游韶山

舜塘尧甸此乾元，　星拱霞蔚碧峰前。
日出韶岳龙扬首，　风卷潇湘马加鞭。
三山推倒声动地，　九州生气势擎天。
我来瞻游慰崇仰，　钟灵滴翠起岚烟。

张家界黄石寨

2008 年 3 月 24 日携妻及侄女游

不上黄石寨，　枉到张家界。
登临黄石寨，　如临九霄外。

天女散花低，神龟峰顶拜。
一览众山小，白云随手拽。
丽人盛装舞，歌喉若天籁。
柳杉郁清馨，佳胜称绝代。

张家界金鞭溪

2008 年 3 月 24 日

桃浪伴游金鞭溪，危岩林立绝险奇。
他乡说山以座叙，此界谈峰论根提。
长枪利剑穿云汉，巨椽神笔竖天梯。
清泉九曲流涧底，霞光辉映自情迷。

迷魂台、天桥

2008 年 3 月 25 日

迷魂台上未迷魂，满目青峰列成林。
深渊万丈天桥跨，同心锁定有情人。

注：天然石拱横跨双峰之间，形成天桥。情侣多在大桥栏杆上

挂同心锁，以求爱情永固。

张家界天门山

2008 年 3 月 27 日

山崩壁裂天门开，　云梦极顶现瑶台。
盆林秀木藏瑞兽，　幽谷玄洞隐仙才。
曲径盘旋飞车上，　索道凌空远客来。
中峰坐望晴岚起，　谁展瀑布云里裁。

从张家界赴凤凰古城

2008 年 3 月 27 日

云雾蒙蒙十万山，　跨峡盘峰疑上天。
青螺碧水流岚翠，　望见楼阁卧烟峦。

湘西行

2008年3月27日车行路过芙蓉古镇，刘晓庆曾在此拍电影《芙蓉镇》

来过刘晓庆，　火了芙蓉镇。
出了宋祖英，　古丈也扬名。
吃罢米豆腐，　再把老酒沽。
猛洞过江行，　直达凤凰城。

鹧鸪天·凤凰古城

2008年3月28日

凤凰古城凤凰游，沱江载舟泛中流。山歌对来苗家妹，两山翠竹笑低头。

石板路，吊脚楼，百年老号特产稠。文坛画苑多巨匠，钟灵毓秀此千秋。

注：作家沈从文、画家黄永玉皆为凤凰人。

南岳衡山

2010年6月6日同老友张成义、刘春生赴湖南游

云涌峰迷入翠微， 流泉悬瀑雪中雷。
登顶攀得南山寿， 心花笑语满天飞。

祝融峰香客

2010年6月6日

狮岩进攀祝融峰， 沿路尽见兜肚红。
谁知世界环保日， 巨香烟火恣污空。

岳阳楼

2010年6月8日

雨中携友登斯楼， 水天茫茫望悠悠。
烟波浩渺君山隐， 岁月轮回大江流。
人生苦辛当长乐， 盛世贪腐足堪忧。
古今多少兴亡事， 范公正气永传留。

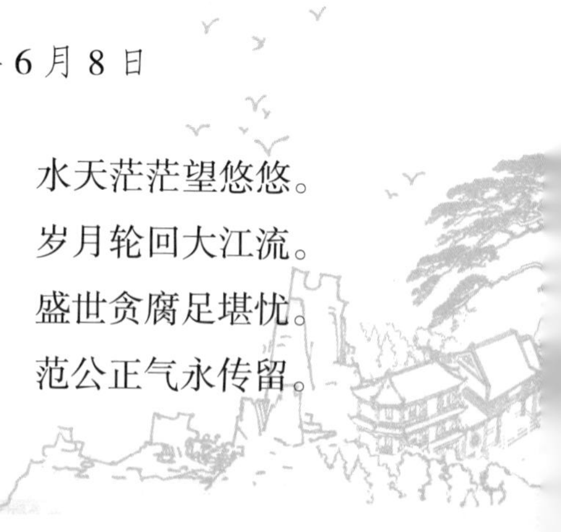

三醉亭

2010 年 6 月 8 日

当年谁认吕仙翁， 岳阳楼畔三醉亭。
袖蛇把酒傲天地， 对月临风啸色声。
千秋过客去不返， 万里长江流向东。
神人终究如逝水， 唯有诗名留洞庭。

观洞庭湖

2010 年 6 月 8 日

空蒙浩渺洞庭湖， 君山隐约云外浮。
何能览尽八百里， 轻舟垂钓慰心孤。

广　东　省

深圳有感

1986 年 4 月与李虎亮法官到深圳办案

改革开放做先锋，　特区速度举世惊。
科技领先标新异，　人才驱动创繁荣。
世界之窗开宏宇，　深南大道耀鹏城。
一街两制连港澳，　春天长忆邓小平。

丹霞山阳元石

2012 年 5 月 4 日

青山碧水缀朱砂，　峰海翻波涌红霞。
阳元劲石冲天傲，　红尘万古此生发。

丹霞山长老峰观日亭

2012 年 5 月 4 日

长老峰上观日亭，　丹霞群岭收眼中。
舒肢仰天石廊卧，　静享清爽八面风。

南澳岛

2017 年 3 月 11 日

横联三省立汪洋，　海山史庙写沧桑。
蓝天碧水映灯塔，　绿岛金湾秀长廊。
七礁遏浪缠星宿，　独鲤翻波拜朝阳。
莫叹兵府悲宋井，　今朝万象满春光。

注：南澳岛是广东唯一的海岛县，坐落在闽台粤三省交界海面，风光秀丽，胜迹众多，具有“海、山、史、庙”立体交叉特色。南宋古井、总兵府等古迹展现了南宋小朝廷最后的悲壮史。“七礁缠星”“独鲤朝阳”等皆著名景观。

潮州游

2017 年 3 月 12 日

“到广不到潮， 枉费走一遭。”
踏青游闽粤， 能不信民谣？
昨日逛南澳， 潮州看今朝。
凤城古八景， 最佳湘子桥。
浮梁拱相衔， 启闭树孤标。
桥上现长街， 鼎沸压江涛。
更有韩公祠， 广济城楼高。
石坊连甲第， 南国多俊豪。

注：广东潮州又名凤城，潮州八景闻名遐迩。城东韩江上的广济桥集梁桥、拱桥和浮桥为一体，是中国乃至世界第一座启闭式桥梁，与河北赵州桥、北京卢沟桥、泉州洛阳桥并称中国四大古桥。

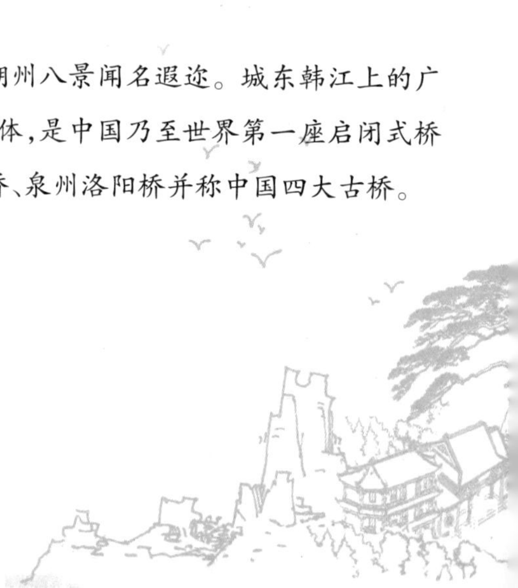

潮州广济门

2017 年 3 月 12 日

广济城门广济桥， 韩江水阔城楼高。
江畔林荫芳草绿， 一树红花分外娇。

注:潮州广济桥俗称湘子桥,江畔林荫道旁高大的木棉树红花盛开,格外美丽。

雁南飞茶田

2017 年 3 月 13 日

夜宿梅州晨入山， 天地灵气聚茶田。
碧翠流泉红衣女， 恍然世外桃花源。

注：雁南飞茶田地处广东省梅州市雁洋镇龙那山麓，系国家AAAAA级景区。其如诗如画的自然环境、优质茗茶和茶田美女让游客流连忘返。

茶海观峰

2017 年 3 月 13 日

阴那山高万木荣，　茶海波拥佛祖峰。
来此云低山戴帽，　倏忽天高露慈容。

注：佛祖峰也称五指峰，是粤东阴那山山脉主峰。峰下茶峦如海，茶海观峰为梅州美景。

坪山梯田

2017 年 3 月 14 日

雨后山林郁葱茏，　远峰近岭云雾中。
层层油菜始绽蕾，　朵朵角梅正放红。
幻色梯田旋彩扇，　老村围屋存古风。
鸡鸣犬吠传笑语，　忘情人在画里行。

注：坪山梯田位于广东省梅州市大埔县大东镇坪山村。主体梯田约千亩，沿一座座山坡绵延层叠，蔚为壮观。

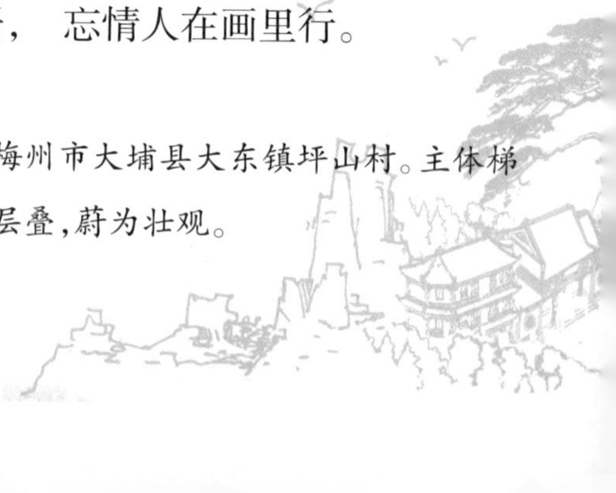

花萼楼

2017年3月14日

宏伟精固土围楼，　客家民建拨头筹。
内外三重连一体，　世代同宗共千秋。
花开棠棣和兄弟，　萼发青云写风流。
外星误认发射井，　惊魂过后数回头。

注：花萼楼建于明代，为粤东北客家地区土围楼中规模最大、设计最精美、保存最完整的民居古建筑。据说某国军事卫星传回从太空中拍到的围楼照片，误认为是洲际导弹发射井，为之一惊。

广西壮族自治区

南宁青秀山(回文诗)

2011年9月16日与妻赴广西游玩

青秀山高山秀青， 红寺映水映寺红。
塔像龙生龙像塔， 宁南绕江绕南宁。

桂林游

2011年9月17日

秋高气爽赴桂林， 桂林美景天下闻。
浓墨重彩漓江雨， 轻描淡写星岩云。
峰塔高耸牵日月， 象鼻长垂映波纹。
湖夜轻舟赏灯火， 渔歌花酒醉游人。

注：象鼻山、七星岩等为桂林名山景点。两江四湖构成桂林环

城水系，湖畔有日月双塔。三花酒为当地特色名酒。

七星岩景区

2011 年 9 月 17 日

城景交融桂林游，　七星奇岩画里收。
龙洞深幽吐云雾，　驼峰高耸环水流。
佛法庄严栖霞寺，　壮乡美味月牙楼。
桂花食品溢香味，　叫人一步三回头。

漓 江 游

2011 年 9 月 18 日

伴妻乘船向南行，　漓江百里棹歌声。
绿水萦回波有韵，　奇峰倒影幻无穷。
五指参天任想象，　九马画山欲飞腾。
顺流拍照到阳朔，　由衷赞叹赋诗情。

注：从桂林顺漓江南下到阳朔。五指山、九马画山是百里漓江众多奇峰中的著名景观。

漓 江 趣

2011 年 9 月 18 日

青青江面一水牛，　全身潜隐尾露游。
群鸭戏观呱呱叫，　老牛突吼露苍头。

西江月·阳朔

2011 年 9 月 19 日

峰与楼亭交错，水随道路纵横。盘桓突兀精巧城，处处山明水净。

飘摇满船风籁，荡漾三姐歌声。忽来阵雨伴雷鸣，泼墨丹青画定。

北海银滩

2011 年 9 月 21 日

北海银滩白若银，　海浪沙滩拥游人。
泳罢轻埋细沙里，　别样温柔爽身心。

再游北海银滩

2016年10月23日同老友刘春生游

林荫大道榕树稠，电动摩托车如流。
三面贝雕立广场，百年老街列骑楼。
南国港湾称北海，东方建筑像西欧。
小城长吸负离子，再到银滩问去留。

海 南 省

天涯海角

2008 年 1 月 13 日同友人赴海南三亚

隆冬离晋赴琼崖，　拂去雪花拥鲜花。
大洋无际浮细浪，　游人有兴卧金沙。
碧海万顷连海角，　南天一柱矗天涯。
惜叹苏子无遗墨，　椰林夕照望红霞。

亚龙湾

2008 年 1 月 15 日

好个东方夏威夷，　亚龙湾景瑰丽奇。
鱼戏珊瑚呈五彩，　鸟入椰林欲双栖。
碧浪白帆风漾漾，　银滩情侣韵依依。
泳装沐浴柔沙里，　双双漫步不穿衣。

从三亚飞往太原

2008 年 1 月 17 日

朝辞琼海绿雨林， 午到并州雪纷纷。
一日身经冬春夏， 飞机上下晴共阴。

海南三亚游(3 首)

2012 年 9 月 24 日至 28 日，同妻、内弟陪老妈赴三亚游

三亚小洞天

崖州古胜小洞天， 南海碧波拥奇岩。
鹤舞松风蓬莱境， 未曾羽化也登仙。

鹿回头公园

黎家猎手壮如牛， 弯弓惊见鹿回头。
丽姑勇士成挚爱， 情缘神话永传留。

蝶恋花·再游槟榔谷

辞海入山沐细雨，时隔数年再游槟榔谷。三亚天翻亦地覆，山寨仍是古与土。

老妇文身若斑虎，火种刀耕出入矮草屋。客来喜捧槟榔酒，皮鼓声声同起舞。

重　庆　市

大足石刻

2012 年 7 月 23 日

远行直抵宝顶山，　大足石刻确非凡。
缥缈佛仙飞崖壁，　玲珑殿阁嵌洞岩。
博采包容释儒道，　精雕岂止唐宋元。
穷经造像赵智凤，　一代高僧百世传。

解放碑广场

2012 年 7 月 24 日

楼群四围解放碑，　名为广场实精微。
窈窕美女展靓丽，　美食街上走来回。

洪崖洞

2012 年 7 月 24 日

朝天门外浊浪排，　两江汇流滚滚来。
山城美景收望眼，　洪崖洞上观景台。

注: 嘉陵江在此汇入长江。

从重庆到万州登船游三峡

2012 年 7 月 25 日

穿山越岭达万州，　山水相顾半山楼。
居沪观江入东海，　到渝乘船往下游。
夜航晨起登白帝，　远峰近峡涌洪流。
波平不见夔门险，　别有滋味在心头。

白帝城

2012 年 7 月 25 日

白帝城上笼白云， 古祠幽径树森森。
托孤奉节千秋义， 鞠躬尽瘁万世魂。
痛借丞相未一统， 却叫司马铲三分。
长问何为识时务？ 静看江水出夔门。

卜算子·小三峡

2012 年 7 月 25 日

只见巫山云，不见巫山雨。巫山云雨曾梦萦，谁道其中趣？

神游小三峡，恍然见神女。人随碧水入画图，不虚此行旅。

三峡小码头下船登岸

2012 年 7 月 26 日

船过三峡江水平， 夔门不再天下雄。
纤夫码头做小卖， 遥指神女十二峰。

九 畹 溪

2012 年 7 月 26 日

绝壁幽涧九畹溪， 飞舟竞渡飘龙旗。
屈子悲歌歌一曲， 昂首问天天亦低。

四 川 省

乐山游

2010 年 6 月 30 日

阴雨蒙蒙游乐山，　三江汇流笼云烟。
大佛威严消水患，　弥勒厚仁保平安。
东坡楼里诗书画，　沫若堂外梅竹兰。
人杰地灵风光好，　乐而思蜀有新天。

峨眉山

2010 年 7 月 1 日

三山游罢上峨眉，　岂可懒登半腰回。
索道升阶达金顶，　漫步高歌迷翠微。
四顾茫然皆云雾，　独立何知在崔嵬。
返程逗得猕猴乐，　大行终沐佛光辉。

峨眉山道有感

2010 年 7 月 1 日

“朝拜峨眉山， 全家保平安。”
临时抱佛脚， 巨香烧哪般?
雾重途多险， 心平路自宽。
诚恕行德善， 当可感普贤。

都 江 堰

2010 年 7 月 2 日

晨车越盆川， 直抵南桥端。
“拜水都江堰， 问道青城山。”
岷江亘古患， 太守解民悬。
鱼嘴分内外， 伏龙定安澜。
膏水育天府， 蜀原富粮田。
长祀二王庙， 丰泽惠万年。

青城山

2010 年 7 月 2 日

云游问道上青城， 浓荫蔽日林里行。
探觅奇峰三十六， 天师洞在第几重?

九寨沟

2012 年 7 月 21 日

曾为九寨展歌喉， 今日欣临九寨游。
碧峰翠谷飞叠瀑， 神人卓玛降灵沟。
五彩珍珠镶镜海， 万种风光绣锦绸。
人间天上难一比， 但求圆梦此长留。

雨中游九寨沟

2012 年 7 月 22 日

昨游沟寨近痴迷， 今逢阴雨更神奇。
山吐云烟时隐现， 水喷珠玉迭阶梯。

百潭翡翠玲珑海，　九莲经轮塔幡旗。
彩伞长龙构新景，　直达剑岩与天齐。

车过剑门

2013年4月19日同老友霍际胜、陈怀文赴四川游

车摇雨细过剑门，　云吞四山山吐云。
苍岩叠翠描新绿，　清流回转唱晚春。
虽未骑驴入巴蜀，　却有诗情萦梦魂。
萧散信步行偏远，　伴友寻芳最开心。

映秀遇地震

2013年4月20日刚达映秀要去卧龙大熊猫基地，突逢雅安大地震

雅安突震映秀摇，　摇着小巴过江桥。
抗震碑前祈安好，　还去卧龙看熊猫。

越巴郎山

2013 年 4 月 20 日下午达卧龙，因地震不能看熊猫，而返程路已断，只得向西翻越巴郎雪山到四姑娘山下

未见熊猫越巴郎，　巴郎山顶雪茫茫。
翻沟又见芳草绿，　夕照云峰四姑娘。

川西遇震行

2013 年 4 月 20 日晚宿于四姑娘山下日隆镇

成都出发赴卧龙，　适逢地震难返程。
翻越巴郎雪山顶，　四姑娘山宿日隆。
为防不测景区闭，　忙观电视问震情。
诚祈灾民得救助，　明日再向丹巴行。

墨尔多寺

2013年4月21日四姑娘山因震封闭，遂租车向丹巴行进，途经墨尔多寺

墨尔多山高入云，　墨尔多寺隐密林。
双手合十拜佛塔，　恳祈神灵佑灾民。

甲居藏寨

2013年4月21日下午游甲居藏寨，晚宿丹巴县城

康巴社情天下奇，　甲居藏寨称第一。
仰望雪山森林茂，　下俯渡河水流急。
民居错落依山建，　古碉高耸与天齐。
主人殷敬青稞酒，　徜徉未觉日归西。

泸定桥

2013年4月22日由丹巴到达大渡河泸定桥，与老同学霍际胜在铁索桥留影

峡谷驰奔大渡河，　恍见当年起干戈。
铁索飞兵丧敌胆，　勇士挥刀斩凶魔。
红军鲜血染泸定，　长征史诗奏凯歌。
桥头留影追往事，　心潮澎湃逐浪波。

海螺沟

2013年4月22日下午到贡嘎雪山下的海螺沟，红军和毛主席曾到此，夜宿磨西镇

金光夕照雪巅峰，　亚高冰瀑飞玉龙。
身后急流翻碧浪，　头顶神山露晶莹。
红军转战岩底宿，　海螺轻吹渡桥横。
吾来漫步磨西镇，　藏庄安享康巴情。

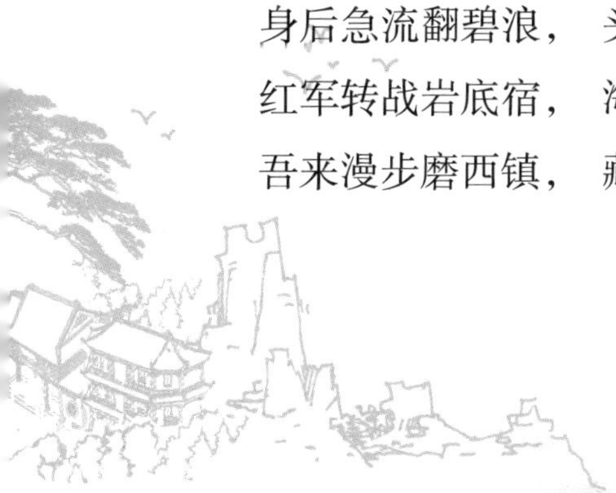

登贡嘎雪山遇冰崩

2013年4月23日同老友登贡嘎雪山观亚高冰川，因雅安余震引发雪山冰崩，霎时惊心动魄！

索道攀高云雾浓，　松萝冷杉时隐形。
临顶豁然天开眼，　顿时喜极狂忘情。
红日蓝天云中现，　贡嘎神山露真容。
银装璀璨鲜夺目，　庄严神圣矗霄空。
亚高冰川盘峡谷，　暗流涌动泛晶莹。
突现冰崩云腾起，　霎时万炮震耳鸣。
天地茫茫浑一片，　不辨南北与西东。

冰　崩

2013年4月23日

冰川浩壮魄心胸，　忽闻万炮起雷霆。
白雾腾空遮天日，　雅安余震引冰崩。

月城夜月

西昌又称月城，2013年4月24日夜宿于此

远离震区到月城，　月城月夜夜澄明。
一望邛海波如镜，　银盘双映入仙琼。

来到泸沽湖

2013年4月25日宿泸沽湖

来到泸沽湖，　走进摩梭族。
水边村洛瓦，　湖畔小阁楼。
喝杯咣当酒，　吃碗猪膘肉。
驴友互问好，　餐后湖边走。
微风送清爽，　山明湖水幽。
嘈杂消天外，　梦解烦忧。

泸 沽 湖

2013 年 4 月 26 日

朝思暮想到泸沽， 群峦环抱万顷湖。
格姆神山佑福地， 尼巴好泉育明珠。
走婚桥传璞真爱， 母系血缘摩梭族。
猪槽小船荡碧水， 情歌声里忘归途。

过十八盘

2013 年 4 月 26 日由泸沽湖到云南丽江古城

山道盘旋复盘旋， 驱车飞上十八盘。
峡底金沙水如带， 头顶蓝天云若棉。

再游九寨沟

2014 年 7 月 11 日同律师好友张建国入四川游

剑岩镜海洼连湾， 顺流走下珍珠滩。
排瀑飞落诺日朗， 人头攒拥吃午餐。

黄　龙

2014 年 7 月 12 日

金沙铺地舞黄龙，　四围碧翠水清洪。
忽现飞虹喷珠玉，　挟风带雨裹涛声。

花湖看花遇雷阵雨

2014 年 7 月 13 日于四川松潘草原

花湖看花到草原，　绿野如茵天蓝蓝。
忽涌乌云当空罩，　霎时雷鸣雨飞帘。
冰雹骤风如冬至，　浑身打战刺骨寒。
游客急奔廊亭下，　你拥我抱挤成团。
衣巾塑布乱披裹，　苦脸强笑顾无言。
须臾天开乌云散，　众人复游草地欢。
七彩缤纷花怒放，　无限美景天地间！

过草地

2014 年 7 月 13 日

绵绵湿地云低垂，　望原遥念草上飞。
强寇逼杀入险境，　英雄拼死突重围。
青史铭记诺尔盖，　后人长仰纪念碑。
旅游踏入长征路，　牧歌千里牛羊肥。

注：四川诺尔盖松潘草原是长征途中著名的草地，共和国十大元帅有九位经过这里。

剑门关

2017 年 4 月 12 日

剑门雄险天下闻，　今日携友游剑门。
野花绽放无细雨，　巨崖崔嵬有薄云。
绝壁幽谷存蜀道，　林鸟岩猿唱春音。
登阁放眼山林远，　七十二峰遍游人。

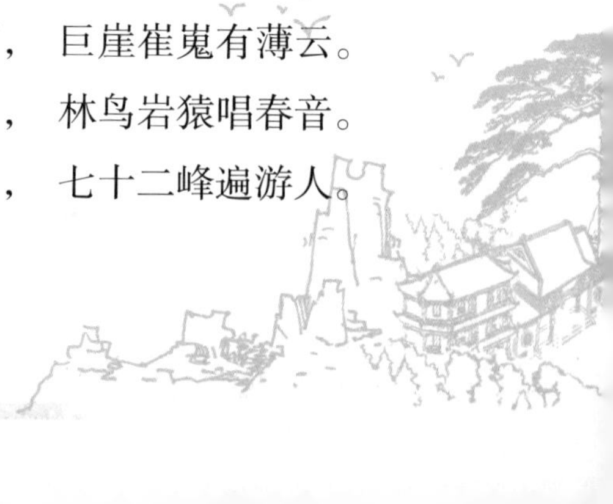

利州(广元)皇泽寺

2017 年 4 月 12 日

“正月二十三，　女儿游河湾。”
千年女儿节，　流行在广元。
女儿是何人？　女皇武则天。
老家在山西，　出生利州地。
袁天罡称奇，　弥勒佛转世。
二圣始临朝，　花甲独称帝。
君临天下雄，　升平四海邑。
陵江颂伟绩，　摩崖石刻壁。
煌煌现真身，　长存皇泽寺。

注：四川广元古称利州，武则天父亲曾在此任都督。正月二十三为武则天生日，利州人把这一天定为女儿节。皇泽寺位于嘉陵江边悬崖之上，有武则天真身石刻像，为全国重点文物保护单位。

阆中古城

2017 年 4 月 13 日

游过广元访保宁， 午休起床逛阆城。
老街新建招牌老， 中天楼立市井中。
游客纷纭买土产， 商铺琳琅挂红灯。
还数三国张飞庙， 巴西古郡树雄风。

注：阆中古称保宁，北靠秦巴山，紧傍嘉陵江，自古为巴蜀重镇、军事要冲。

张飞庙

2017 年 4 月 13 日

阆中拜谒汉桓侯， 桃园结义美名留。
赤胆忠心昭日月， 虎臣良牧刻春秋。
毕生专护汉一鼎， 千载空余敌万楼。
邑人钦仰雄威范， 长祀英灵馨钟攸。

注：四川阆中汉桓侯祠，俗称张飞庙，是为纪念蜀汉名将张飞

而建的祠庙，为国家重点文物保护单位。“敌万楼”是祠中代表建筑。张飞镇守阆中七年，大力发展农牧养蚕业，被誉为“虎臣良牧”，死后葬于此。

杜甫草堂歌

2017 年 8 月 9 日

八月初秋到成都，　万户千门入画图。

古稀三番游天府，今日有遐逛草庐，敬拜诗圣杜工部。

万里桥西信步觅旧地，曲径通幽浣花溪。

草堂祠宇典朴美，翠筱红蕖风雅丽，史诗灿烂千古遗。

记得少时吟老杜，长歌秋风破茅屋。

呜呼天下寒士多疾苦，渴求广厦鼓与呼。

快哉！

少陵野老胸怀阔如海，赤胆诗魂浩气至今扑面来！

注：成都杜甫草堂是唐代诗圣杜甫流寓成都时的住所。他的诗“万里桥西一草堂，百花潭（今浣花溪）水即沧浪”讲的便是这里。杜甫在此居住近四年，创作诗歌 240 余首，《茅屋为秋风所破歌》是其代表作。

成都武侯祠

2017年8月9日重游以记

半世重游武侯祠， 古柏苍青惠云滋。
纵观华夏英雄谱， 几多将相逝如斯？

注:1966年11月,我曾谒武侯祠。

万里桥

2017年8月9日

万里桥头万里船， 泊下东吴一帆悬。
士人送别谁洒泪， 吟诗留在百花潭。

注:万里桥是成都历史上著名的古桥。三国时,诸葛亮曾在此设宴送费祎出使东吴,费祎叹曰:“万里之行,始于此桥。”该桥由此而得名。杜甫草堂在万里桥西百花潭畔。他的诗句“门泊东吴万里船”即作于此。

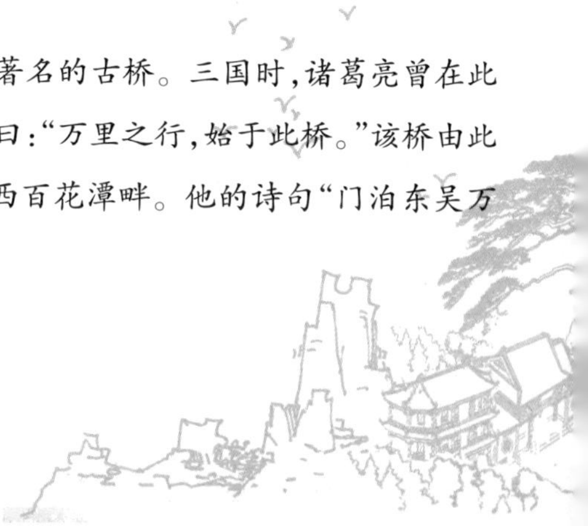

琴台故径

2017 年 8 月 9 日

抚琴西蜀意气扬， 琴挑芳心表衷肠。
夜奔当炉营酒肆， 千古传颂凤求凰。

注：琴台故径位于成都市通惠门，相传为汉代赋圣司马相如弹琴处，在与卓文君相遇时“琴挑文君”。文君私奔，与司马相如结为夫妻，不畏人言，开张酒肆。诗圣杜甫曾有《琴台》一诗赞誉。

车行川藏公路

2017 年 8 月 10 日

二郎山高高万丈，当年筑路连川藏。
今日乘车赴康定，亲历国道不能忘。
山高路险入云中，车流拥堵难言状。
一走三停牛爬坡，交警无奈此情况。
预定行程四百里，清晨出发到晚上。
国防建设重之重，盼修高速通西藏！

来到康定

2017 年 8 月 11 日

少闻康定在情歌， 今临康定七十多。
山高万仞难跑马， 路险百折愁堵车。
神秘稻城展异彩， 热情游客掀浪波。
祈求快通高速路， 圣洁甘孜赛天国。

毛垭草原

2017 年 8 月 11 日

水汪草盛野花繁， 绿茵尽头看雪山。
红衣少女康巴汉， 歌舞尽兴更美餐。

注：康巴高原理塘县城海拔 4014 米，是世界上海拔最高的县城。城郊毛垭大草原位于雪山下大河边，被誉为雪域圣地、草原明珠。

从稻城到亚丁

2017年8月12日

晨起稻城赴亚丁，　山川起伏遍树坪。
几团雾霭横碧岭，　一角蓝天破云层。
汽车顺着河水走，　河水随着峡谷流。
葱草路边现白塔，　绿茵湿地牧牦牛。
不觉已到神山下，　“高反”无碍任情游。

注：“高反”指高原反应。

亚　丁

——最后的香格里拉

2017年8月12日

亚丁美景何方有？　王母瑶池也难求。
松柏参天顶白雪，　花草铺地涌碧流。
画廊泉声清耳目，　神山灵气静心头。
九州难存一净土，　但愿仙境景长留。

注：从成都到亚丁，路途遥远，交通不便，道路拥堵，艰难的行程从未有过，心中直悔此行不该来。但进入稻城亚丁景区后，我立即被这里原始古朴、雄奇峻丽的景色所吸引。雪山、清泉、森林、草原、藏居、古寺……还有阴晴莫测的天气带来的景色变幻，让人大呼“美”而流连忘返。

稻城亚丁冲古寺

2017 年 8 月 12 日

一座冲古寺，　万绿拥朱檐。
寺前湾湍水，　寺后耸神山。
初时云雾重，　云团罩峰巅。
进寺避小雨，　面僧结佛缘。
悄然云头转，　阴晴霎时变。
红日穿云照，　金碧映蓝天。
松杉顶冰雪，　神山现真颜。
静拜凡心净，　圣洁天地间。

夜宿稻城

2017 年 8 月 13 日

稻城名非源水稻， 碧水中流群峦抱。
藏居整洁展风情， 经幡绣出五彩道。
入暮不闻车马喧， 万籁俱静街灯照。
伏天夜需盖棉被， 冷暖自如好睡觉。

注:稻城古名“稻坝”,藏语意为山谷沟口开阔之地。

过卡子拉山

2017 年 8 月 14 日

盘上山脊入云海， 眼底林黑头顶白。
路侧牦牛一闪去， 对面车从天上来。

注:卡子拉山海拔 4718 米,从稻城到雅江路经此山,真像行走在天路之上。

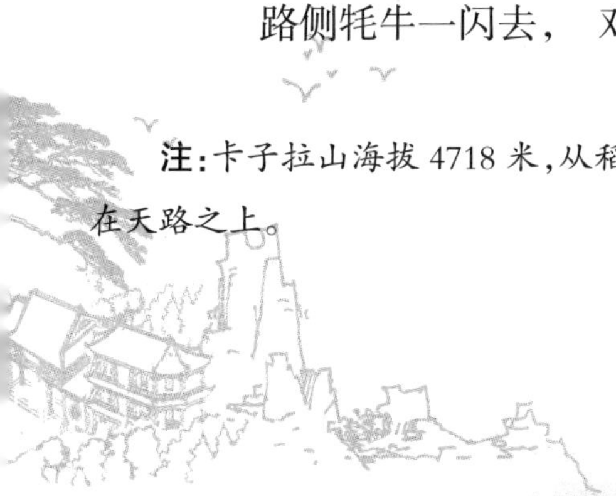

贵　州　省

贵州行（10首）

2011年9月下旬携妻游贵州

清平乐·黄果树瀑布

万千瀑布，最美黄果树。天水倾流挂银幕，引得风停雨住。

西游借景通行，山萦水绕歌声。身临六方观赏，斜阳舞动彩虹。

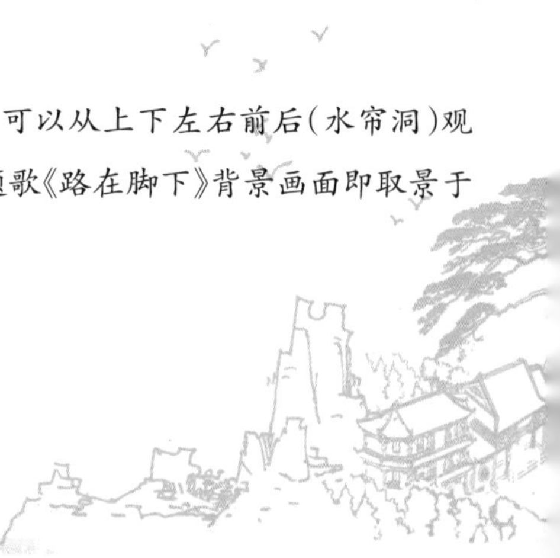

注：黄果树瀑布是全球唯一可以从上下左右前后（水帘洞）观赏的瀑布。电视剧《西游记》主题歌《路在脚下》背景画面即取景于此。

卜算子·观黄果树瀑布

山水贵州行，精彩黄果树。银河溃堤泻九天，雄哉大瀑布。

飞流百丈狂，雷霆万钧怒。冲空雾雨盖顶来，最爽帘洞处。

穿越黄果树瀑布之水帘洞

瀑布当头散珠花，　水雾飞腾现虹霞。

傍山穿越水帘洞，　饥啃红薯吃地瓜。

天河潭溶洞

贵阳郊外，　青山老寨。银洞金洞，　水旱同在。

入洞登高，　前拉后拽。忽穿狭缝，　侧身轻迈。

石笋石乳，　千姿百态。石神石兽，　千奇百怪。

龙洞高阔，　梦幻气派。观音朝佛，　童子跪拜。

石莲绽开，　万年不败。天人合一，　民安国泰。

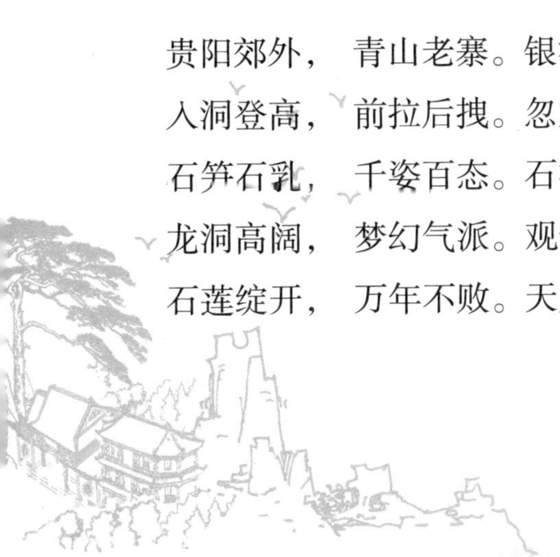

青岩古镇

曾游瑞丽看青岩，　古城古镇一片天。
小桥流水石板路，　明坊清居御书匾。
绝活精工展手艺，　老店名产列街边。
民族特酿歌共舞，　我来直欲酒家眠。

苗寨情

山林葱翠天澄明，　笙歌美酒喜相迎。
主客缤纷齐起舞，　舞圈最美妻仙玲。

蝶恋花·贵阳山水吟

馒头峰下水帘洞，山水交融，玩来最尽兴。瀑布飞流惊雷动，浴水穿行云雨共。

银幕烟花谁摆弄，山舞水啸，风云龙戏凤。贵阳秋好入春梦，乐山乐水长搞定。

贵阳逛街

贵阳街头路不平，　雨中坎坷未观清。
一日连摔两跟斗，　哭笑难挨忘却疼。

金芦笙饭店

贵阳名店金芦笙，　黔菜小吃风味浓。
卫生可口又实惠，　热忱服务迎宾朋。

贵 阳 叹

贵阳真实不贵阴，　黔南妇女多苦辛。
赴宴男先女靠后，　种田男闲女劳耕。
风吹日晒小老太，　打牌聊茶大官人。
诚待改革乾坤转，　百花盛开满园春。

云　南　省

滇池大观楼

1992 年 1 月

万里云山一水楼，　长联意势甲神州。
烟波浩渺五百里，　奔来佳句注风流。

注：昆明滇池大观楼有清代孙髯所写长联而誉满天下。是日我随李安民董事长游滇池登大观楼。

石　林

2008 年 8 月 11 日

石群石阵石森林，　如诗如画醉游人。
迷宫仙境谁造就？　问罢天公问鬼神。

玉龙雪山

2008 年 8 月 12 日

飞车索道林中行， 云雾重重罩玉龙。
喜见雪山清流水， 汇成兰湖入画屏。

从昆明到西双版纳飞行俯见

2010 年 1 月 11 日

万山排浪碧连青， 诧观峡谷冰雪封。
待机空降奇景显， 原是白云树顶凝。

西双版纳

2010 年 1 月 12 日

北国南疆半日程， 辞寒减衣降绿浓。
寻踪入行野象谷， 放飞舒展孔雀屏。
傣女千姿泼瑞水， 雨林万木育葱茏。
澜沧航运通南亚， 版纳年年绽新容。

大理忆金花

2010 年 1 月 14 日

大理三月金花红， 苍山洱海对歌声。
蝴蝶泉畔悲丽影， 凝望三塔听晚钟。

注：观美景，忆电影《五朵金花》。

丽江古城

2013 年 4 月 27 日

小桥流水乱红裙， 万古楼上摘星云。
丽水金沙玉龙雪， 木府美酒醉游人。

丽江木府

2013 年 4 月 27 日

木门忌“困”不围城， 府邸宏丽赛王宫。
木府风云旋天下， 至今传承义与忠。

丽江登万古楼

2013 年 4 月 27 日

古城狮山万古楼， 一柱擎天冲星球。
雪山笔峰两相照， 丽江风光望眼收。

香格里拉

2013 年 4 月 28 日

晚春来到香巴拉， 五色花甸不见花。
藏猪牦牛觅新草， 蓝天碧云映哈巴。
洛桑敬杯青稞酒， 卓玛献碗酥油茶。
齐跳格赛尔王舞， 香格里拉是我家。

注:哈巴雪山是香格里拉著名的雪山,美如白玉王冠。

大理三月街

2013 年 4 月 30 日

欣逢大理三月街， 空前盛况民族节。
四海商贾如云聚， 八方游客比肩摩。
苍山洱海展秀色， 茶马古道谱新歌。
满目绫巾鞋头凤， 笑语欢声共和谐。

再游云南(12 首)

2018 年 3 月下旬同老友李天增再游云南

东川落霞沟观红土地

条条红土飞落霞， 落入空谷染云崖。
上帝打翻调色板， 九天铺下七彩花。

建水古城

“七寺八阁九亭桥”， 红河香茗泡紫陶。
朝阳楼里朱家院， 古城上善在今朝。

老虎嘴观哈尼梯田

田梯曲旋系群峰， 重峦涌浪云雾腾。
山势恢宏遥卧虎， 水渠蜿蜒近藏龙。
千年古龟爬谷底， 两匹神马跃霄空。
大地奇观谁雕塑？ 哈尼儿女胜天工。

注：老虎嘴梯田是元阳梯田山势最险峻、气势最恢宏、布局最壮观、面积最大的梯田景区，由哈尼人千古不懈劳作造就，堪称“大地雕塑”的最高典范。

赞元阳梯田

万亩梯田涌坡海， 万道波光放异彩。
万马奔腾冲天外， 万蛇蠕动眼底来。
万朵浮云托村寨， 万瓣花蕊向阳开。

万古雕琢成大美，　万般感慨浩情怀。

滇越铁路老站百色寨

法式风情“小巴黎”，　米轨铁道携中西。
百年老站百色寨，　旅游打造新传奇。

注：云南米轨铁路运营100多年，承载着中法越三国特殊的历史记忆。位于蒙自素有“小巴黎”之称的碧色寨是滇越铁路最早的车站之一。候车室零担室具有法式风情，是电影《芳华》的取景地。

坝美：最后的世外桃源

女赶马车男划船，　入窟出洞见新天。
峰峦环抱隔世界，　河谷葱茏秀田园。
茅舍晨炊烟袅袅，　渔舟晚唱水潺潺。
陶令不知有坝美，　青山正是桃花源。

桃花源游记

神游洞天若仙翁，　漫步灵源画中行。
榕树遮天撑华盖，　水车喷珠作鸣琴。

林中草庐闻犬吠， 溪边稻田响牛铃。
翠竹参峰云出岫， 晚栖何处是归亭？

乘牛车逛普者黑湿地景区

三生三世十里花， 乘车逛景老牛拉。
老汉摇鞭向天唱， “挑个媳妇娶回家”。

夜宿普者黑

黛山澄水月朦胧， 银湖闪闪映孤峰。
钓叟收竿牛入圈， 竹楼夜半听雨声。

雨中探游二洞

一阵雷雨一阵风， 避雨入洞探迷宫。
拜过观音拜火炬， 出洞已然天放晴。

普者黑:盛满鱼虾的湖

普者黑游， 如入画图。
山水缥缈， 欲沉似浮。

彝家湿地，三区二瀑。
数百圆峰，五十连湖。
轻舟几叶，荷花万亩。
鱼潜碧水，蛙戏芦蒲。
洞岩滴翠，峦林拥簇。
更有美味，谁可当垆？

注：普者黑是彝语，意为盛满鱼虾的湖。这里山中有水，水中有山，山中藏洞，洞中藏水，风景极美。位于云南省文小州丘北县。

滇　池

碧波银浪荡轻舟，　黛山浓云压红楼。
漫步滇池长堤路，　细观渔婆喂海鸥。

热海大滚锅

2019年2月8日

中外温泉何以多，　最奇腾冲大滚锅。
火山暗流集热海，　沸水喷云翻碧波。
生蛋蒸熟呈美味，　仙雾护肤敷面膜。
泡浴鱼疗再游泳，　乐不思返怎奈何。

注：在云南腾冲城外，因火山活动而形成的汽泉、温泉有近百处，汽腾浴谷，云蔚青山。最有特色的是大小滚锅，一年四季昼夜翻滚沸腾，把鸡蛋、芋头等食品放入，立等可食。一过春节全家人赴腾冲，下午泡温泉、吃美食。

腾冲火山地质公园登大小空山

2019年2月9日

曾诵“空山新雨后”，　今日登高看空山。
天公炸雷开地窍，　　岩龙喷火旋洞环。
已然茂木遮石海，　　弥久熔流冒温泉。

深峡岩柱排节理，　　阖家尽兴好公园。

注：腾冲火山地质公园山有几十座休眠火山，已开发大小空山两座火山供游人登览。

观腾冲叠水河瀑布

2019 年 2 月 9 日

瀑布高悬市中心，　未到涛声耳先闻。
贡山盈流垂迭水，　边陲瑞气聚仙林。
百丈银练喷珠玉，　半轮彩虹舞波纹。
斜踩石阶下翠谷，　一掬清波洗烦尘。

注：腾冲叠水河瀑布高 46 米，是全国仅有的城市火山堰塞瀑布。

和顺古镇

2019 年 2 月 10 日

火山环围万木荣，　黄花碧水边翠峰。
丝路马帮通南亚，　粉墙黛瓦绣锦屏。

洗衣亭下捣衣女，　图书馆里读书农。
人文荟萃风光秀，　和谐和顺四时同。

注:云南省腾冲县和顺古镇,居中国十大魅力名镇之首,被《中国国家地理》《时尚旅游》等联合推荐为“人一生要去的50个地方”之一。2月7日来到腾冲入住古镇“百岁居”,今日离开赴大理。

登鸡足山

2019年2月11日

仙岳佛都天柱峰，　绝顶奇观四望明。
东日西海映雄塔，　南云北雪腾玉龙。
一山尽收灵境秀，　八景犹见霞客行。
登极焚香祈心愿，　沙坝鱼庄会友朋。

注:鸡足山位于云南大理宾川县,海拔3240米,是享誉南亚、东南亚的佛都,《徐霞客游记》的终篇之地。登上极顶,只见天柱峰孤耸擎天,楞严塔高插霄汉。东观日出,西望洱海,南睹浮云,北眺玉龙雪山,堪称四绝无双。一家人观景拍照焚香祈愿,下山后直奔大理下关沙坝村,同儿子朋友品尝驰名的沙坝鱼。

大　理

2019 年 2 月 12 日

天赐姣容无淡浓，　春假重来慰游情。
风花雪月连四景，　春夏秋冬聚一峰。
洱海清波映三塔，　苍山冷杉对双城。
百里长廊千秋画，　阖家悠然乐外孙。

注：下关风、上关花、苍山雪、洱海月被称为大理“四绝”。巍峨的苍山与秀丽的洱海形成强烈对照，大理古城、天龙八部影视城和崇圣寺三塔将风光、名胜、民俗融为一体，使大理成为驰名中外的风景画廊。

春城喜逢董事长一行

2019 年 2 月 13 日在云南喜逢李安民董事长一行

翠湖春水连翠微，　海鸥撩波绕频飞。
金马碧鸡红颜丽，　泰老相逢喜盈眉。

陕　西　省

华　山

2008 年 4 月 27 日

登天无路云为桥， 乘风有帆峰涌涛。
下望秦川八百里， 静坐棋亭乐逍遥。

注:棋亭,相传是陈抟与赵匡胤下棋赌华山之处。

夜宿华山东峰

2008 年 4 月 28 日

千寻壁立溶苍茫， 三峰叠翠暮觉凉。
了无尘嚣悄然净， 松涛徐来入梦乡。

注:西岳莲花、落雁、朝阳人称天外三峰。明太祖朱元璋在其

《梦游西岳文》中称“悄然寂净，荡荡乎峦峰”。

秦陵兵马俑

2008 年 4 月 29 日

横扫六合一统雄，　地上长城地下宫。
威加海内止二世，　千秋功罪任人评。

大 雁 塔

2008 年 4 月 30 日

雁塔苍然立关中，　孤高出世俯峥嵘。
西行万里唐玄奘，　归来济世译真经。

到 延 安

2012 年 7 月 18 日

魂牵梦萦到延安，　驱车直上宝塔山。
心潮万卷游圣地，　延安精神代代传。

昭　陵

2012 年 7 月 19 日

九峻山高岭为陵，　六骏雄姿壮青峰。
宫阙献殿皆尘土，　唯遗贞观治世风。

乾　陵

2012 年 7 月 19 日

巨碑无字实有声，　晨牝一唱更奇雄。
六十王宾俨侍立，　长贺坤元不朽功。

姜太公钓鱼台

2012 年 10 月 5 日

青山秀水浪花白，　子牙稳坐钓鱼台。
不求肥鱼吞钓饵，　只等愿者上钩来。

五丈原诸葛庙

2012 年 10 月 6 日

翠柏环躬羽扇抡， 北伐中原志犹真。
毕生拼将三分定， 憾无一统拳拳心。

宝鸡登石鼓阁

2012 年 10 月 6 日

背靠鸡峰览渭河， 伟哉西北第一阁。
气象万千凌霄汉， 凤翔九五展婀娜。
籀篆十碣沧桑久， 珠玑独秀故事多。
百代文明扬古韵， 陈仓石鼓历蹉跎。

过阳平关

2013 年 4 月 19 日

跨水穿洞无数山， 火车报到阳平关。
昨夜酣梦入川北， 今午细问还陕南。

直言老铁爬坡慢，　但见高速凌空旋。
崇岭急流千万象，　神来我吟蜀道难。

访杨家城不达

2013 年 8 月 8 日

寻幽踏访杨家城，　麟州神木有遗踪。
断崖荒草无前路，　遥见烽堡立巅峰。

注：据考证北宋杨家将祖籍神木古麟州。

从终南山道教文化园到古楼观台

2014 年 7 月 14 日

老庙老子讲经台，　紫气祥云自东来。
道教文化本一统，　何故铁门两分开？

终南山楼观台听道德经

2014 年 7 月 14 日

谁人解读《道德经》？　楼观台上郁郁松。
纤尘绝染可谓“无”，　一念不起是为“空”。
无限天机只意会，　有限人生凭悟通。
天人合一何以至？　无为清静慰心灵。

骊山烽火台

2014 年 7 月 15 日

健步高登烽火台，　骊山清风扑面来。
亡朝何由怨祸水，　江山儿戏化尘埃。

骊 山 桃

2014 年 7 月 15 日

骊山罕见玉环桃，　个肥叶绿披红袍。
一口香脆甘甜水，　祛暑胜过风萧萧。

兵谏亭

2014 年 7 月 15 日

抗日呼声耳不闻， 老蒋一心灭红军。
乞陈未果发兵谏， 西安事变惊世人。

注：兵谏亭也称“捉蒋亭”，西安事变中张学良率部在此抓到蒋介石，逼蒋停止内战走向抗日。

夜宿洛川

2015 年 9 月

雨中走下六盘山， 路灯初亮到洛川。
一盘牛肉两杯酒， 舒躺床上写诗篇。

谒黄帝陵

2016 年 5 月 1 日

假日西行谒黄陵， 林翠花红郁重重。
桥山庙祀轩辕帝， 沮水环流子孙情。
巽宫踏石留脚印， 人祖植柏创文明。
五千年逝天亦老， 华夏恒昌世界东。

汉武仙台

2016 年 5 月 1 日

汉武祭陵建仙台， 拜谒轩辕我今来。
登高岂止延年寿， 炎黄正气溢情怀。

与刘春生诸老友赴汉中赏油菜花

2017 年 4 月 9 日

携友驱车抵汉中， 为赏金花冒雨行。
夜宿担心花落瓣， 晨起喜见雨消停。

过秦岭

2017 年 4 月 9 日

云腾秦岭罩千峰， 雨洗山林万松青。
停车慨叹争拍照， 滴翠更见桃花红。

汉中洋县

2017 年 4 月 9 日

层层叠叠菜花开， 浮光耀金现芸苔。
原野彩锦林竹绿， 屋庐朱顶院墙白。
汉江扬眉山外去， 朱鹮展翅云里来。
秀比江南何论小， 汉树参天由此栽。

破阵子·褒斜栈道石门景区

2017 年 4 月 10 日

一线径连秦蜀，九曲源自云天。褒戏幽亡遗祸恨，明修暗度唱凯旋。无处不史篇。

古栈深沉水底，新道旋转湖边。入峡浓雾拢碧岘，登山淡云露红颜。莺歌伴鸣泉。

注：陕西汉中褒斜道系从汉中通往关中的古栈道，有世界上最早的人工通车隧道石门。褒河畔褒镇还是周代美女褒姒的故乡。“烽火戏诸侯”“明修栈道，暗度陈仓”的故事为世人熟知。

古汉台

2017 年 4 月 10 日

汉王汉中驻汉台，　大汉基业由此开。
江山问鼎一抔土，　汉源无尽浩浩来。

汉中武侯祠

2017 年 4 月 11 日

苍松翠柏笼祥云，　武侯祠里拜贤臣。
出师三分成鼎业，　北伐二表献忠心。
风雅大儒无双士，　帅相全才第一人。
鞠躬尽瘁千秋在，　至今耿耿浩然魂。

注:汉中勉县武侯祠,诸葛亮去世后由蜀后主刘禅敕建,被称为“天下第一武侯祠”。

武侯墓

2017 年 4 月 11 日

定军山下一荒丘， 古柏森森伴武侯。
后世英雄谁凭吊？ 长使骚客涕泪流。

注: 武侯墓位于汉中勉县定军山下。当年诸葛亮病逝于五丈原,为稳定军心,特留遗嘱将其葬于定军山。

过潼关

2017 年 4 月 15 日

急返山西过临潼， 特下潼关看关城。
北傍黄河控天险， 南靠秦岭扼关中。
兵家古来争战地， 耳旁久逝号角声。
旅游开发热三省， 车喧难再听鸡鸣。

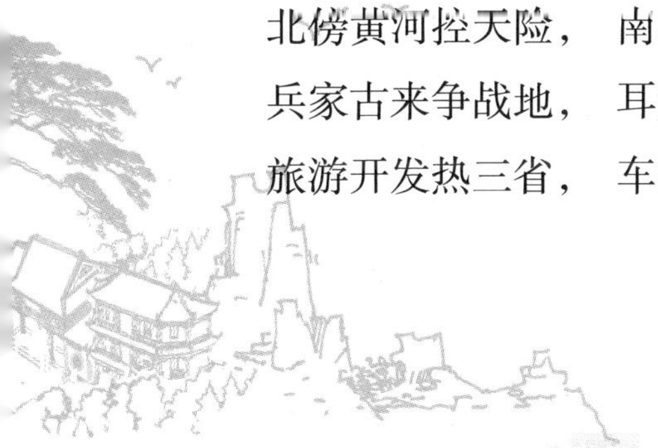

司马迁祠

2017 年 4 月 28 日

西渡黄河入韩城， 寻祠拜谒太史公。
诤言赤胆遭横祸， 鸿毛泰山写人生。
无韵离骚感天地， 史家绝唱冠时空。
龙门芝水蕴雄秀， 千秋浩气吐长虹。

法 门 寺

2017 年 4 月 29 日

塔庙始祖在关中， 唐封国寺海会红。
隔三十载迎佛骨， 历一千年现地宫。
华光紫气辉日月， 舍利奇宝惊寰瀛。
浮屠毁兴诉尘世， 九盘轮相又晨钟。

秦岭投宿乐

2017 年 4 月 29 日晚与老友李天增、梁国泰宿金丝峡农家

秦岭山麓金丝峡， 天晚投宿到农家。
奋起国泰定晚饭， 天增上山看晚霞。
路寂无人鸟为伴， 喳喳叽叽叽喳喳。
几分胆怯回住处， 晚餐锅盔就河虾。
也有稀饭和野菜， 吃咸吃酸不吃辣。
住宿条件实简陋， 窄床短被休管它。
万籁俱静好酣睡， 一觉全解累与乏。
醒来剩饭做早茶， 乐哈哈！

金 丝 峡

2017 年 4 月 30 日

高山峡谷万人行， 飞流瀑布滚雷霆。
刀劈斧剁悬绝壁， 堆青泼黛树云峰。
有意写诗诗难就， 无心作画画已成。
挥汗登临玉皇顶， 畅享清风憩云亭。

地缝奇峡

2017年5月1日与老友探游陕西甘泉县雨岔地缝（峡谷），奇峡绝景令人惊叹

地缝奇峡筑迷宫，　石波岩浪鬼神惊。
亿年刻画人不识，　造化原缘水与风。

白云观

2017年7月18日

下临峡谷上天穹，　晨钟暮鼓伴涛声。
谁搅时局天下暗，　日出扶桑东方红。
黄河有源流有际，　白云无尽幻无穷。
隅坐关西看九州，　凤舞龙吟在苍生。

注：1947年9月9日重阳节，转战陕北的毛主席在周恩来等人陪同下登上佳县黄河边的白云山白云观，观看晋剧《反徐州》，并在观中抽签，得“日出扶桑”上上签。白云观道教建筑群现为全国重点文物保护单位。

香炉寺

2017年7月18日

一截孤峰一炉香， 望断黄河万里长。
寻踪蒹葭留晚照， 伊人宛在水中央。

注：香炉寺位于陕北佳县城东200米的香炉峰之上，三面绝空，下临黄河，仅一面与石头城古门洞连接。诗经《秦风》中“蒹葭”描写的“在水一方”就是佳县的葭芦河。“香炉晚照”为佳县八景之一。1947年10月18日毛主席转战陕北时曾到此游览。

镇北台

2017年9月27日下午，从包头驱车直达榆林，未进城先登镇北台

万里长城第一台， 塞外金风送我来。
天高地阔穷一览， 不禁豪情满胸怀。

注：镇北台位于榆林城北红山顶上，据险扼下，为古长城沿线现存最大的要塞之一。

红石峡

2017年9月27日

红石峡谷秀险奇， 摩崖石刻众杰题。
石窟穿行若迷洞， 把索贴石下榆溪。

注：陕西榆林城郊红石峡悬崖对峙，榆溪河穿峡而过。崖壁上有众多名人题字石刻，被誉为“塞上书法宝库”。

甘 肃 省

陇西行(9首)

2010年7月1日至16日游甘肃河西走廊

长相思·兰州

白塔高,五泉高,大河中流逐浪高,金城傲天骄。
水车摇,皮筏摇,滨河公园舞飘摇,莎莎竟妖娆。
镇远桥,中山桥,雁滩西湖立交桥,振兴看今朝。

敦煌市区吃顺张驴肉黄面

“天上龙肉鲜, 地下驴肉香。”
酱驴肉黄面, 驰名在敦煌。
五代传字号, 文庙有顺张。
老店居小巷, 地偏客竞往。

肉面有特色，　色味形俱强。
价廉服务好，　西北美名扬。

瓜州瓜

千里戈壁过瓜州，　酷暑无风热汗流。
瓜州蜜瓜甜溢水，　消渴解暑冠全球。

鸣沙山

鸣沙山上沙不鸣，　驼队悠悠上沙峰。
红日黄沙蓝天下，　奇思难写大漠情。

月牙泉(回文诗)

谁家泉水似月牙，　月牙四围耸黄沙。
黄沙碧水映杨柳，　杨柳春风散谁家？

月牙泉吟

大漠上有一个女娃，　她的名字叫月牙。
清澈的泉水是她的脸颊，　碧绿的芦苇是她的乌发。

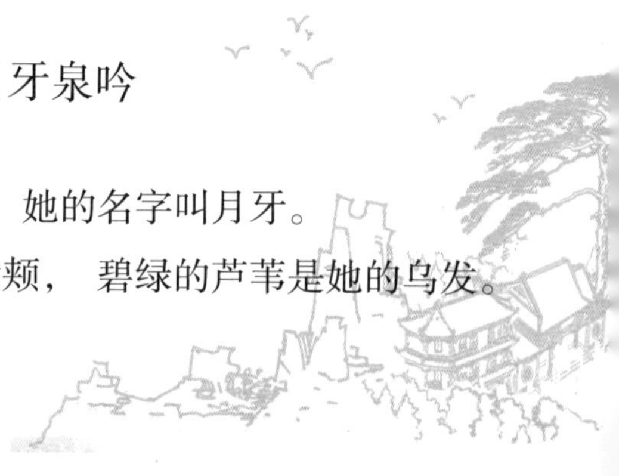

她孤独地躺在大漠， 身旁高耸着无边的黄沙。
是要随时把她吞噬， 还是在寸步不离地保护她?

她是荒莽中的一朵奇葩， 她是冰雪中的一星火花。
她在把生命和青春呼唤， 她是伊甸园永远的夏娃。

嘉峪关

长城万里最西关， 气吞大漠耸云天。
祁连黑岭双锁匙， 沙海碧湖九眼泉。
英雄立马靖边塞， 鸣燕击石报平安。
今朝重振丝绸路， 戈壁绿洲绽新妍。

敦煌石窟

石窟当年有辉煌， 尘沙翻卷化苍凉。
经洞开启伤心史， 留给今人做课堂。

天净沙·西出阳关

戈壁大漠风沙，雪山绿洲落霞。何分冬夏？早午火炉西瓜。

长城雄关险峡，丝路驼队琵琶。胡为纵马？侠骨柔情娇娃。

天水麦积山石窟

2012 年 10 月 3 日于甘肃天水

翠峦环抱碧水流，　孤峰陡峭若高楼。
崖阁万佛凝尘世，　栈梯曲上云里游。

天水仙人崖

2012 年 10 月 4 日于天水

仙崖倒映仙人湖，　仙山仙水入画图。
漫步西崖灵应寺，　松清柏静万念无。

石门山

2012 年 10 月 5 日

双峰对峙径若门，　奇松峭崖涌白云。
黄山秀丽华山险，　小集石门也迷人。

注：天水石门山名气不大，然登后感觉非常好，确有黄山之秀华山之险，且小而集中，便于游客一日之内饱览风光。

崆峒山

2013年10月6日与好友许建斌、武吉毅等游甘肃崆峒山

泾河碧绕擎天柱，　位鼎西陲亦逐鹿。
谁望西北射天狼？　却见黄帝问道处。
一寸一步上天梯，　膝行手索登天路。
游山悟道崆峒来，　三教共尊迷津渡。
登峰造极伫皇城，　峰林耸峙渺云雾。
东眺五岳思浩然，　白云借风传鱼素。

兰州甘南行（12首）

2014年8月11日至16日与老友张成义、刘春生等从兰州至甘南游玩

白塔山

雄关峻岭出层阿，　塔挑白云矗高坡。
茂林葱隐法雨寺，　波涛日夜传大河。

注：兰州白塔山因主峰有白塔而得名。其西傍金城关，下俯黄河及兰州市，为兰州必游之地。

中山铁桥

天下黄河第一桥，　百年风雨任飘摇。
近牵南山地天泰，　伫看洪流逐浪高。

注：兰州中山桥由德国人于1907年修建，历经洪流冲击和炮火摧残，是黄河上历久弥坚最悠久的古桥。桥头南山坡有牌楼，谓“地天泰”。

兰州赞

华夏西行赞兰州，　独踞黄河市中流。
两山对峙隐古刹，　五泉滋养列高楼。
飞桥横跨通南北，　洪波东去诉春秋。
更待复兴丝绸路，　欧亚明珠缀金瓯。

走进甘南

穿山越岭入甘南，　临夏感受伊斯兰。
山青林秀见星月，　地肥水美种田园。

登高渐觉林变草，　分水方知北转南。
一望牛羊游牧场，　玛堆七彩扬经幡。

黄河首曲

九曲黄河第一弯，　雪域西来下高原。
千里牧场旋玉带，　百顷花湖嵌银盘。
母亲乳汁滋华夏，　英雄气势举轩辕。
大浪淘沙入东海，　回看晚霞映红天。

扎尕纳

白龙江水浪飞腾，　山回峡转流向东。
穿云雾进扎尕纳，　破天荒现石匣城。
四围碧峰列铁壁，　一坡青稞卧金龙。
浓墨重彩谁描画，　只疑身居仙境中。

尕　海

一阵雷雨一阵晴，　尕海风光幻无穷。
水天倒影成魔镜，　泼墨瞬时变丹青。

尕海赞

绿茵环湖万顷花， 烟波闪烁映云霞。
百鸟翻飞戏水面， 欢歌九色香巴拉。

郎木寺

一寺跨两省， 一水分两寺。
千年古刹坐深山， 格鲁经传世。
纳摩峡谷险， 天葬台近日。
白龙江水出源头， 绝崖相对峙。
名山僧多占， 秀水蕴灵智。
法轮常转度众生， 如来亦如是。

注：郎木寺地处甘肃四川交界，一条清泉水把村落分属两省。甘肃一侧为赛赤寺，四川一侧为格尔底寺。赛赤寺后山有天葬台。格尔底寺位于纳摩峡谷口，溯水而上是白龙江源头，风景极美。

纳摩峡谷

峡壁双掬涌灵泉，　溯流径探龙江源。
雪松岩洞仙化虎，　白云引路上神山。

拉卜楞寺

合作晨观大佛阁，　行峡傍水到夏河。
游瞻名寺拉卜楞，　藏传佛派费琢磨。

注:拉卜楞寺是藏传佛教六大名寺之一,为全国重点文物保护单位。

格桑花

桑科草原绿无涯，　那是朋友诺部的家。
他带我们去草原，　寻找梦里的格桑花。
多少次为它把歌唱，　今天终于看到它。
万绿丛中花瓣俏，　金黄夺目美如画。
艳若仙女下凡尘，　扎西德勒送万家！

张掖祁连山游(8首)

2015年9月7日至9日同老友自驾游张掖、祁连山

山西会馆

山西会馆坐甘州，　丝路经商车马稠。
忠义传承尊关圣，　似闻晋剧红戏楼。

大佛寺

卧佛千年古寺藏，　梵塔庄严对禅房。
心清意净无挂碍，　静凭细雨染秋光。

七彩丹霞

天造斑斓地生花，　女娲巧炼七彩霞。
神笔马良愧封笔，　从此路边卖西瓜。

雨中游丹霞地质公园

山铺宣纸崖作屏，　七彩写意浑天成。
细雨飘来不打伞，　目不暇接画里行。

康乐高山草原

驱车盘绕上祁连，　绝美高山大草原。
丘壑起伏绿波里，　峰峦隐现白云间。
曾是红军喋血地，　今塑丰碑向长天。
净土通途迎远客，　裕固家乡换新颜。

祁连山草原

无边丰草绿转黄，　时见雪岭云里藏。
惊叹祁连原生态，　追梦驰马牧牛羊。

山丹马场

祁连横亘界青甘，　北伴丝路南高原。
无垠草场延龙岭，　成群骏马牧山丹。

古有匈奴屯兵地，　史遗裕固建家园。
皑皑雪峰隐云海，　翘首明月出天山。

注：祁连山史出匈奴语，意为“天之山”，山北为甘肃，山南为青海。其冷龙岭山丹马场水丰草美，曾是世界第二大军马场。这里生活的裕固族人据考证属匈奴后裔。

西　望

甘州西望嘉峪关，　驱车盘上祁连山。
水丰草美马羊壮，　绝胜内蒙大草原。

与李安民董事长及安泰众老游麦积山石窟

2016 年 7 月 25 日

形如麦垛立穹窿，　林环水绕映碧红。
万佛千龛藏百窟，　五岳三山蕴一峰。
登梯遥指渭河曲，　极目尽赏陇山青。
云雨飘来天花落，　禅光沐顶悟浮生。

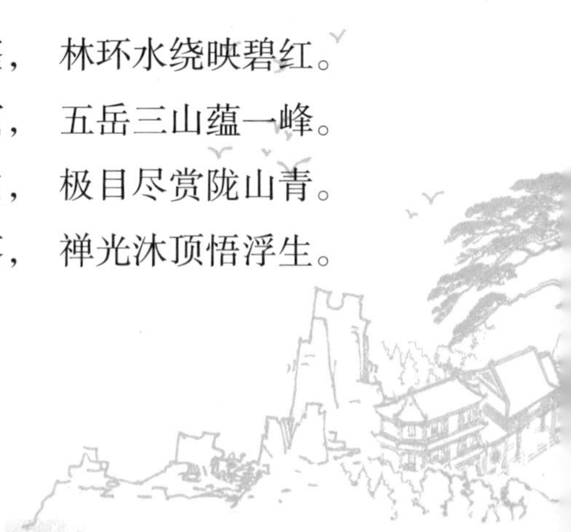

夜游黄河

2016 年 7 月 26 日

兰州夜游中山桥，　登船赏景浪里摇。
两岸灯光描幻境，　七彩霓虹映黄涛。
金城散漫消暑热，　清风凉爽胜秋高。
放声高歌大河美，　古稀依然胆气豪。

兰州逍遥游

2016 年 7 月 27 日

黄河浪宽白塔高，　漫步黄河第一桥。
洪流快艇旋朱榭，　华夏母亲立英雕。
临波柳棚品香茗，　近水楼台吃蟠桃。
午餐正宗牛肉面，　琴悠静听《黄水谣》。

携老友游鸣沙山月牙泉

2016 年 8 月 28 日

西游又到鸣沙山， 大漠驼队伴孤烟。
流沙百丈舞千载， 甘泉一眼到今天。
水清不涸犹新月， 风静有声弄古弦。
汉家天马唐王骏， 鞭鞍直向玉门关。

咏阳关、玉门关

2016 年 8 月 28 日

阳关玉门梦中情， 大漠惊沙气如虹。
鸿雁应知泰翁意， 长歌一曲醉苍穹。

再游莫高窟

2016 年 8 月 29 日

沙漠绿洲缀五凉， 黄崖峭阁凌上苍。
千年凿建莫高窟， 三危成就佛殿堂。

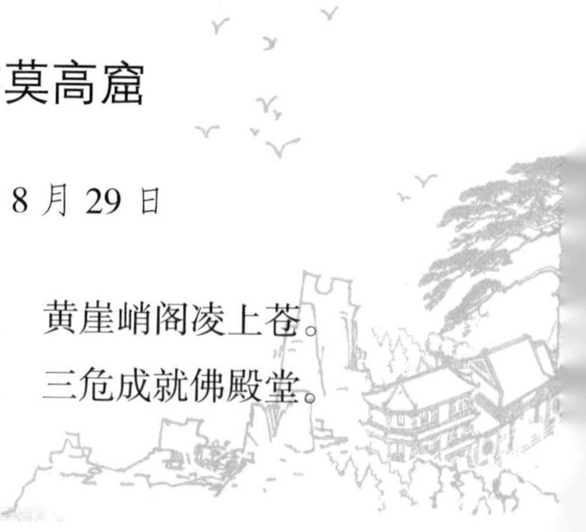

丝路商贾传香火，　尘暴兵戈转荒凉。

幸有英才护瑰宝，　环球盛会待敦煌。

注:“三危”特指历史上因敦煌三危山现金光而兴建佛窟的传奇。世界文博会9月下旬在敦煌召开。

西藏自治区

拉萨之歌

2010 年 7 月 5 日

神鹰送我到拉萨， 登上梦中的布达拉。
天那么高,天那么蓝， 高耸在圣洁的蓝天下。

张开双臂拥拉萨， 姑娘给我献哈达。
纯朴的脸,大大的眼， 犹如盛开的格桑花。

坐上三轮逛拉萨， 见到慈祥的藏阿玛。
深深祝福扎西德勒， 喝一杯香美的酥油茶。

拉萨河边戏野鸭， 雪山之巅迎朝霞。
放声高唱和谐歌， 各民族永远是一家。

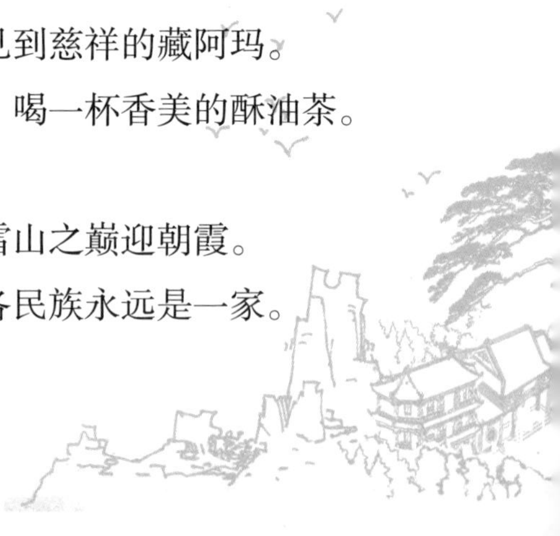

拉萨大昭寺

2010 年 7 月 5 日

这里没有香火，
只有一盏盏闪烁的酥油灯。
不必忍受烟熏火燎，
古老的佛看上去很年轻。

岁月在不停地晃动，
无数人像蜥蜴般爬行。
膝掌早已结满血茧，
仍然一步一个等身。
磕头
膜拜

头上飘着花花绿绿的经幡，
手里转动着一成不变的法轮。
不知从哪里来又到哪里去，
不知从何时起又到何时终。

一双双梦幻眼睛，
在轮回中走向无尽。
执着
无我

我不知道人们怀着多少祈愿，
也不知道佛是否把承许撒向众生。
谁能见到文成公主？
探讨跨越千年的时空。
但我听见似天籁般汽笛声，
正在高原唱响。
天路
极乐

永遇乐·纳木错湖

2010 年 7 月 6 日

雪域天湖，清波万顷，梦追寻处。唐古拉山，腾格里海，天作成夫妇。惊雷闪电，日月星斗，聚来同尊圣母。问高原，千秋秘事，几藏湖心犹故？

四月十五，芸芸转湖，七彩经幡飘舞。三祇道场，神灵宝镜，等身拜净土。龙腾圣像，梵音香雾，虔诚礼佛超度。何如我，逍遥信步，踏歌行路。

圣　洁

——游巴松措湖

2010 年 7 月 7 日

动感美丽的尼洋河，半腰镶着明珠一颗。
碧峰环抱一弯湖水，它的名字叫巴松措。

传说那是神女的眼泪，她在思恋心中的情哥。
湖边耸立着巍峨雪山，默默倾听神女的诉说。

蓝天拭去雪山的云朵，蓝色的湖水无比清澈。
湖面倒映晶莹的白雪，于是，他与她相拥在巴松措。

圣洁的雪山，圣洁的湖水，湖中小岛上有圣庙一座。
这里有最原始的生殖崇拜，两性器官坦然而赤裸。

人类以此世代延续，情爱由此升华炽烈。

没有人认为这是淫秽,在这里只会感觉到什么是圣洁。

雅鲁藏布江大峡谷

2010 年 7 月 8 日

深峡裂险壁，　江流北转南。
高峰松杉密，　半坡红杜鹃。
河阴消酷暑，　绝巅挂冰川。
艳阳照飞雪，　云雨洒林泉。
猪羊青草牧，　牦牛散绿原。
鹰翔蓝天际，　鱼游碧水潭。
一山有四季，　十里不同天。
诗画难描就，　天堂在此间。

注: 大峡谷特有的藏香猪和牛羊一样在山坡放牧吃草。

南迦巴瓦峰之歌

2010年7月我走进青藏高原，7月7日至8日游览了雅鲁藏布江大峡谷，十分幸运地目睹了南迦巴瓦峰雪山真容

多少年神往西藏，
多少次梦见雪山。
今天，我走近雅鲁藏布江，
来到南迦巴瓦峰的身边。

奔腾的江水在脚下盘旋，
朵朵浪花拨动着我的心弦。
登上高高的观景台，
渴望一睹南迦巴瓦的容颜。

然而，眼前只有浓云密雾，
把雪山遮掩得实实严严。
神秘面纱谁能揭开？
无数人在这里留下遗憾。

啊，南迦巴瓦峰，

我知道见你太难太难。
可你牵扯着我的情思，
纠结着我无尽的心恋。

难道你真的不解人意？
难道你真的不遂人愿？
难道你真的羞于见人，
独自在忏悔中把你的弟弟陪伴？

我在沮丧中正要离去，
突然，奇迹出现在面前：
浓重的云雾豁然洞开，混沌中露出一片湛蓝，
那是何等空灵澄净，蓝得叫人如入梦幻。

云洞如镜头缓缓移动，
湛蓝中闪现一角雪山。
洁白如银，晶莹似玉，
如戟似剑，直刺云天！

啊，南迦巴瓦峰，
你神奇般在我头顶闪现。

你极度光彩夺目,让我一时睁不开双眼。
你无比庄严神圣,令我心灵一阵震颤。

人们经过短暂窒息,
随之而来的是忘情地狂欢:
欢呼、跳跃、抛物、呐喊……
我也疯狂了,疯狂近痴癫!

啊,神奇的南迦巴瓦峰,
雅鲁藏布江见证了我们的会面。
忘情的人们没有忘记拍照,
我也和你合影留念。

可把照片洗出来一看,
上白下黑模糊一片。
是否,你同意瞬时让我一见,
却还是不愿让世人随便看到你的容颜?

啊,南迦巴瓦峰,
啊,圣洁的雪山!
你给我眷顾给我幸运,

你永远让我梦萦魂牵……

注：南迦巴瓦峰是西藏林芝地区最高的山，海拔 7782 米，其巨大的三角形峰体终年积雪，云雾缭绕，从不轻易露出真面目。

相传上天派南迦巴瓦和其弟弟镇守西南。其弟身高力壮武功高强，南迦巴瓦因嫉妒而将其弟杀害。上天惩罚南迦巴瓦的罪过，罚他驻守在雅鲁藏布江边，永远陪伴他死去的弟弟。

过唐古拉山口

2010 年 7 月 8 日

山口海拔超五千，　却见丘隆不见山。
密云低垂雨夹雪，　红日高悬虹挂天。
绿草赤岩绘彩画，　牦牛羝羊戏草滩。
双路顺流伸向北，　前行正是三江源。

注：双路指青藏公路和铁路。

坐上火车离拉萨

2010 年 7 月 9 日于拉萨去西宁火车上

我从天路越高原， 脸旁云白天更蓝。
牧坡莽莽远山矮， 牦牛点点近水欢。
时见车队驰青藏， 长有金珠护平安。
举国援手兴经济， 边陲铁壁万万年。

注：爱唱并且想着“坐上火车去拉萨”。然查列车时刻，去拉萨是夜里经过三江源。为了顺路看到三江源，遂选择乘飞机去拉萨，坐上火车离拉萨。下午列车途经三江源。

青 海 省

三江源

2010 年 7 月 9 日

高原九时日归西，　半天云鳞七彩霓。
可可西里朦胧美，　沱沱河畔妙曼奇。
三江源水丰草地，　几头牦牛望车皮。
涓涓银流伴双路，　人偕动物不分离。

注:“可可西里”蒙语意为美少女，“双路”指青藏公路、青藏铁路。是日从拉萨乘火车赴西宁，下午路经三江源。

西　宁

2010年7月10日

雪域东行到西宁，　双山对峙秀湟中。
高原古道居锁钥，　满眼繁华赞新城。

青海湖

2010年7月11日

浩瀚青海湖茫茫，　半天云雨半斜阳。
无边碧绿牛羊壮，　万顷金黄菜花香。
童心放飞游鸟岛，　湟鱼下酒醉他乡。
难得净土无杂染，　极乐世界有东方。

鹧鸪天·青海湖

2010 年 7 月 12 日

青海湖上云遮空，青海湖水灰蒙蒙。青海湖上云雨过，天蓝水蓝蓝更青。

天蓝近，水深青，远山白云现彩虹。牛羊群群草原上，藏乡处处传歌声。

青海导游谣

2010 年 7 月 12 日

青海湖上女导游， 笑谈职业顺口溜：
“青海导游一回头， 吓死路边一群牛。
青海导游二回头， 长江黄河水倒流。
青海导游三回头， 两岸统一不用愁。”
意为导游很辛苦， 早出晚归带团游。
常年风吹和日晒， 皮肤变得黑黝黝。
我看导游工作好， 播种欢乐去烦忧。
遍赏天下美山水， 健康美丽最风流。

日月山

2016年7月28日同李安民董事长及安泰众老到青海游

公主摔镜望长安，　日月双辉照关山。
唐蕃古道留佳话，　汉藏和亲美名传。

注：青海日月山位于古丝绸南路要冲，曾是唐和土蕃会盟、和亲、互市的见证地。相传唐文成公主远嫁松赞干布路经此地，因思乡取出皇后所赐“日月宝镜”回望长安，不慎失手摔成两半，正好落在两个山包上，东半块朝西映着落日，西半块朝东照着初月，日月山由此得名。

再游青海湖

2016年7月28日

万亩金黄菜花开，　一路闻香看湖来。
辽阔高原牧牛马，　浩瀚青海绝尘埃。
山绿草绿裸岩赤，　天蓝水蓝絮云白。
老头兴骑牦牛乐，　速传景照乐开怀。

塔尔寺

2016 年 7 月 29 日

依山傍塬势恢宏，　汉藏风融塔殿宫。
十万狮子吼佛像，　四大法会聚徒僧。
高原黄教尊圣地，　历朝皇敕供梵宗。
更奇三绝艺瑰宝，　雪域莲花净魂灵。

注：塔尔寺位于青海湟中县莲花山，创建于明洪武十年（1377年），规模宏大，金碧辉煌，是中国西北藏传佛教中心。酥油花、壁画、堆绣为塔尔寺艺术三绝。

宁夏回族自治区

宁夏行(5首)

2009年7月底至8月中旬，与老友陈宪荣等西游宁夏

清平乐·贺兰山

千里飞跨，万古一刹那。穿云掣电驰骏马，黄河大漠宁夏。

西挡风沙似屏，东护连湖珠明。兵火狼烟久逝，岩画长守丹青。

注：贺兰山，蒙语为骏马。银川有七十二连湖，堪称北国江南。

镇北堡影城

镇北古堡树双旗， 影视旅游注商机。
好个牧人张贤亮， 巧把腐朽化神奇。

沙　湖

金丘起伏涌黄沙，　碧波荡漾戏鱼虾。
芦荡大漠交相映，　北国江南冠中华。

注：沙湖位于银川东北约百里，有塞上大漠的粗犷与南国水乡的秀美，是一处旅游胜地。

如梦令·西夏王陵

荒草、灵台、夕照，皆知夏王元昊。喋血贺兰山，忘了曾姓李赵。李赵，李赵，终归一统大道。

注：晚唐及宋朝皇帝曾赐西夏国王姓李、姓赵。

沙坡头

腾格戈壁断坡头，　黄崖壁底大河流。
驮队悠然荒漠走，　皮筏偏向乱波游。
泪泉掬水饮甘爽，　赤脚滑沙享温柔。
千里驰车阅边塞，　孤烟落日有何求？

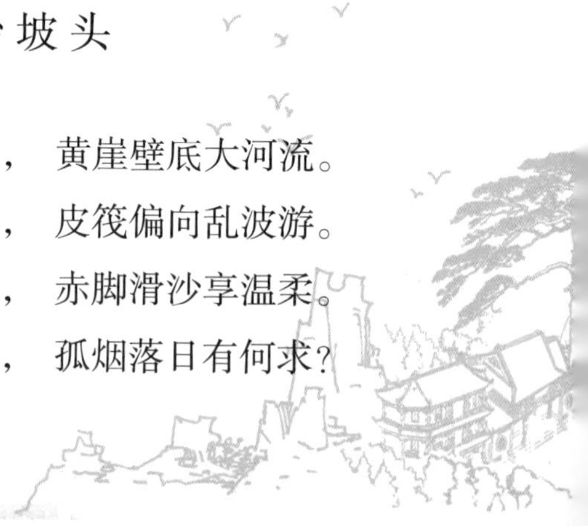

注：沙坡头位于宁夏中卫市，系腾格里沙漠与黄河交会处。唐王维《使至塞上》诗句“大漠孤烟直，长河落日圆”即写于此。

同心清真大寺

2013 年 10 月 7 日

驱车宁夏到同心， 殿阁古寺问清真。
红军征战曾集会， 回汉团结一家亲。

六盘山咏

2013 年 10 月 8 日

千里驱车登六盘， 万山秋高色斑斓。
登临主席挥鞭处， 雄词响彻白云间。
风自西来大漠远， 剑指长城月光寒。
红星闪耀旌旗列， 苍龙伏首断狼烟。
神州崛起向世界， 蚊蝇泣叫妄遮天。
试看今朝英雄汉， 笑谈环球谱新篇。

再游宁夏(5 首)

2015 年 9 月 6 日至 10 日与老友张成义刘春生薛斌游宁夏

戈壁酸枣

风电叶轮高入云，　戈壁罕见酸枣林。
浩瀚黄沙几丛绿，　嫩枣新红也迷人。

又到沙坡头

红沙百丈耸高坡，　瀚漠无垠接大河。
远山万仞依白日，　轻筏几叶荡洪波。
红柳驼队入诗画，　绿草风铃传牧歌。
赤脚走进腾格里，　别样温馨暖心窝。

腾格里沙漠

沙丘万顷汲游情，　浩瀚无垠荡心胸。
黄波律动鸣恋曲，　红纱飘逸蒙秀容。

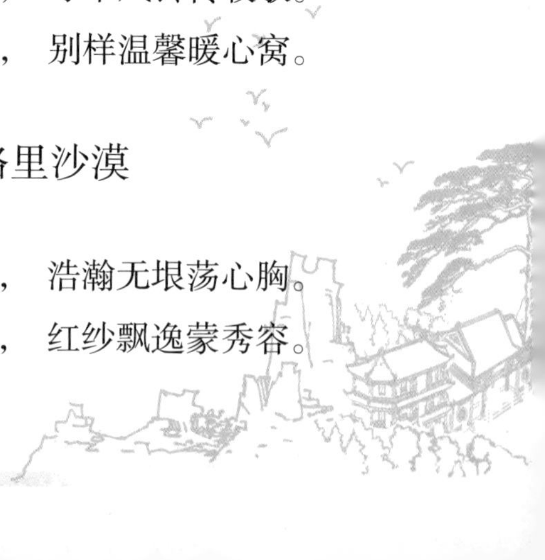

大漠孤烟扰星月，　长河落日醉苍穹。
喟叹人生何渺小，　西风拂面泪朦胧。

中卫鼓楼

黄河北去沙裹城，　西控边陲锁青铜。
卫宁不闻战鼓响，　塞上江南永太平。

注:宁夏中卫市扼锁黄河青铜峡,自古为兵家必争之地。

六 盘 山

车过六盘山，　雨雾迷漫天。
松柏愈叠翠，　心潮逐浪翻。
行吟清平乐，　主席在心间。
重走长征路，　万难只等闲。

新疆维吾尔自治区

北疆行(8首)

2009年8月中旬,与友人赴北疆旅行

天山天池

一路风尘登旅途，　万木穿空密间疏。
巅峰戴雪呈白玉，　群峦抱水镶宝珠。
瑶池琼浆有幸饮，　天山明月无缘出。
毡房喜访哈萨克，　异彩多姿绘新图。

过魔鬼城

石壁狰狞冒沙尘，　狂风怪号竟夺魂?
似城非城亲眼见，　有魔无魔仅耳闻。
江河行地滋万物，　日月经天鉴一身。
为人不做亏心事，　何惧半夜鬼叫门。

额尔齐斯河五彩滩

无边戈壁夕照红，　树掩碧流蓝变青。
半坡金色幻五彩，　如痴如梦画中行。

喀纳斯湖

高峡密林一仙湖，　百变奇观世属殊。
神秘莫测水中怪，　纯朴至真图瓦族。
天国净土始信有，　浊尘秽物方觉无。
但愿适逢封山雪，　长歌日日伴酒壶。

达 坂 城

荒漠绿洲达坂城，　歌王一曲传盛名。
过客争睹姑娘美，　欲娶何来缘分情？

达坂城忆王洛宾先生

生平苦痛岂万千，　西部歌王情似天。
达坂城里歌一曲，　传唱岂止五百年！

注:于达坂城在王洛宾雕像前留影。想起他生前所言——“我要让我的音乐传唱五百年”,不禁深深怀念这位不朽的西部歌王。

火焰山

赤峰如火半天烧，　寸草不生土皆焦。
唐僧何敢从此过？　沟底清泉绿葡萄。

胡　杨

是谁远眺长河落日？
是谁守望大漠孤烟？
茫茫沙海把我带入远古的梦幻，
无畏的你迎风发出永久的呼喊！

你在戈壁中生长千年不死；
你在狂风中死去千年不倒；
你在流沙中倒下千年不朽；
你是生命的精灵，日夜呼唤绿野蓝天！

站在你面前我突然发现：
我多么矮小你何等伟岸；

我多么懦弱你何等勇敢；
我多么优柔你何等果断；
我多么猥琐，
你是真正的英雄好汉！

啊，胡杨！
我向你致敬，我为你礼赞！
看着你我挺直腰杆，
苍茫中走向希望的明天！

南疆游(7首)

2016年8月下旬与老友张成义等赴南疆旅游

南疆游

一日千里到西陲，　昆仑律动玉龙飞。
雪域瑶池拜王母，　喀什噶尔探香妃。
丝路延途呈异彩，　民族携手放光辉。
满目新奇看不够，　步步回眸不思归。

喀什老城

这里是维吾尔族人的故土，满眼都是维吾尔族风格的建筑。

街面上有各具特色的店铺，店里有身怀绝技的师傅。

这里是维吾尔族人的老家，说着我们听不懂的话。

不时露出真诚的笑容，让人感受到那是他的心花。

这里是维吾尔族人的家园，高台民居胜似花苑。

老街绽放文明的花朵，特有的习俗代代相传。

“不到喀什不算到新疆”，大巴扎飘荡着羊肉的清香。

各民族兄弟携手前进，丝绸之路又续写新的篇章。

昆仑行

西上昆仑坐飞车，　老少欢呼赞巍峨。

乘风轻过红山口，　顺流弯溯盖孜河。

喜见黑湖摇倒影，　惊叹冰峰忘颠簸。

高原始识帕米尔，　一路豪情向天歌。

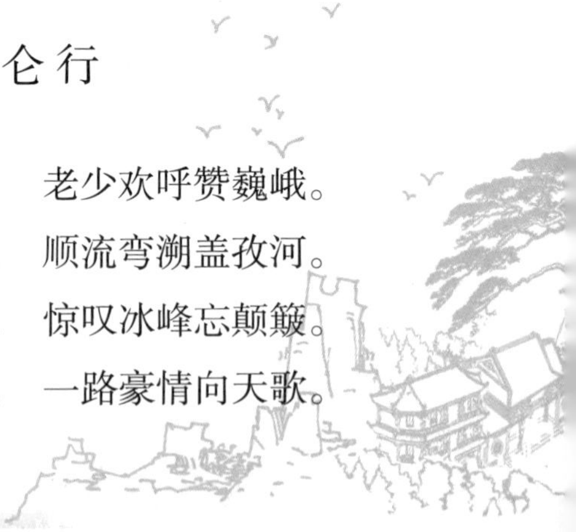

清平乐·红其拉甫中巴国门口岸

车冲霄汉，白云擦耳畔。天路高旋几欲断，喀喇昆仑浩瀚。

比肩葱岭雪峰，牵手冰川玉龙。登上红其拉甫，倍觉五星旗红。

过喀喇昆仑大峡谷

喀喇昆仑大峡谷，　当年西天取经路。
峭壁嵯岈鸟飞绝，　黑云压顶无觅处。
冰川石流天上来，　路断塞车唯四顾。
丝路驿站已作古，　乱石流中求保护。
欣见修路大动工，　架桥穿隧战寒酷。
冰峰险峡变通途，　中巴国道迎高速。

菩萨蛮·雨中观喀什古城迎宾礼

古城迎宾逢细雨，雨中飘出楼兰女。窈窕美天仙，霓裳舞翩跹。

武士城头立，凌云竖铁壁。长歌遏行云，千古民族魂。

南疆行吟

中国西陲有多美？　来看喀什的山和水。
北望天山南昆仑，　中有塔里木大沙盆。
戈壁胡杨丝路雨，　龟兹王府楼兰女。
长辫旋舞风流面，　漠色连天都不见。
夜逛老城大巴扎，　心胆泰然走天涯。
驮道穿云千里遥，　帕米尔高原比天高。
冰山之父慕士塔格峰，　披云戴雪耸苍穹。
梦幻卡拉库里湖，　凝眸一眼忘归途。
驰骋葱岭到国门，　红其拉甫最迷人。
夜宿塔城雪山间，　一臂弯月抱枕眠。
乘风飞越吐鲁番，　低头看看火焰山。
回游敦煌往东行，　梦回唐汉玉关情。

新疆伊犁游(6首)

2018年8月和老友张成义等赴新疆伊犁地区旅游

霍尔果斯口岸

隋唐丝路万里遥， 驮站搭起亚欧桥。
边关口岸历坎坷， 五通兴贸在今朝。

注:霍尔果斯口岸位于新疆伊犁霍城县,与哈萨克斯坦隔河相望,是新疆与中亚各国通商的陆路口岸。

从果子沟达游赛里木湖

2018年8月9日

果沟桥路若盘龙， 升顶豁然现蓝澄。
水天苍苍呈 色， 峰林墨墨共长生。
罕见克勒甘珠涌， 漫游西海绿原浓。
谁在长歌赛里木， 静听刀郎诉恋情。

注:从伊犁果子沟峡谷北上天山达赛里木湖。这里峰林环抱，

水天一色。远处雪山溶水长流不息，湖边地泉克勒涌珠，使赛里木湖水位上涨。湖畔的西海草原播放着刀郎的《西海情歌》，让人听得如醉如痴。

赛里木湖

西嵌天山万年孤，　纤尘不染静澄湖。
墨林草坡白云起，　净海雪峰苍狗出。
心荡一汪蓝眼泪，　情迷百里丹青图。
步迹双王瑶池会，　子归东去洽蓬壶。

注： 赛里木湖古称“净海”，位于新疆北天山山脉西段，是新疆海拔最高(2000 多米)、面积最大、风光秀丽的高山湖。它是大西洋暖湿气流最后眷顾的地方，因此有“大西洋最后一滴眼泪”之称。据传周穆王曾乘骏车从中原到瑶池会见西域各部落首领西王母娘娘，留下了“子归东去，和洽诸夏”的千古佳句。经考证瑶池即是赛里木湖。

巴音布鲁克大草原

雪峰环抱溢甘泉，　银流九曲十八弯。
辽原有河芳草碧，　片水无尘昊天蓝。
骏马奔腾牛羊壮，　牧歌悠扬奶酒甜。
长颂东归英雄史，　夕照摇金落日圆。

注：巴音布鲁克草原位于新疆天山腹地，蒙语意“永不枯竭的甘泉”，是中国最大的高山草原。九曲十八弯的开都河从中流过，似玉带在天然地毯上盘绕，它就是《西游记》中的通天河。

清乾隆年间，“东归英雄”渥巴锡率土尔扈特蒙古部 17 万人从伏尔加河返归故土，历经千难万险，以近 10 万人的伤亡代价回到伊犁。乾隆赐水草丰美的巴音布鲁克草原予以安置。

那拉提大草原

西行万里到伊犁，　神游梦幻那拉提。
杉林盖壑溪流远，　草海连天雪峰低。
数座毡房摇倩影，　成群骏马齐奋蹄。
此行倍觉新疆美，　仙苑人间两迷离。

注:那拉提草原又名巩乃斯草原,位于新疆伊犁新源县那拉提镇东部,是世界四大草原之一的亚高山草甸植物区,自古以来就是著名的牧场。优美的草原风光与当地哈萨克民俗风情结合在一起,组成新疆著名的旅游观光度假区(AAAAA 级)。

伊宁老街

2018 年 8 月 12 日

伊宁老街大巴扎， 店铺琳琅竞繁华。
各族和睦人含笑， 边疆安定地生花。
熊罴作恶成街鼠， 民众同仇齐纠察。
怡然美餐羊肉串， 再啃羊蹄喝奶茶。

香港特别行政区

紫荆广场抒怀

2012 年 4 月 30 日于香港

五星旗红紫荆妍，　金光辉映艳阳天。
百年离散人心痛，　一朝回归笑声甜。
明珠星耀宏图展，　香江春暖好梦圆。
两岸三地同血脉，　巨龙冲空腾宇寰。

香港旅游冷印象

“到了北京，只嫌官小。　到了香港，只嫌钱少。”
港人偶像，明星阔佬。　购房置业，风水必找。
巧舌导游，景点怠跑。　大鼓购物，不购立恼。
内地游客，芸芸复蹈。　硬米些菜，难以腹饱。
游遍四海，怎言港好？　摇头叹气，此情何了！

澳门特别行政区

2012 年 5 月 2 日

澳 门 吟

莲花宝地吟澳门，　骨肉分离呼母亲。
三巴残壁寒冬久，　九九归一唱新春。

澳门赌城

金碧辉煌胜皇门，　奢华极尽醉红尘。
谁开赌城三十六，　专噬浑梦不醒人。

台 湾 省

台湾游(12首)

2011年4月19日至26日同妻、内弟陪老母游台湾

赴台有感

百年万里梦台湾，　身临只在一瞬间。
绿岛西牵昆仑岳，　大河南接日月潭。
炎黄脉血浓于水，　手足情谊重如山。
海峡岂是楚汉界，　两岸携手向团圆。

行车途中听邓丽君歌

百听不厌邓丽君，　天籁心声至清纯。
叹无生前回大陆，　芳华永驻燕齐魂。

注：邓丽君父河北人，母山东人。

日月潭

八景绝胜第一谭，　美若西湖更卓然。
湖心岛屿分日月，　圣庙玄光坐北南。
喜会邵族村长好，　渴饮灵芝茶水甜。
欢歌笑语迎远客，　祖国处处是家园。

阿里山神木

峰峦叠翠阿里山，　火车穿林上云岚。
古桧参天尊神木，　福佑众生共延年。

高雄游

车越台中到高雄，　山屏港阔一秀城。
英国领馆谓打狗，　南非钻石巧加工。
逛街六合赏夜市，　漫步爱河浴华灯。
趁热品尝“官财板”，沿海南行是垦丁。

猫鼻头、南岬

大风刮上猫鼻头， 三水相交汇海流。
已到宝岛最南岬， 走遍天涯唱神州。

台东沿海岸北行

台东赏罢红珊瑚， 又见水往高处流。
迈步北纬回归线， 石梯临海看飞舟。

石梯坪观太平洋

山绿水青浪花白， 涛如奔马迎面来。
极目东洋淼无际， 轻舟海鸥共徘徊。

花莲游太鲁阁森林公园

车若穿梭人如织， 峰回峡转傍山驰。
老兵凿开燕子口， 壮士休眠长春祠。
立雾溪畔猫眼玉， 太鲁阁谷玫瑰石。

物华天宝通四海， 若非筑路谁先知？

注：当年台湾退伍老兵凭人力打通横贯台湾中部高山公路。筑路中 200 多人捐躯，合葬在长春祠。

夜宿宜兰

暮色苍茫到宜兰， 焦溪旅馆把身安。
房间虽小挺别致， 宽衣解带泡温泉。

游野柳上阳明山回台北

草山何人改阳明？ 台北市民最钟情。
东连海湾沙野柳， 中耸大屯锦绣峰。
火山豁口腾硫气， 温泉别墅绽芙蓉。
兴登一〇一楼顶， 挥手拜拜返旅程。

台湾旅游服务赞

随团初次赴台游， 多少感动在心头。
台胞两千三百万， 首要印象是导游。
热情服务送欢乐， 尊老帮弱忙不休。

讲解精彩知识广， 李导文杰第一流。

红珊瑚号程师傅， 安全整洁严要求。
早起晚睡不辞苦， 车美人和美名留。
各地宾馆高品位， 饭菜可口笑语稠。
宝岛处处风光好， 共谱新章写春秋。

亚　洲

泰国游记

2009 年 4 月份，携妻、女儿女婿、儿子全家人同游泰国

南飞入夏别晚春，　异国风情醉游人。
锦绣皇宫点点玉，　香火梵幢处处金。
碧海旖旎芭堤雅，　旌旗摇曳红衫军。
兴业多见华裔后，　天涯原是好伴邻。

韩国游(7 首)

2011 年 7 月 4 日至 8 日赴韩国旅游

从太原到仁川

谋筹赴日改游韩，　几分遗憾几分欢。
异国他乡消酷暑，　跨海东行到仁川。

晚赴济州

晚飞济州岛，　高天霞灿烂。
步出机场厅，　凉风激冷战。
饥餐石锅面，　浑身冒热汗。
下榻榻榻米，　不觉近夜半。

济州岛

日出峰巅火山礁，　环游济岛竞妖娆。
民俗村里访古迹，　将军石畔听惊涛。
渊通天地悬飞瀑，　岩卧龙头镇海潮。
美景招来五洲客，　游人涌动逐浪高。

济州三多

济州古国谓耽罗，　风情奇绝有三多：
海风长浪送清爽，　火山熔岩缀湾坡。
能巴丽丽增孤影，　石头公公伴鳏婆。
民俗古典融现代，　文化西缘万里波。

注：济州古代曾是“耽罗”国，有三多：风多、石头多、女人多。“能巴丽”指已婚女人，因男人出海常遇风浪不归，寡妇增多。“石头公公”是当地人崇拜的男性阳根石雕，随处可见。

三八线

走近三八线，　沉思板门店。
相向升国旗，　几番争高低。
兄弟相残久，　何日手牵手？
业园建开城，　撞响和平钟。

首　尔

紫云书院景福宫，　儒道朝野有遗风。
现代文明持礼仪，　首尔原名是汉城。

韩国料理

豆芽海带，　黄瓜泡菜。
素多肉少，　不用油炒。
煮菜蒸饭，　爽口清淡。
精干苗条，　远离三高。

朝鲜游(4首)

2011年8月1日至5日与老友张成义、陈怀文从丹东跨鸭绿江赴朝鲜

平壤友谊塔

孤塔悠悠挑白云，　血火已然化烟尘。
泪眼翻开英烈册，　鲜花一束慰忠魂。

妙香山

清川江畔妙香山，　峭壁奇峰荟洞天。
林拥锦宫藏异宝，　溪环古刹尊普贤。
僧兵抗敌秉忠义，　将军探路冒风寒。
自然文化皆绝妙，　妙香何日传宇寰。

注：妙香山里有国际友谊展览馆、千年古刹普贤寺。壬辰战争时期，西山大师率全国僧侣奋起抗击日本侵略军。1981年5月金正日为开发妙香山旅游冒着风雨探路。

观特大型团体歌舞《阿里郎》

冒雨观看《阿里郎》， 演员十万意气扬。
场面恢宏放异彩， 中朝友谊续新章。

注：2011 年 8 月 3 日晚，平壤体育馆十万演员冒雨为我们五千游客演出《阿里郎》，令人感慨！

蝶恋花·朝鲜印象

山坡玉米水田稻，种地无施化肥和农药。老牛拉车农妇笑，绿色食品呱呱叫。

行路匆匆汽车少，以步当车不见肥胖佬。民风淳朴治安好，低碳生活真环保。

阿联酋(3首)

2014年3月携妻赴阿联酋迪拜游

阿布扎比——中东的花园城市

阿布扎比是花园，　街头绿叶皆美元。
堪比美国曼哈顿，　明珠辉耀波斯湾。

迪拜河

迪拜人说：
“迪拜河是母亲河。”——可河是海水不能喝。
迪拜没水也没土，只有沙漠酷热苦。
自古一方水土养一方人，是什么养活了迪拜人？

有人说：
迪拜地下有石油，沙滩建起摩天楼。
可开采石油在当代，古人如何生活在迪拜？

乘坐小船河上游，但见货船往来尾连头。

岸上条条商品街，各路货物好又多。
生意兴隆通四海，没有水土花钱买。
迪拜人在此扎下根，都把迪拜河比母亲。

波斯湾口搞物流，真主又恩赐产石油。
荒漠快速铸辉煌，迪拜美名天下扬。

迪拜之怪

到阿联酋看迪拜，　眼花缭乱多少怪：
干旱缺雨环境赖，　一年三季热难耐。
水比油贵不经卖，　富豪拿钱来使“坏”。
荒漠沙滩把楼盖，　楼塔争高插天外。
绿树红花细滴溉，　进口土壤种蔬菜。
居民九成是老外，　十室九空常等待。
每逢周五做礼拜，　周日海滩肚皮晒。
上车脚先地上踹，　上班流水挺自在。
热天更把头巾戴，　捂着脸面比气派。

日本游(14首)

2015年5月15日至21日与老友张成义、梁国泰孔先志夫妇赴日本游

飞赴日本

夜宿机场晨飞行，　跨海越洋到东瀛。
曾是徐福求仙地，　今成众友游乐宫。
穿云首降名古屋，　乘车又到大阪城。
徐徐漫步逛老街，　面面祥和也轻松。

有马温泉泡脚

神户有马泡温泉，　丰成秀吉曾嬉玩。
路旁石渠溢汤水，　崖下清流解热烦。
古街迂回赏书画，　老店参差看承传。
颔首微笑多礼仪，　会意何须用语言。

京都平安神宫

神宫走进应天门， 青龙白虎列四神。
诚把乌鸦奉朱雀， 反哺崇孝日本人。

京都清水寺

朱阁古寺傍青峰， 净土梵音伴钟声。
溪流隐翠滴清水， 屏山耸势舞松风。
折扇款款和服女， 校衣群群背包童。
游客缤纷如云至， 脱鞋进殿祈和平。

京都金阁寺

阐宗净土鹿苑林， 金阁舍利天下闻。
曾是一休修行地， 聪明智慧贯古今。

滨名湖泡温泉

下车夜宿滨名湖， 脱去行装换和服。
入乡随俗汤池泡， 一洗疲劳好温舒。

富士山

乘风盘上富士山，　浓云密雾明暗间。
气象查报连绵雨，　天公作美现晴天。
峰尖耸峻蓝天下，　白雪晶莹入云端。
苍杨劲松扎岩缝，　盘根错节并臂肩。
火山奇石漫山野，　乌牛黑虎蹲路边。
饥尝苹果红又大，　正宗富士水而甜。

忍野八海

山溶雪水潜何家？　忍野乡村冒水花。
甘泉清冽成八海，　如诗如画美无瑕。

东京浅草寺

浅草寺里观音堂，　慈航普度佑八方。
东土庄严肃穆地，　朱檐巨灯供高香。

伊　豆

伊豆海岸涌浪涛，　伊豆舞女何娇娆。
山口百惠嫣然笑，　回眸让人动心潮。

伊豆夜宿

夜宿伊豆大海边，　宾馆面海背靠山。
海水由青转黛色，　晚霞如火映红天。
日式料理餐饮罢，　宽衣解带泡温泉。
房床舒卧榻榻米，　海涛声声催人眠。

伊豆修禅寺

松青竹翠溪水清，　千年古刹隐林中。
弘法大师曾西去，　长安求佛苦研经。
归瀛选此修禅地，　初建禅寺弘法宗。
历史风云多变幻，　佛法无垠一脉承。
伊豆山泉聚灵气，　古刹至今有唐风。
欣与村妇留影照，　共祈和平向大同。

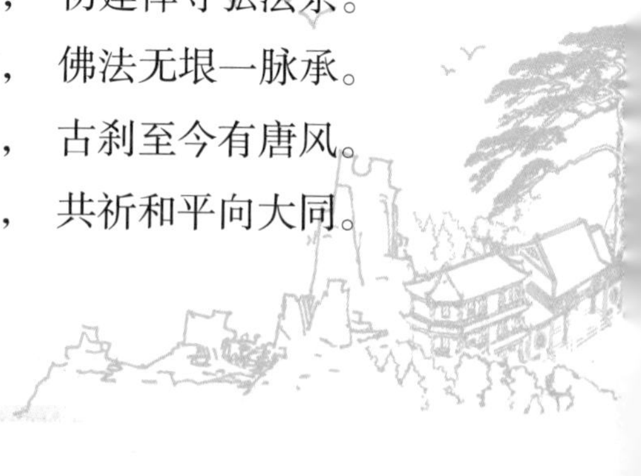

注：修禅寺又叫修善寺，日本高僧弘法大师于唐代赴中国长安学习后回国修建，至今已1000多年，是中日友好的见证。

伊豆净莲瀑布

峡谷幽林响奔雷，　瀑布飞流自天垂。
日夜长吟舞女怨，　恋人游来不思回。

注：净莲瀑布位于伊豆大岛天成山中，因位靠净莲寺而得名。瀑布崖上立有伊豆舞女恋人雕像。

观“中日不再战”碑有感

不忘国耻非记仇，　和平发展方主流。
共祈中日不再战，　世代友好建金瓯。

印度游(15首)

2015年12月11日至19日赴印度游

新德里

北辞冬雪赴南温，　似当西天取经人。
夜临飞抵新德里，　晨起观光印度门。
祈祷大同莲花庙，　拜谒圣雄甘地陵。
古邦文明展奇美，　印中世代为友邻。

行观旧德里

偷空车行旧德里，　他国也现棚户区。
天下苍生多劳苦，　几时乐业更安居？

卜算子·甘地陵

南非曼德拉，印度有甘地。百折不挠奋追求，自由与独立。

圣雄炳千秋，圣陵极简易。为国忧民献终身，　历史永铭记。

菩萨蛮·莲花庙

印度初知大同教，德里罕见莲花庙。花瓣洁玉银，何需供真神。

酷如歌剧院，澳印同浪漫。人类多文明，殊途向大同。

注：位于新德里的莲花庙是印度世界大同教的祈祷圣地。其通体洁白，形如莲花，被称为“小悉尼歌剧院”。

新德里印象

多见林荫少高楼，　古典现代迷眼球。
文明悠久遗迹密，　交通杂乱人车稠。
头上不时旋鹰鸟，　路中随地站猴牛。
国民多从印度教，　异域风情引人游。

恒河晚游

向晚登船下恒河，　夕照斜晖映青波。
沿岸寺塔参差立，　顺水钟声远近和。

一湾烟光行火葬， 几台演艺唱梵歌。
斯民膜拜尊神圣， 为上天堂籍此河。

瓦拉纳西

瓦拉纳西伴恒河， 佛祖圣迹遗叙多。
弘法首布鹿野苑， 古塔遗断答枚科。
中华寺前缅德玉， 博物馆里叹狮陀。
晚船游看恒河畔， 灯火浩歌祭湿婆。

注：瓦拉纳西是恒河岸边古老的圣地。其鹿野苑遗址是佛祖释迦牟尼首次讲道说法之地，仍保留一截建于6世纪的答枚科佛塔。还有一座中国高僧德玉1939年建造的中华寺，默默诉说着中印源远流长的佛缘。而这里的恒河则是印度教的圣地，每天早晚都有数不清的信徒在恒河沐浴祈拜。

恒河之晨

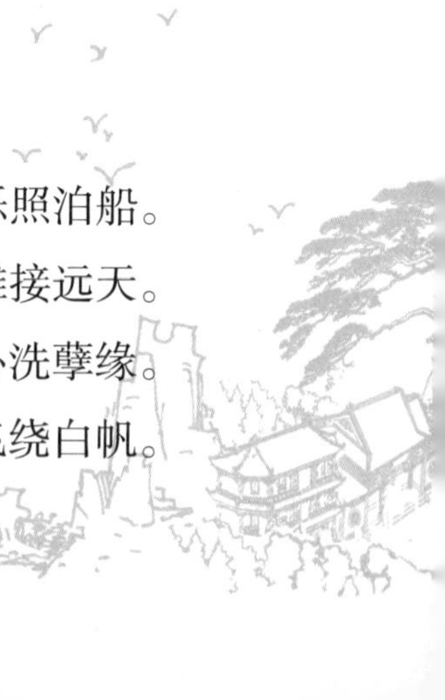

晨晓起到恒河边， 河灯闪烁照泊船。
西坡递阶通神庙， 东岸沙滩接远天。
男女净身争沐浴， 老少虔心洗孽缘。
雾淡朦胧升红日， 群鸥翻飞绕白帆。

从瓦拉纳西城内到恒河边

恒河沐浴谁盛名？　瓦拉纳西最圣灵。
人口密过大都市，　街道窄如小县城。
有罪下水能洗净，　辞世升天可速通。
由来远至东南亚，　信徒日日如拥蜂。

注：瓦拉纳西位于恒河之滨，是印度教徒的圣城。人们相信在恒河沐浴可洗清罪恶，在这里火葬可直通天堂。每天清晨数不清的人在恒河沐浴，傍晚在恒河岸祭祀祈祷，一天 24 小时都有人在恒河边火葬。

“性都”克久拉霍

月亮王朝性都城，　克久拉霍瞪目行。
古建称奇东西庙，　群雕尽现男女情。
姿容纵异非淫荡，　艺技超凡蕴文明。
风采追思十世纪，　世遗石宝古纯风。

注：克久拉霍是 10 世纪印度月亮王朝的都城。这里的东西庙群布满了以性爱为主题的石雕，性生活性文化表现得多姿多彩淋

漓尽致，被称为“性都”而闻名于世。

占西古堡

占西古堡赞雄功，　巾帼豪气贯长虹。
民族抗英大起义，　后人铭记女王名。

注：印度占西有座16世纪的古堡，是占西女王拉克西米·巴伊的领地。她是印度抗击英国殖民者大起义的领袖之一，著名的民族女英雄，牺牲时年仅23岁。

红城堡

红城堡上岁悠悠，　亚姆拉河日夜流。
一代王朝兴废史，　留给今人看石头。

注：世界文化遗产安格拉红城堡建立在亚姆拉河东侧，20多米高的城墙通体由红石砌立，雄伟壮观，曾是伊斯兰蒙兀儿王朝的都城，至今已有400多年历史。

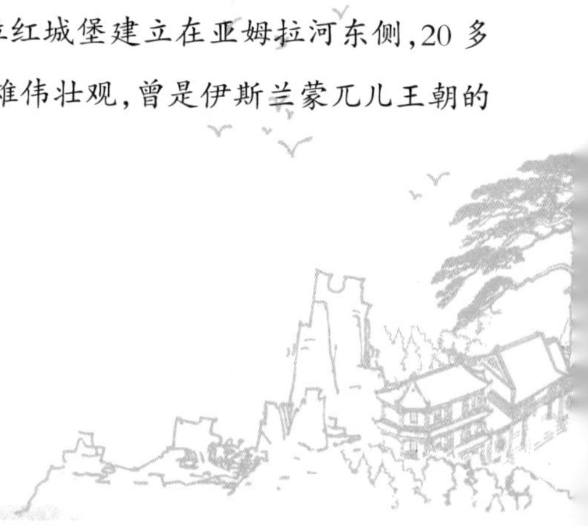

泰姬陵

举世闻名泰姬陵，　沙迦罕王苦建成。
生伴风姿千般爱，　死葬奢华无限情。
晨塔霞涂伤心色，　暮池星映断魂容。
可怜夜夜相思泪，　化作凄凄雨淋铃。

注：泰姬是印度伊斯兰蒙兀儿王朝沙迦罕王心爱的妻子。她28岁早逝，王伤心欲绝，再未续妻，用22年时间建造起这座被列为世界七大奇迹之一的泰姬陵。

琥珀城堡

杰普尔市琥珀城，　一路盘旋上顶峰。
蜿蜒起伏腾龙虎，　色彩斑斓见皇宫。
踞巅临水设险要，　能攻易守胜敌凶。
登高伫立展望眼，　宏宇悠悠正朦胧。

注：琥珀城堡位于杰普尔市郊山上，系印度教国王旧都城。宫殿群设计精妙，选用石料色彩斑斓。军防设施异常坚固且互相呼应，当年一次次抵御了外来侵略者的进攻而名闻天下。现为世界文化遗产。

杰布尔风宫

满街楼房皆粉红，　末代王城建风宫。
墙窗透洞达千眼，　嫔妃避暑逾百名。
皇裔至今仍居住，　门票收入享尊荣。
博物馆里读往史，　赏心悦目乐此行。

注：杰布尔老城建筑皆粉红色而成为著名的粉红色城市。城内印度教末代皇帝宫殿保存完好，现仍为王室后裔私产并自售门票。其中临街宫殿设有 900 多个窗眼，当年一为暑天通风降温，二为百名后妃观景，因而被称为风宫。

忆游缅甸

2016 年 2 月 21 日忆作

二十年前访近邻，　欢歌笑语跨国门。
雨林大象戏碧水，　南寺卧佛唱梵音。
缅玉堆中赏翡翠，　美女群里看妖人。
秘境访勘金三角，　无限悲怆叹遗民。

注：1996 年 12 月初，曾随李安民董事长从云南出游缅甸。

蒙古国(2首)

2016年8月6日从二连浩特过国门入蒙古国乌门扎德小城

乌门扎德小镇

跨出国门到乌门，　风沙扑面热蒸人。
赴华购物吉普旧，　入蒙观光巴士新。
不见绿原少树木，　罕存小寺多法轮。
午餐饱尝烹羊肉，　味美还觉祖国亲。

乌门扎德感怀

本是家门变国门，　跨境惆唱《蒙古人》。
茫茫草原谁牧马？　悠悠天地我长吟。
风沙戈壁思无绪，　鸿雁苍狼泪有痕。
梦中云叠海棠叶，　呲目唯留射雕魂。

越南行(4首)

2016年10月24日至27日同老友刘春生等越南游

芒　街

跨过东兴入越南，　似曾相识如故园。
芒街集市兴边贸，　中越商品满店摊。
同志兄弟和为贵，　远亲近邻路宜宽。
旅游观景多思异，　逍遥夜宿下龙湾。

注:从我国广西东兴市走过友谊大桥,就是越南芒街特区。

下龙湾

下龙湾景让人迷，　海上桂林世稀夷。
风平浪静群峰秀，　水蓝山幽洞窟奇。
迷宫绕上天堂岛，　游船待觅仙女溪。
午食螃蟹黄金贝，　越南越美越心怡。

注:越南下龙湾位于靠近中国广西的北部湾,有“海上桂林”之

称，最早列入世界自然遗产，还是世界七大奇观之一。

一柱寺

独立湖心一柱高，　柱顶筑寺寺固牢。
观音座中慈送子，　信徒欢欣育根苗。

鹧鸪天·河内印象——越南四大苗条

河内四围绕红河，　胡志明居佳话多。
黄楼不是金銮殿，　红旗升起扬高柯。

国土瘦，物产多，　道路苗条走慢车。
男女苗条食清淡，　住房苗条会生活。

注：今日游览越南首都河内，参观胡志明办公生活过的黄楼。到街上看到导游所讲越南的四大苗条：道路苗条、人苗条、住房苗条、国土苗条（看地图一目了然）。

柬埔寨游(7首)

2017年3月27日至4月1日游柬埔寨

吴哥古窟

丛林湮没数百年，　凭书探寻重见天。
古朝辉煌筑宏庙，　文明璀璨遗高棉。
王城雕刻传美誉，　宝塔层叠露笑颜。
攀高俯瞰吴哥窟，　碧树环波秀田园。

注：柬埔寨吴哥窟是享誉全球的世界文化遗产。它曾长期湮没于丛林中，直到1860年才由法国探险家根据中国元代古书《真腊风土记》寻找发现。它是世界上最大的庙宇，名列世界七大奇迹之一。

巴戒庙——高棉的微笑

千年不朽古都城，　巴戒庙宇雾云封。
五十余座大小塔，　二百多雕微笑容。
吴歌七世倡和睦，　印释两教消战争。
今祈航母化莲座，　世人携手共繁荣。

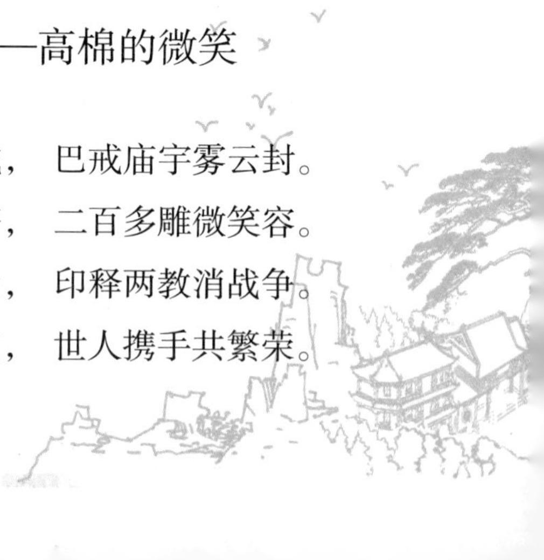

注：柬埔寨大吴哥是由900多年前由国王加亚巴尔曼七世为消除印度教和佛教进行的宗教战争而建造的。此庙由54座大小不等的宝塔构成一座大宝塔，把印度教和佛教同供一庙。宝塔上雕刻着两百多个国王七世面向四方的微笑面容，表示团结与和谐，世人称之为“高棉的微笑”。

清平乐·暹粒吉祥如意寺

梵音遥幻，绿浓兰卉淡。白墙朱瓦金顶灿，一方净土禅院。

最奇高棉柬龙，多首蛇身异容。护众吉祥如意，万里不虚此行。

鹧鸪天·崩密列

遗庙森森隐丛林，沉睡千年不见人。断垣残壁神无语，柱塌石裂庙有魂。

崩密列，古迹真，初始秘境弥乱云。兵洪火震摧犹在，保持残貌撼人心。

注：崩密列是一座小吴哥窟式的寺庙，意为“荷花池”。300多年前与吴哥窟同时被法国人在丛林中发现，但未像吴哥窟那样被

修缮，而是一直保持着被发现时在丛林中沉睡的模样。神秘气氛在崩石断壁中弥漫，为世界所罕见。

洞里萨湖

高棉天赐洞里萨，　渺渺茫茫漫无涯。
河旱逆流丰田稻，　雨涝涨湖富鱼虾。
岸边滩涂无定路，　水上村庄有人家。
端坐船头观夕照，　波光万顷映云霞。

注：洞里萨湖位于柬埔寨北部中心地带，是东亚第一大淡水湖，也是随季节变化河水倒逆而会呼吸的湖。其旱季空出富庶的稻田，雨季涨湖带来大量的渔产，孕育了高棉民族和特色文化。水上人家是洞里萨湖最亮丽的一道风景线。

塔仔山

位居金边最中心，　二十七米护林荫。
红花绿树衬白塔，　华钟长伴好运人。

注：塔仔山高仅 27 米，位居金边中心。山虽小却红花围伴，绿树成荫，登山顶白塔可俯视全城。山东坡有华人捐建的卧式巨钟，人们常来这里祈求好运。

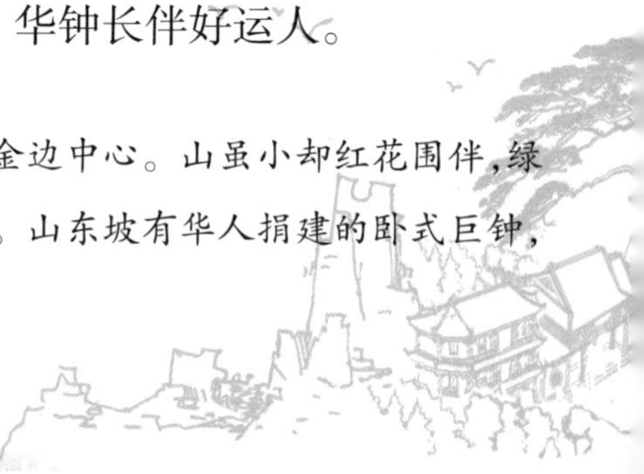

大王宫随感

金碧辉煌大王宫，　悲欢荣辱论此城。
双河交汇谱古曲，　一朝独立迈新程。

斯里兰卡游(7首)

2017年5月20日至26日游斯里兰卡

康提佛牙寺

椰林金果接翠峰，　菩提荫绿木棉红。
康提湖畔佛牙寺，　群徒端坐发呆亭。

注:康提市位于斯里兰卡中部山区。建于1480年的佛牙寺傍山靠湖景色秀美，更因供有释迦牟尼佛牙舍利而被列为世界文化遗产。

科伦坡游记

斯里兰卡科伦坡，　大洋明珠又一颗。
丛林木棉如燃焰，　翠峰古刹皆供佛。
独立广场听国史，　海边老站乘火车。
车多路窄不塞堵，　文明礼让守规则。
路人老少多慈爱，　乐于合影展笑窝。
金椰果汁解暑热，　肥男窕女舞婆娑。
海鸥翻飞云水戏，　涛声韵律排浪波。
华企高效建深港，　中斯友好人亲和。
郑和航海六临地，　一带一路谱新歌。

香格里拉大酒店

五星旗店三面海，　闻香四顾百花开。
椰树草坪无垠绿，　波涛扑面窗里来。

注:2017 年 5 月 22 日晚宿于斯里兰卡岛最南端港人投资的香格里拉大酒店。这里三面临海,环境优美。

雅拉国家野生动物园

峦湖雨林郁葱茏，　群兽徜徉百鸟鸣。
驱车憾无见锡豹，　欣逢孔雀正开屏。

注：雅拉国家野生动物园位于斯里兰卡南部省汉班托塔市，由英国人百年前设定。

海滨休闲

天垂云暗雨霏霏，　淼淼汪洋小舟归。
观澜静听涛声唱，　品茶安享海风吹。
欣伴驴友畅游泳，　笑捧童心恣放飞。
人生须臾天地久，　古稀方知吾是谁。

加勒老城

岩崖半岛立老城，　灯塔面海导航程。
要塞扼守天然港，　欧建融入南亚风。
古堤无畏挡海啸，　新月有情伴晚钟。
登高极目心驰远，　万马奔腾是涛声。

注:斯里兰卡加勒老城16世纪由葡萄牙人兴建。城建于岩石半岛上,三面临海,雄伟壮观。城墙上灯塔和钟楼以及城内教堂、荷英酒吧、民居把欧洲建筑风格与南亚特色有机结合,被列为世界文化遗产。2004年加勒老城成功地挡住了南亚大海啸。

海啸纪念碑

惊涛击岸盖天来，　人为鱼鳖动地哀。
南亚海啸碑铭记，　祈佛佑安永无灾。

注:2004年12月26日南亚海啸,斯里兰卡加勒海岸瞬间涌上60多米高的滔天巨浪,沿岸居民遭受灭顶之灾,死亡和失踪的人多达6万。灾后此地修建了海啸纪念碑和巨型佛像,祈福保佑一方平安。

阿塞拜疆

2018年6月11日来到巴库

里海墨蓝早霞红，　清晨飞抵巴库城。
转机停留观风景，　阿塞拜疆渡一程。

注:巴库是阿塞拜疆首都,是里海边的海滨城市。一行赴以色

列约旦旅游，途经巴库。

以色列、巴勒斯坦、约旦游（11首）

2018年6月12日至6月20日同老友陈怀文游

雅法古城

特拉维夫雅法城，　地中海边展丽容。
港口繁忙四千载，　街巷斑驳十二星。
传说凄美山含雨，　艺术浪漫水携风。
陌生神奇多莫测，　读懂还须翻《圣经》。

注：特拉维夫的全称其实是特拉维夫－雅法，由两个相邻的城市合并而成。雅法是世界上最古老的港口城市，有4000多年历史。在雅法老城区，每个街道和住户都用十二星座作为门牌，很有创意。现在这里已成为艺术家的聚集区，焕发出迷人的气息。

加利利湖

约旦河水入湖流，　雪浪飞扬荡轻舟。
双岭夹峙风云静，　万木围荣鱼鸟稠。
渔帆点点渔歌远，　圣山巍巍圣迹留。
游乐戈兰高地下，　静倚船沿看白鸥。

注:加利利湖是整个以色列巴勒斯坦地区面积最大海拔最低的淡水湖。它镶嵌在加利利山和戈兰高地夹峙的谷地中,延绵起伏的山脉环抱着一泓澄蓝的湖水,是以色列的生命之湖。湖滨的他泊山壮丽而灵秀,是以色列的圣山。耶稣的许多神迹留在山上和湖边。

拿撒勒天使报喜堂

始知圣母此故乡，　诚拜天使报喜堂。
圣灵感孕生圣子，　耶稣济世五洲扬。

注:拿撒勒是圣母玛利亚故乡。天使报喜堂是天使加百利向玛利亚告知圣灵感应生子喜讯的地方，参观时感觉自己心头也充满吉祥喜气。

约旦河

远山跌宕近波平， 山河圣迹遗圣灵。
千古悠悠入死海， 万里迢迢拜文明。
偶见信徒受洗礼， 乐携佳人展笑容。
三教和谐同源地， 耳旁何闻枪炮声。

注：约旦河是基督教徒梦想受洗地，河里有人正受洗礼。一位白人姑娘邀我合彰，旁边响起掌声，充满和谐欢乐的气氛。

杰拉什古城

跨境穿行约旦桥，古城迭更众王朝。
巨石深藏战车印，城门恍见旌旗摇。

注：午后过以约边境侯赛因桥，入约旦参观世界保存最大规模之一的古城遗迹——杰拉什。城内古迹分别属于古希腊、罗马、拜占庭和阿拉伯伍麦叶等王朝。

游佩特拉古城登尼泊山

晨起行游玫瑰城，　日照生红负盛名。
崖壁对峙蛇道上，　洞屋深凿峭壁中。
出谷豁然见岩殿，　依坡嶙次有窟宫。
到尼泊山向西望，　河海苍茫接圣城。

注：约旦佩特拉古城意为“岩石”。这儿的岩石在阳光下呈朱红色或赭石色，所以又称“玫瑰古城”。2000 多年前，这里是连接两河流域和埃及的重要贸易枢纽。地震加海上贸易的发展，导致古城没落。现为著名的世界文化遗产。午后登尼泊山向西眺望，死海、约旦河尽收眼底，隐约看到耶路撒冷。

死海飘浮

横下死海游一遭，　仰天长卧水上漂。
无畏高温炎炎日，　微元护肤降三高。

注：约旦死海低于海平面 400 多米，含盐量是普通海水的 10 倍，另含有几百种微量元素。鼓足勇气下海漂浮，上岸浑身涂乌泥，再冲洗入泳池游泳。回五星级宾馆房间热水泡浴后吃丰盛晚餐。这

真是一次难得的享受，不虚此行也！

巴勒斯坦参观圣诞大教堂

行车驶过隔离墙，参观圣诞大教堂。
天子耶稣出生地，马槽星洞放灵光。

注：从约旦返以色列，穿过隔离墙到巴勒斯坦自治的伯利恒市，参观圣诞大教堂（世界文化遗产）。这是世界上最古老的基督教堂，耶稣出生的马槽所在地“伯利恒星洞”遗址便位于此教堂内。这也是此行唯一的巴勒斯坦景点。

哭　墙

耶路撒冷少殿堂，　猎奇朝圣问哭墙。
穿堂越巷走苦路，　但祈和平现曙光。

注：游耶路撒冷，从橄榄山到圣殿山，走苦路，谒哭墙。举世闻名的哭墙是犹太教的圣地遗迹，是犹太民族2000年来流离失所的精神家园。特别是第二次世界大战期间，惨遭德国法西斯杀害的犹太人达600万之多。这些惨痛的历史遭遇，深深地印在犹太人的心灵之中，哭墙便被犹太人视为信仰和团结的象征。

耶路撒冷

十分美丽描世尘， 耶路撒冷占九分。
三教圣城名天下， 七支烛台照古今。
大屠杀悲悲刻骨， 纪念史痛痛彻心。
诚祈巴以永不战， 兄弟原本一家人。

注：“世界十分美丽，九分给了耶路撒冷。”作为犹太教、基督教、伊斯兰教三教圣地，留存着太多的圣音圣迹。《圣经》中记载犹太人和阿拉伯人的先祖本是同父异母的兄弟。

印象以色列

万里无云天湛蓝，少雨缺水常旱干。
曾是荒漠不毛地，鬼斧神工变花园。
绿树花草皆滴灌，电脑调控水肥田。
城市建筑清一色，不求奢华求约简。
最美建筑市区看，教堂学校和医院。
政府官邸很一般，国会建堂凭助捐。
无矿无厂缺资源，科技兴国拥尖端。
人类命运共同体，和平发展向明天。

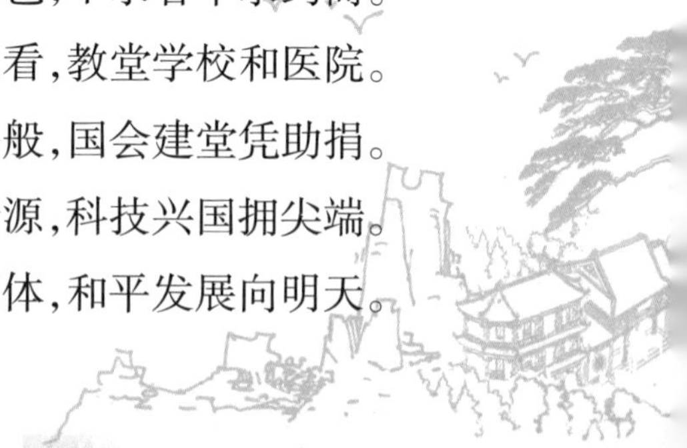

新加坡、马来西亚游(5首)

2018年10月11日至17日同老友李天增、赵军游

新加坡游

2018年10月12日从厦门飞抵新加坡

我自白云深处来， 飞临星岛云顿开。
巨轮游船海峡走， 琼楼玉宇岸边排。
商贸金融有地利， 朱红碧翠无天灾。
鱼尾狮下留个影， 行观乐队奏吹台。

新加坡赞

2018年10月13日

花园星岛一座城， 狮身鱼尾腾小龙。
金融商贸国际化， 民主法治政纲清。
游河饱览琼楼秀， 登山尽观海天明。
北来愚公创宏业， 南洋漾漾儒家风。

马六甲

2018 年 10 月 14 日

匆匆走过新加坡， 漫穿棕林到马国。
六甲市区话娘惹， 三宝山下思郑和。
华人创业英杰众， 南洋抗日义士多。
忠贞碑伴清真寺， 还见荷兰大风车。

注：马六甲海峡三宝山是明郑和航海住过的地方。郑和本名马三宝，山故名，现为世界文化遗产。附近有蒋介石题字“忠贞足式”碑，纪念抗日战争中牺牲的马来西亚上千名烈士。

夜宿云顶山

2018 年 10 月 14 日晚于云顶山第一酒店

雨中盘上云顶山， 吃喝玩乐一应全。
人流鼎沸入迷洞， 华灯璀璨不夜天。
南亚驰名重消费， 团友欢欣肆游玩。
唯吾静心室中卧， 读书写诗自清闲。

马来西亚游

2018年10月15日

三天两进吉隆坡，　大马文明灿星河。
六甲海峡访古迹，　双子星楼探天街。
猎奇水上清真寺，　惊坐高原云顶车。
看罢王宫逛广场，　随导说笑也乐呵。

欧　洲

西欧八国旅行记(13首)

2010年9月1日至15日，同老友张成义、李天增、陈怀文赴西欧荷兰、德国、法国、比利时、奥地利、意大利、梵蒂冈、瑞士八国旅游。这是第一次去欧洲，因时间短，基本上是走马观花。然所到之处，异国灿烂的历史文化和美丽的湖光山色，令人怦然心动流连忘返。于是每日在忙累之余，用诗的形式把所见所感粗粗记录了下来……

科隆大教堂

当我看到教堂的第一眼，
心灵产生了强烈的震撼。
它是什么？是参天的石林？穿云的峰剑？
还是连接上帝的天线？
肃立仰望，感到无比的神圣与庄严。

天安门雄伟，雄于耸立在广场；
长城雄伟，雄于横亘于山巅；
科隆教堂雄伟，雄于高插云端。
陡立、笔直、拔地穿天，
雄奇、冷峻、气象万千。

它始建于我国宋元年间，
据说一直建造了六百年。
面对日夜奔流的莱茵河，
它凛然挺立，默默无言。
这种无言，显示出一种精神和力量，
随着钟声，传播久远，久远……

慕尼黑想起拉贝

穿越连绵起伏的群峦叠翠，
来到迷人的慕尼黑。
走过西门子公司办公楼旁，
想起一个人名叫拉贝。
当年南京大屠杀的血腥时刻，

他利用自己的特殊身份和地位，
从日本法西斯的屠刀下，
救许多中国人脱离难危。
他的行动，证明他是个好人，
尽管有人说他牵连纳粹。
但他让“西门子”成为人道的化身，
在中国人心中竖起永远的丰碑。

注：拉贝当时是西门子公司派驻中国南京的代表。

如梦令·宝马

世人皆爱宝马，驾驭何其潇洒。我到慕尼黑，走近宝马大厦。大厦，大厦，始于巴伐利亚。

当年巴伐利亚，创业万难不怕，四程发动机，精心育出宝马。宝马，宝马，而今驰骋天下。

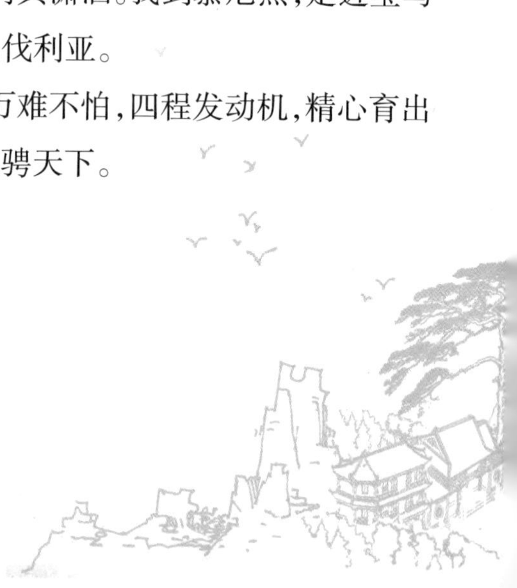

因斯布鲁克

阿尔卑斯山顶银光闪烁，
那是刚下过一场新雪。
雪线之下万木葱茏，
山脚流淌着青青的茵河。
河畔有座古老的小镇，
它就是因斯布鲁克。
街上有举世闻名的黄金屋，
有人才荟萃的奥地利大学。
还有光鲜夺目的水晶制品，
吸引着无数过往游客。
水晶仿佛是爱人的眼睛，
你在遥远的家乡牵挂着我。
选购一条晶莹的饰链，
把我的心捧到你的心窝。

威尼斯水城

威尼斯水城全球独特， 没有马路,没有汽车。
苍老的楼房是它的骨骼， 蜂网般的水巷是它的经络。

它只有六七万居民， 每天却要接待十万游客。
人们在狭窄的小街漫步， 坐上贡拉多在水巷穿梭。

教堂、广场、小桥、店所， 它历史凝重也曾波澜壮阔。
我顺着水流搜索历史， 一个人在我脑海定格。

他是威尼斯的一位旅行家， 他的名叫马可·波罗。
他写了一本东方游记， 让欧洲人从此梦萦中国。

他在元朝孤身走近中国， 如今无数中国人走向世界。
走来走去,人类终将走向大同， 环球处处燕舞莺歌。

注：“贡拉多”是威尼斯特有的一种游船。

渔家傲·比萨游

亚平宁山岭连岭，比萨沿途处处景。手托斜塔留个影。未攀顶。吃张地道比萨饼。

晚餐啤酒开怀饮，洁水洗肠清热冷。小镇彻夜灯光盛。好安静。一觉睡到天亮醒。

注：白天游比萨，夜宿小镇蒙特肯帝尼。喝这里的水据说可以清洗肠胃。

夜游罗马许愿池

夜游罗马来到海王宫，
海王脚下骏马奔腾。
一边是大海波涛汹涌，
一边是生活风平浪静。

按照罗马人古老的习俗，
我背对海王，把硬币抛入池中。
在异国他乡许个心愿，
让每一个亲人幸福、安宁。

从罗马到佛罗伦萨随想

对欧洲的文艺复兴，
自己本来比较陌生。
走过罗马、佛罗伦萨，
内心受到强烈的震动。
一尊尊精美绝伦的人体雕塑，
一座座大气磅礴的教堂、宫廷。
从达·芬奇、米开朗琪罗，
到拉斐尔、布拉曼肯。
大师们穷尽毕生的心血，
把文艺复兴推向高峰。
冲破神的禁锢、迷信，
展示力的健美、人的本性。
这是一场伟大的思想解放，
引发了近代科学和工业革命。
人类文明繁花似锦，
携手奔向新的里程。

瑞士赞

上帝为世界分配财宝，
唯独把瑞士忘在后脑。
为了弥补自己的过失，
把青山绿水放入瑞士怀抱。

于是，世人忙着争夺财宝，
地球上到处制造枪炮。
而瑞士人守着一份勤劳，
远离战火，制作手表。

无数帝王枭雄富豪，
把财宝和自己禁锢在城堡。
而瑞士人安享湖光山色，
在世外桃源中徜徉逍遥。

一脉脉青山森林茂盛，
一顶顶雪峰银光闪耀，
一汪汪湖泊碧如翠玉，

一座座房舍美如玛瑙。

进入瑞士如入仙境，
身处画中难画难描。
天清水蓝纤尘不染，
秀冠全球独领风骚。

出行本来不计划购物，
但在瑞士买了块小表。
它象征着和平、秀美、勤劳、富饶，
它提醒我走好人生的分分秒秒。

痴迷巴黎

有座城市令人痴迷，
它就是法国的巴黎：
圣母院究竟隐藏着什么秘密？
塞纳河流淌着怎样的美丽？
卢浮宫珍藏有哪些历史？
凯旋门为谁欢呼胜利？
埃菲尔铁塔如何高瞻远瞩？

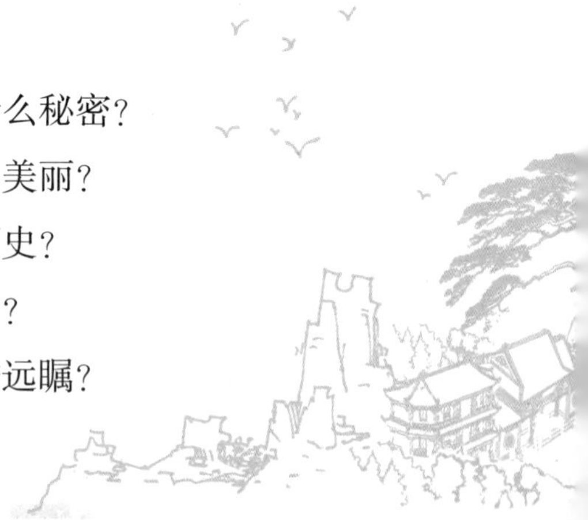

协和广场有多少文明汇集?

在这里,
古典和现代同行,悠闲中渗透着努力。
高傲却充满宽容,浪漫而不失得体。
巴黎人个个风情万种,
巴黎城处处充满诗意。
我不知如何表达感想,
耳边响起波德莱尔的诗句:
巴黎——
万恶之都,我爱你!

布鲁塞尔

风光旖旎西欧行,　布鲁塞尔半日停。
四通八达高速网,　条条大道安路灯。
马克思,小尿童,　欧盟总部居市中。
难忘品尝巧克力,　原子球下留影踪。

注:马克思曾在布鲁塞尔市中心的一栋楼房居住。

荷 兰 游

跳下大巴游运河， 阿丹夜市逛花街。
北海渔村飞鱼宴， 东郊田园老风车。
剃须刀选飞利浦， 加工店观小木鞋。
远离钻戒不识货， 走马观花也乐和。

在荷兰北海渔村寂寞老人雕像前

北海渔村地处荷兰，
有位老人静坐在海边。
每天看着渔船出海，
渐行渐远直到天边。

海风吹迷了他忧郁的双眼，
海浪扑灭了他青春的火焰，
每天等待着远逝的伙伴，
看起来他是那样的孤单。

我悄悄坐到老人身边，

默默注视着他岩石般的脸。
我知道他胸中波涛汹涌，
他见证了这里的沧海桑田。

我衷心向老人祝福、问安，
你不寂寞，你不孤单。
开拓者的足迹不会消失，
真情忘年长留天地间。

北欧、俄罗斯游（14首）

2013年7月7日至20日携妻及老友张培荣夫妇、李天增夫妇、梁国泰夫妇游北欧、俄罗斯

哥本哈根

哥本哈根不算很大，
古老的街道浸泡着现代化。
丹麦人休闲且很友好，
一招一笑中透着优雅。

王宫、喷泉、游艇、酒吧，

短暂的游览如走马观花。
这里最美的还是美人鱼，
还有心中永远的安徒生童话。

美人鱼

四年前，我第一次见到你，
那是在上海世博园里。
你像圈在笼里的小鸟，
让人觉得可怜兮兮。

今天，我来到丹麦，
这里是美人鱼故乡的土地，
大海的女儿坐在海边，
我才发现你如此美丽。

海风轻拂你的面颊，
那是为你把秀发梳理。
海浪拍打着你的手臂，
那是为你把纤尘洗涤。

你从澄净的大海中出浴，
蓝天白云映衬着你的胴体。
你的美是那样无与伦比，
纯洁的目光让人痴迷。

你的情像大海般深沉，
你的爱是永恒的希冀。
你的执着感天动地，
你是人们心中完美的维纳斯。

从丹麦经瑞典到挪威

连跨三国向北行，　醒来又睡睡不成。
午餐小游哥德堡，　教堂高地瞰港城。
晚达挪威奥斯陆，　园林深处看皇宫。
芳草湖畔留影照，　一路观光好风情。

神的草坪——奥斯陆

这里传说是神的草坪，　景色之美难以形容。
都市无繁雅若小镇，　草丰林茂水秀山清。
古老的城堡威镇海峡，　海边设立市政大厅。

火炮守护海防要塞， 诺贝尔在此专奖和平。
更有群雕人生百态， 生命之柱傲立苍穹。
挪威人享尽人间清福， 谁能怪怨上帝不公？

挪威行

依山傍水向西行， 湖岭相映天碧澄。
几朵白云出林岫， 缕缕抽丝舞清风。

挪威峡湾

峡谷千丈裂深渊， 海水倒灌成峡湾。
盛夏青峰凝白雪， 随处飞瀑自冰川。
远客歌舞戏碧水， 群鸥逐浪绕游船。
人在画中情难禁， 再乘火车画中玩。

峡湾雪山

这是一方神奇的土地，
一踏入令人心旷神怡。
青山携裹着河流湖泊，
茂密的森林一望无际。

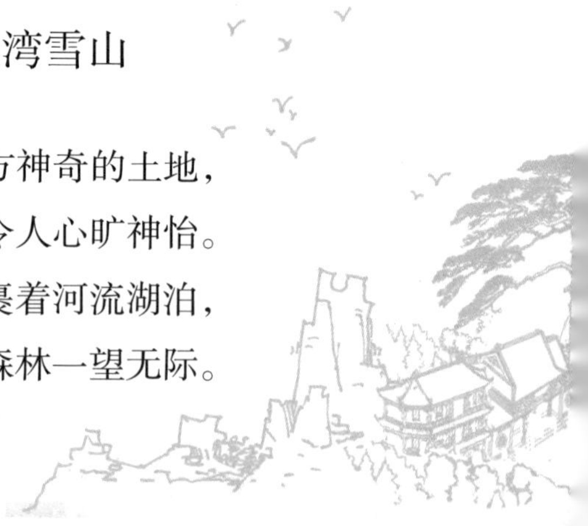

水碧山青绿草如茵，
山顶上冰雪晶莹如玉。
冰雪离湖面很近很近，
青中见白白中镶绿。

峡湾雪山如此之低，
盛夏的冰雪何其美丽。
冰雪融化成甘洌的泉水，
一道道瀑布如练垂地。

幸运的人们生活在这里，
人间仙境无与伦比。
我们外来人只有感叹，
感叹造物主万能的上帝。

瑞典维纳恩湖畔

维纳恩湖水连天，　青松秀岩列岸边。
游客裸卧沙滩上，　飘然融入天地间。

瑞典印象

瑞典是个非凡的国度，
遍地绿洲，到处有河湖。
自然资源得天独厚，
国泰民安顶尖富足。

它是在搞资本主义，
还是实行什么制度？
经济发达保障全面，
政府全力为国民服务。

还有诺贝尔奖享誉全球，
推动世界科技文化进步。
离开瑞典不再羡慕，
看我中华腾飞大绘宏图。

芬兰·圣诞老人

跨越波罗的海走下游轮，
进入芬兰正是清晨。
白色建筑，蓝色海湾，
金色阳光照耀一望无际的森林。

来到圣诞老人的故乡，
非常想找到圣诞老人。
据说他住在高高的耳朵山上，
能听到全世界孩子的声音。

每到圣诞节平安夜，
马儿拉着雪橇飞奔。
圣诞老人带着各种礼品，
送给可爱的孩子们。
送达吉祥，送达幸运，
送达上帝的福音。

尽管人们都知道这是传说，

也许自己也扮过圣诞老人，
可人们还是相信有他，
因为他象征着平安吉祥欢欣。

赫尔辛基

芬兰首都览风华， 大教堂前险遭扒。
紧离广场到商场， 回到宾馆洗桑拿。

北欧就餐

西餐早点营养丰， 食量未觉成倍增。
咖啡牛奶“和子饭”， 西点中吃美融融。

注：西餐早点品种丰富，多不知什么滋味，也不知如何吃好。于是乎乱抓各物放半碗，然后用牛奶咖啡冲泡吃下，自命名“和子饭”。

俄罗斯彼得堡

因为有了彼得大帝，
历史辉煌了俄罗斯。
而彼得堡，

就是彼得的不朽功绩。

本是他国的土地，
羔羊般温柔美丽。
彼得饿鹰般的利嘴，
对此馋涎欲滴。

把这块肥肉吞下肚，
波罗的海就成了自家出口。
双头鹰雄视东西方，
展开翅膀欲盖全球。

于是饿鹰呼啸而去，
铁嘴利爪凶猛无敌。
彼得终于梦想成真，
武力扩展夺得胜利。

生物竞争弱肉强食，
这是一条铁的定律，
成者为王败者为寇，
上帝为何不主持公平正义？

俄罗斯·红场

来到俄罗斯，
感受如时差晃荡。
无法用平和的笔调，
表达心中的狂想。

红色的梦曾经少年时光，
热血在头顶晃荡。
布尔什维克，
迈着雄健的步伐，
行进在莫斯科红场。

那一声炮响，
震翻了冬宫，震惊东方。
千年睡狮醒来。
一声吼，
唤起民众千百万，
东方升起红太阳。

我们昂首高歌：
“英特纳雄耐尔一定实现。”
却在阿尔泰山和珍宝岛，
坦克碾碎曾经的誓愿。

然后……于是……
一个庞大的红色阵营，
如肥皂泡破灭，
瞬间烟消云散。

我看到
克里姆林宫教堂顶上，
斯大林安置的红星仍在闪亮。
列宁
静静地躺在红场中央。
容颜苍老，却很安详。
大约
又在构思新的梦想。

英国北爱尔兰游（20首）

2016年6月27日至7月8日游英国、北爱尔兰

英国游

西赴英国正脱欧，　山摇地动我来游。
泰晤士河翻巨浪，　白金汉宫悔公投。
合合分分哭亦笑，　恩恩怨怨情与仇。
老夫信步逛三岛，　任其冬夏与春秋。

伦　敦

走马观花逛洋城，　传闻动荡实安宁。
广场名校博物馆，　皇宫教堂大笨钟。
辉煌积淀文明地，　典雅深含绅士风。
东土西来眼缭乱，　伦敦宛若杨柳青。

伦敦桥

“伦敦正门”伦敦桥， 城堡要塞扼河腰。
半桥开合巨轮过， 古津通航万里遥。

大英博物馆

浩大恢宏胜殿堂， 旷世文物馆中藏。
收存岂止千万件， 展出不过百一桩。

温莎堡赞爱德华八世

纯情浪漫天下闻， 甘娶再婚辛普森。
降爵温莎唯一笑， 不爱王冠爱美人。

牛津赞(联珠诗句)

风雨牛津大学城， 城市建在校园中。
中有学院三十八， 八百余年育精英。
英才辈出人惊叹， 叹息楼下叹竞争。
争得功名诚可敬， 敬业科学好传承。

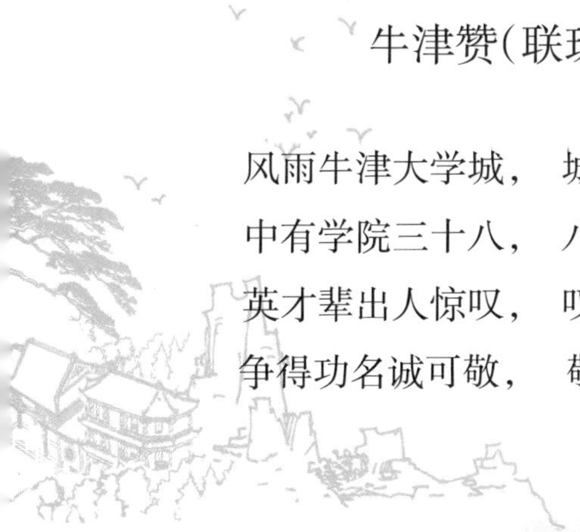

承前启后真名校，　校园处处学士风。

夜宿“美透啦”森林宾馆

丘陵起伏推浪波，　芳草绿荫满山坡。
密林葱郁隐别墅，　幽径曲折考驾车。
开房舒泡热汤澡，　梦乡喜哼欢乐歌。
谁早唤醒黎明觉？　一鸟鸣唱百鸟和。

曼彻斯特

工业重镇亦球乡，　曼联威名天下扬。
老特主场足球梦，　无数瞬间绽辉煌。

莎士比亚故居

埃文河畔草青青，　斯特小镇拜莎翁。
一生多少悲喜剧，　经典长歌人世情。

注：斯特拉斯德小镇整洁而宁静，莎士比亚故居仍保存完好。

温德米尔大湖景区

把伞行游大湖区，　骄阳突现云缝里。
金光闪烁刹那间，　湖面银鳞耀眼迷。
数支白帆映碧波，　几只天鹅争玉米。
山峦茂林云隐现，　小街石屋留画笔。
小伙赤膊阳光下，　风雨突来套棉衣。
瞬时三变天气怪，　山水幻色景亦奇。
湖边小街入酒店，　饥餐薯条烤鲜鱼。

苏格兰游爱丁堡城堡

爱丁城堡立高峰，　“北方雅典”传盛名。
七座山头五湖水，　新城电车接旧城。
火山顶巅扼要塞，　漫坡青草上下通。
王子大街连谷底，　女王官邸指天穹。
王宫卫队列阵出，　古堡门前一片红。
苏格兰裙飘然至，　乐队吹奏风笛鸣。
宫阙绵延入仙苑，　中有象牙咖啡厅。
《哈利·波特》成书地，　三生有幸到此行。

过爱尔兰海

青山渐隐雨茫茫， 巨轮出港入汪洋。
黛波摇曳微微漾， 海风徐来阵阵凉。
驴肉红酒方便面， 葱头馍片酸菜汤。
舱聊自餐到北爱， 下船去看和平墙。

注：阴雨中从苏格兰登船过爱尔兰海达北爱尔兰首府贝尔法斯特。餐后看和平墙并题字签名。和平墙见证了北爱尔兰曾经三十年的冲突动乱，现为人们祈求和平的地方。

贝尔法斯特和平墙题字

雨中来到和平墙， 和平万岁刻心房。
卅年动乱留伤痛， 诚祈世界永安详。

北爱尔兰行车观牧场

好美青草好大场， 好多奶牛好多羊。
林中溪畔小白屋， 道道篱墙写风光。

北爱尔兰巨人堤

巨人石道巨人堤，　英雄巨人著传奇。
石柱入海列战阵，　峭壁依岩布阶梯。
惊涛拍岸汇交响，　白浪滔天盖鸥啼。
骇世景观谁造就？　火山难能创迷离。

注：巨人堤位于北爱尔兰北部海岸，传说是由英雄巨人芬恩·麦克库尔创造，由四万根六角形石柱构成一道长达八公里的海堤。据科学考证形成于一万五千年前的火山运动。现已列为世界自然文化遗产。

参观爱尔兰健力士啤酒厂

健力士酒天下闻，　酒楼高可摘星辰。
逐层细陈酿造史，　登顶饱览都柏林。
黑啤鲜美解疲累，　游客开怀爽身心。
博展饮观融一体，　丽菲河畔我赞吟。

注：健力士啤酒厂250多年前由健力士先生打造，位于爱尔兰首都都柏林市丽菲河畔。啤酒大楼形如品脱杯，集广告宣传、博物、

酒吧、观光为一体，最顶层可免费品饮鲜黑啤，极富特色。

莫赫悬崖登奥布莱恩塔

莫赫悬崖立海边，　奥莱恩塔入云端。
崖背草坡漫无际，　塔下危岩百丈悬。
惊涛激荡云排浪，　大洋浩瀚水连天。
登高顿觉胸如海，　西风扑面不知寒。

注：莫赫悬崖位于爱尔兰西海岸，是欧洲落差最大的悬崖。奥布莱恩塔由当地领主奥布莱恩爵士于1835年修建，是莫赫悬崖著名观景点。

宝尔势格庄园

宝尔势格美庄园，　阔雅怡人胜桃源。
雕塑精如意大利，　园艺绝冠爱尔兰。
花木缤纷映池水，　坡道错落串梯田。
秀丽情迷不想走，　舒躺草地望蓝天。

注：宝尔势格庄园为世界十大豪宅之一，占地16000英亩，是爱尔兰最大、最漂亮的庄园。原是12世纪英国人驻扎爱尔兰的战略要塞。

参观都柏林大学圣三一学院

学院辉煌数百年，　牛津剑桥同比肩。
藏书立说育才俊，　女王功建爱尔兰。

注：圣三一学院由伊丽莎白一世于1592年创立，是爱尔兰第一所大学。几百年来一直是世界著名的教育中心，与英国的剑桥、牛津大学齐名。

街头歌翁

在爱尔兰一家超市门旁，
一位老翁正在弹唱。
银白色的胡须轻轻抖动，
帽檐遮住了半个脸庞。

我听不懂歌词讲些什么，
只感到嘶哑的嗓音充满沧桑。
轻轻给他放下硬币，
既有欧元也有英镑。

老翁的琴弦骤然激越，
歌声转为粗犷高亢。
行人纷纷为他鼓掌，
老翁挺身停止歌唱。

他的笑容十分可爱，
他的神情那样豪放。
他把吉他放在地下，
拿起硬币弯腰谢赏。
兴高采烈去喝咖啡，
这一切是何等自在平常！

东(西)欧七国游(22首)

2017年6月13日至27日与友人倪晓天吴泽夫妇、郭岐明夫妇游东(西)欧七国

又到白天鹅啤酒屋

西行又到比利时， 广场追寻马克思。

再观《宣言》撰写屋，　感慨余时饮黑啤。

注：2010 年曾赴西欧旅游。此行主要为到东欧，但经西欧进入，又到比利时首都布鲁塞尔。这里保存着马克思撰写《共产党宣言》的工作室。观今思昔，感慨良多。

小尿童赞

布鲁塞尔小尿童，　英雄少年传美名。
撒尿浇灭导火线，　抗敌除险救全城。

注：布鲁塞尔幼童于连在强敌入侵欲以巨量炸药毁城的危急时刻，撒尿浇灭导火线，避免了一场城毁民亡的大灾难。后人在城中雕塑小尿童，赞誉英雄小于连。

荷兰行

从比利时到荷兰，　又见阿姆斯特丹。
博物馆多环广场，　红灯街怪胜花园。
农田牧场葱葱绿，　小船河面漾漾蓝。
夕阳西下宿小镇，　秀美宁静好怡然。

柏林墙前的思索

来到柏林墙看看德国，
残留的墙体斑驳脱落 。
想想曾经的东西两侧，
内心的感觉纷杂奇特。

它比罗马建城晚约千年，
几个世纪前还只是个村落。
思想启蒙缓慢而曲折，
悄然走出黑格尔康德。

西方人用德语讲述着哲学，
德国人却在刹那间头脑狂热。
柏林成为欧洲的灾星，
猝然毁于无情的战火。

人类发生过两次世界大战，
每次它都是罪魁祸首。
它能把人世推入血海，

也勇于失败后清算罪恶。

它在废墟中奇迹般地崛起，
如今扛起欧洲前进的大旗。
这里没有花园秀美，
却犹如大森林般蓬勃深邃。

此时头顶飘落雨滴，
晚霞挂在西边的天际。
人们在勃朗登堡门轻歌曼舞，
微笑的面庞显露刚毅。

两脚站在当年的墙东墙西，
心底由衷赞叹德国统一。
同时我也在问：
这是一个怎样的民族，这是一方怎样的土地？

怎么说呢，
历史有太多的扑朔迷离。
它，曾是罪恶的普鲁士，
它，又是伟大的德意志。

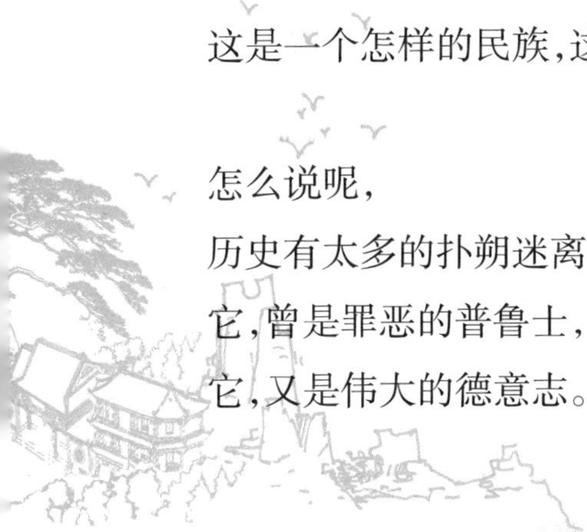

注：2000年西欧旅游，来到德国却未到柏林。这次东欧游在德国柏林驻足，正好弥补了缺憾。

德国边境名城德累斯顿

萨克森王建皇城，　剧院广场有盛名。
帝候墙上书日月，　圣母教堂壮星空。
马丁挺身改宗教，　盟军会师战顽凶。
凤凰涅槃天地转，　河畔年年草青青。

注：德国边城德累斯顿，曾是萨克森王朝的皇城。其森珀歌剧院、大力王教堂、帝候墙等久负盛名。尤其圣母教堂前的宗教改革家马丁·路德雕塑引人瞩目。

捷克温泉圣城卡罗维发利

波希米亚圣泉城，　翠峦环抱水清清。
七上八下山谷屋，　五颜六色彩画屏。
长廊品尝温泉水，　影节回看众明星。
捷克好否何须问，　舒泡汤池一身轻。

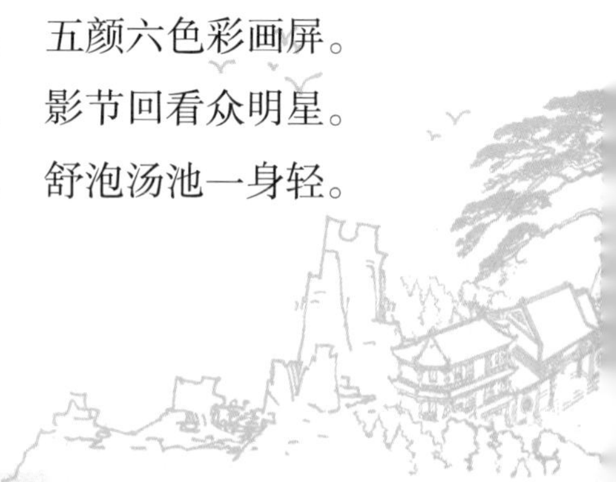

布拉格

少闻盟邦有捷克，　老来寻游布拉格。
碧水弯弯绕青峦，　七山连拢城一座。
古建林立展异姿，　摩天教堂数哥特。
手工作坊遍老巷，　艺廊画室满桥街。
广场大楼几易帜，　市政鸣钟开又合。
风云际会日月转，　满街坦克变游客。

注：捷克首都布拉格有着“中世纪宝石”“古建之都”的美誉，第二次世界大战幸免于战火。曾经的“布拉格之春”举世震惊。现处处生机勃勃，整座古城五个城区1992年都被列为世界文化遗产。

布拉格查理大桥

东欧最古大石桥，　雕塑排立人如潮。
画家歌手路边列，　小船轻舟水上漂。
远处钟声迎宾客，　近旁雄塔矗云霄。
手抚圣迹陈心愿，　亲友安康乐逍遥。

布尔诺钟声

来到捷克布尔诺老城，
圣彼得教堂响起钟声。
时钟指向十一点，
却整整响了十二声。

难道是时钟产生错误？
还是自己发生耳鸣？
不不不，
这是独特的布尔诺钟声。

时光退回到四百年前，
欧洲爆发了宗教战争。
瑞典大军兵临城下，
统帅下令即刻攻城。

瑞军拥有绝对优势，
统帅扬言十二点前取胜。
假如到时攻不下来，

他就发布撤军的命令。

瑞军刚刚发动进攻，
教堂响起嘹亮的钟声。
不多不少一十二响，
一声一声让人心惊。

瑞典统帅信守诺言，
全军撤退消解了战争。
布尔诺人化险为夷，
缘于拨动智慧的钟声。

十一点钟敲十二响，
布尔诺钟声天下闻名。
这钟声一直传留至今，
伴随着这座美丽的古城。

注：布尔诺是捷克第二大城市，风光秀美怡人。布尔诺钟声的故事特别感人。

斯洛伐克首都布拉迪斯拉法

捷克伐克两分家， 伐克漫步斯拉法。
多瑙河水连远翠， 古堡宫阙树天牙。
米谢尔门寻旧韵， 罗兰喷泉沐新花。
长椅小憩留张影， 坐望天空散余霞。

车行匈牙利所见

欧洲初到匈牙利， 一马平川望无际。
万里无云湛蓝天， 五彩缤纷锦绣地。
农田喷灌水雾扬， 农机往来耕耘细。
地广人稀村庄小， 绿荫朱瓦涂白壁。
玉米青葱小麦黄， 罗兰花紫森林密。
忽见红衣少女招手笑， 无限诗情合画意！

渔 夫 堡

高岗要塞渔夫堡， 七塔教堂刺云霄。
钟声一呼抗敌寇， 多瑙河畔颂英豪。

注：渔夫堡位于匈牙利首都布达佩斯多瑙河畔布达一侧高岗

上，为纪念英勇抗敌的渔夫而建。堡上教堂尖塔高插云霄，连同环形堡墙上的其他六个小塔，代表当年的七个部落。

布达佩斯随想

马背上的民族口口相传，
祖上来自遥远的东方草原。
据说他们是匈奴后裔，
当年被大汉军赶到多瑙河畔。

在欧洲定居了上千年，
他们的姓仍然排在名字前。
这和其他欧洲人不一样，
更何况小孩屁股上有蒙古斑。

从马上放牧到精耕农田，
从奥匈帝国到被人侵占。
匈牙利曾有怎样的辉煌，
中间又经历了多少苦难？

难忘一九四九年十月四号，
匈牙利最早与我国建交。

风雨中走过多半个世纪，
一直与我们共处友好。

长城连着布达佩斯的古堡，
多瑙河细浪遥伴黄河狂涛。
中匈两国远隔千山万水，
和平发展让我们友谊更牢。

走上赛切尼公爵链桥，
听多瑙河哼唱欢乐的歌谣。
这里处处新鲜但不疏远，
因为匈牙利人那一份真诚的微笑。

奥地利感受维也纳

梦中蓝色多瑙河，　楼堂辉映泛清波。
车流人流淌音律，　钟声琴声伴欢歌。
霍夫堡宫储神韵，　金色大厅待唱和。
情迷意乱维也纳，　行程匆促无奈何。

蓝色多瑙河

多瑙河究竟蓝不蓝？你只要抬头看看天。
天澄水清无纤土，水天一色净尘寰。

多瑙河究竟蓝不蓝？你只要看看河岸边。
林翠楼白洁如玉，龙头饮水赛甘泉。

多瑙河究竟蓝不蓝，你只要坐坐河里的船。
清流倒映朱塔影，爽风徐来起微澜。

多瑙河究竟蓝不蓝？你只要留心看童颜。
纯真友善微微笑，一个更比一个甜。

多瑙河究竟蓝不蓝，金色大厅问琴弦。
圣音神曲仙韵律，方知天堂在人间。

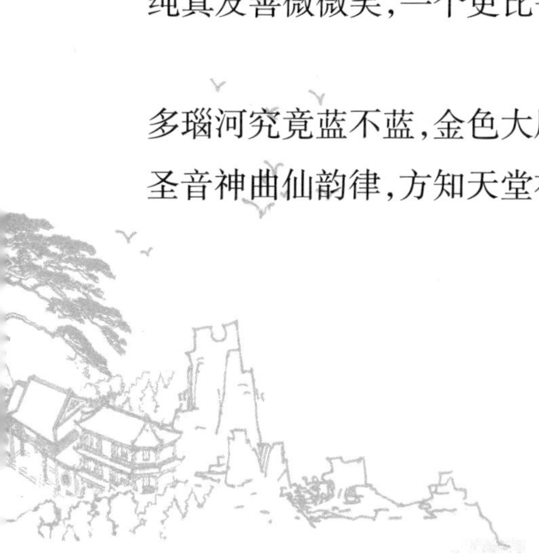

走进维也纳金色大厅

金碧辉煌音乐厅， 举世闻名最恢宏。
老索登堂歌一曲，《咱们的领袖毛泽东》!

注:2017年6月22日进入维也纳金色大厅，观赏这座全世界最著名的音乐圣殿。厅管特许一位游客在大厅演唱，我有幸高歌一曲《咱们的领袖毛泽东》，我们的歌声掌声也回响在维也纳金色大厅。

萨尔斯堡访莫扎特故居

高高的古堡在阳光下闪烁，
它是十八世纪建筑的杰作。
它向人类贡献了一位伟人，
他就是永恒的莫扎特。

他从古堡走向维也纳，
音乐天才如旭日喷薄。
然而他自己却极度不幸，

三十五岁就魂归天国。

他在寒风冰雪中死去，
出殡时没有亲人没有音乐。
他用音乐给世界带来欢乐，
他自己却死得那么寂寞。

“莫扎特现象是永远的谜”，
这声音来自晚年的歌德。
无数人拜谒莫扎特故居，
无限崇敬却又无比困惑。

还是伟大的爱因斯坦，
一句回答动人心魄：
“死亡对你意味着什么？”
“意味着不能再听莫扎特！”

圣沃尔夫冈湖

一阵飞云一阵风， 墨雨喷珠太阳红。
群峦花色无穷幻， 山映蓝湖湖更青。

又到慕尼黑

欧游又到慕尼黑， 西门长固宝马飞。
玛丽广场看集会， 怡饮扎啤笑举杯。

法兰克福美因河大桥

登桥望河赞美因， 碧水微波映楼林。
工银文贸冠欧陆， 教堂钟声报福音。

注：德国法兰克福市虽只有50多万人，却是欧洲大陆工业金融文化商贸中心。

步入科隆大教堂

欧游半圈到科隆，　莱茵河畔又钟声。
仰首望断白云里，　直叹尖顶达天庭。
霎时云涌寒风起，　步入教堂杂心澄。
殿堂宏大人皆静，　廊柱笔立托顶穹。
细观圣雕观圣画，　端坐长椅读圣经。
未信基督诚敬教，　善德传世贵践行。

夜宿列日

返程又经比利时，　夜宿宾楼未觉迟。
战神流水催眠睡，　酣梦晨醒叫方知。

注：来欧洲在比利时列日下机住宿，返程又在列日住宿登机。宾馆就在战神河边。

美　洲

美国、加拿大游（11首）

2012年5月23日至6月6日，我与妻同介休朋友李天增、任培春、申虎彪夫妻从北京赴美国、加拿大旅游，虽行程匆匆但感慨良多

赴美旅游有感

越洋跨海美国行，　一觉醒来看西东。
社资体制难细论，　昼夜时差忒分明。
恃强逞霸斗皆损，　携手合作和共赢。
好山好水好百姓，　文明进步趋大同。

华尔街

华尔街本一堵墙，　双雄对峙此分疆。
拆墙筑街百年盛，　地狱人间共天堂。

注:“华尔街”语意为墙。当年西班牙人与英国人在此争夺殖民利益,西班牙人筑墙分隔势力范围。后英国人拆掉墙建大街,形成今天的华尔街。

华盛顿观越战纪念碑

当年大兵舞刀枪，　异国喋血心迷茫。
难能坦言陈三错，　犹见鲜花祭哭墙。

注:美国首都华盛顿建有越南战争纪念碑。碑前有美国参战士兵雕像,双目迷茫。美国总统承认,越战是美国在错误的时间、错误的地点打了一场错误的战争。

旧金山

海水三环抱高岗，　冬暖夏凉四时香。
唐人街聚淘金梦，　九曲坡走观光狂。
渔人码头尝海蟹，　金门大桥看斜阳。
科技奇葩绽硅谷，　海外华人又一乡。

尼亚加拉大瀑布

5月28日、29日从美国到加拿大多伦多市游观尼亚加拉大瀑布

美加交界景奇雄，　五大连湖流向东。
尼亚加拉大瀑布，　雷神之水来半空。
万顷波涛从天降，　万炮齐轰震苍穹。
万马奔腾腾巨浪，　万钧雷霆卷狂风。
我乘雾中少女号，　迎风辟浪逆流冲。
狂风撕衣脚踉跄，　暴雨浇头眼难睁。
游轮颠波浪翻滚，　众人尖叫心颤惊。
待到返航登岸望，　蓝天碧水群山青。
飞流激荡茫茫处，　深峡阔谷挂彩虹。

注:美洲大陆上最壮美的水色苏必利尔湖、休伦湖、密歇根湖、伊利湖和安大略湖五大湖为美国和加拿大的天然国界,水量极大,浩渺无垠。在伊利湖与安大略湖之间，就是著名的尼亚加拉大瀑布。“尼亚加拉”在印第安语里意为“雷神之水”。“雾中少女号”为冲浪瀑布的游轮。

加拿大多伦多大学

百年古建绿荫稠， 百门学科创一流。
师资卓越先天下， 英才辈出誉全球。
虹飞霞映西恩塔， 燕舞莺歌宫堡楼。
多少名人此荣耀， 只白求恩在心头。

夏威夷“阿罗哈”赞

5 月 30 日至 6 月 1 日到太平洋上最美的岛屿夏威夷游玩。这里的人见面必呼“阿罗哈”。它不是英语,是夏威夷波利尼西亚人独有的问候语、欢迎语

“阿罗哈”,“阿罗哈”,夏威夷流行这句话。
“欢迎您”,“您好吧”,陌生人见面笑哈哈。
你是波利尼西亚,我来自东方叫 China。

不同肤色融和美，瓦胡岛连接亚非拉。
一声声问候传友情，一张张笑脸若鲜花。
一条条华街迎远客，一处处山水美如画。
动跳激情草裙舞，静卧沙滩阳光下。
椰林海滨凝浪漫，夏威夷正是“原始的家”。

注：波利尼西亚为夏威夷土著人。“夏威夷”在波利尼西亚语中意思是“原始的家”。

科罗拉多大峡谷

2012年6月2日，我和妻及随行的介休朋友乘直升机、游船、大巴游览了美国西部的科罗拉多大峡谷

一条大峡谷横在美国，
它就是举世闻名的科罗拉多。
有人问我景色如何？
花钱去那里值不值得？

我去过晋陕大峡谷，
谷中是奔腾咆哮的黄河。

它孕育了华夏五千年文明，
还有让我魂牵梦萦的黄土高坡。

我去过太行大峡谷，
它壁立万仞气势磅礴。
山高林密，雄关险隘，
当年曾燃遍抗日烽火。

我还去过雅鲁赞布江大峡谷，
那里有全球最美的景色。
雪山滋润着森林牧场，
江水流淌着永恒的赞歌。

今天我来到科罗拉多，
裂谷千里，一派荒漠。
它是地球流血的伤口，
西班牙语意为“红河”。

河水将枯，寸草不长，
暗红的山崖层层剥落。
岩层记载着地球的变迁，

光怪陆离，波澜壮阔。

烈日烘烤着荒谷红崖，
红崖似雄鹰展翅腾搏。
这里是印第安人残留的乡土，
古老的图腾把历史诉说。

站在悬崖边极目远眺，
大峡谷雄浑苍劲动人心魄。
面对它，顿觉自己何其渺小，
忘却喧嚣却又满怀萧索。

这就是大峡谷科罗拉多，
它无可比拟，极其独特。
自然界有高山还有大海，
地球上有中国也有美国。

拉斯维加斯赌城

拉斯维加斯是美国西部沙漠的一块绿洲，世界著名的赌城

荒山秃岭，大漠戈壁，
这里是美国最贫瘠的土地。
亿万万年荒无人烟，
却在一夜间高楼林立。

这里不分白天黑夜，
夜幕更绽放妖冶的魅力。
霓虹灯闪烁着迷魂诱惑，
人们在天堂与地狱间游移。

豪赌、放纵、得到、失去，
每天演绎着形形色色的传奇。
人们从四面八方来到这里，
在精神的荒漠中寻找绿地。

这就是赌城拉斯维加斯，

美国人在这里创造了奇迹。
无论对此如何评价，
反正每年有四千万人趋之给力。

好莱坞

好莱坞好在何处？
名不虚传的影视帝都。
星光大道群星熣灿，
奥斯卡金奖风光独树。

仅仅在二十世纪之初，
诸多电影公司来此落户。
千万梦幻制造者紧随而至，
无数美女帅哥踏入寻梦之路。

爱恨情仇悲喜恐怖，
精彩大戏全球瞩目。
人生在这里聚焦升华，
电影王国永不落幕。

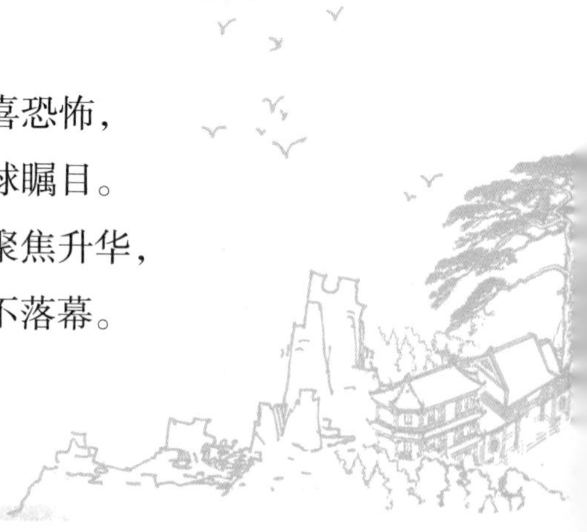

从洛杉矶到圣地亚哥

从洛杉矶到圣地亚哥，
湛蓝的海港浪花朵朵。
登上“中途岛号”航空母舰，
坐进机舱当一回强者。

汽车从月牙桥上驶过，
来到美丽小岛柯罗那多。
椰林掩映着富豪居所，
小岛酒店故事多多。

走到美国西南边界，
蒂华纳老镇很有特色。
街道充满墨西哥风情，
秀美中保留着质朴青涩。

从洛杉矶到圣地亚哥，
处处优雅淡然却又生机勃勃。
看夕阳在太平洋徐徐坠落，
红霞燃尽了人生的喜怒哀乐。

注：柯罗那多酒店是圣地亚哥最古老最豪华的酒店。这里有爱迪生亲手安装的第一盏灯泡，有美国前总统肯尼迪与玛丽莲·梦露艳情留香，还有英国查尔斯王子爱美人不爱江山的风流遗迹。

南美游(17首)

2018年4月24日至5月8日与老友陈怀文南美四国游

飞抵南美

西行万里折向南，　谁将地球脚下挎？
昼夜颠倒季节反，　长行脚肿腰亦酸。

途经圣保罗

南美首达圣保罗，　皇宫教堂雕像多。
欧美风加流浪汉，　小巷涂鸦费揣摩。

注：圣保罗是巴西最大的城市，圣保罗大教堂是其标志性建筑。著名的蝙蝠侠胡同是世界级涂鸦艺术街区。

玛瑙斯

2018 年 4 月 26 日于巴西亚马孙首府玛瑙斯

部族本属印第安，　山林河叉地偏远。
一年两季唯雨旱，　交通闭塞靠航班。
曾拥橡胶霸天下，　英人盗宝落惨然。
此来观光天酷热，　红楼绿荫湛蓝天。
逛游英建老市场，　留影百年剧院前。
晚餐饱食全鱼宴，　更有西瓜大又甜。

亚马孙河

2018 年 4 月 27 日午于巴西亚马孙河印第安水上餐厅

乘轮沐风游大河，　黑黄两水汇奇波。
河面宽阔三十里，　河底深邃百丈多。
热带雨林漫无际，　印第安人幸有窝。
赤吹裸舞迎远客，　携手同唱欢乐歌。

亚马孙州首府玛瑙斯

欧式殿堂瞰八垠， 百年剧院灿星云。
橡胶产贸曾冠世， 河流交汇更迷人。
码头浮动适水位， 游客纷纭探雨林。
圣土尝留亚马孙， 憨憨土著存璞真。

里约热内卢

负阴登上耶稣山， 基督巨像耸云端。
市容繁华收眼底， 长桥雄壮跨远湾。
国运金砖赖人力， 世贸良港借天然。
足球啤酒桑巴舞， 肚皮休闲晒海滩。

注：里约热内卢背山面海，是巴西第二大城市，也是全国经济中心。其海港属世界三大良港之一，还有世界最大的马拉卡纳足球场。而耶稣山上高高的基督像则是该市的标志。

伊瓜苏瀑布

尼亚加拉曾赞瀑，　眼前更叹伊瓜苏。
悬崖裂谷垂银练，　彩虹摇影飞玉珠。
天奏雷霆交响曲，　地展霓裳美画图。
身临栈道波涛里，　恍然如梦到罗浮。

注：位于巴西与阿根廷边界的伊瓜苏瀑布，是世界上最宽的瀑布群，由 275 个瀑布组成，非常壮观。进入栈道置身于飞流直下波涛汹涌的境地，让人心醉神迷，如梦如幻。

空中观纳斯卡大地画

亿年石烂海亦枯，　浩瀚沙漠灵气浮。
风吹不散动物画，　雨淋未灭几何图。
慨叹大地奇迹有，　始觉上帝不虚无。
人智谁能解谜底，　物外神中世界殊。

注：2018 年 4 月 30 日于秘鲁皮斯科乘小飞机在沙漠上空观赏“世界第八奇迹”纳斯卡大地画。

鸟岛(二首)

2018 年 5 月 1 日于秘鲁皮斯科

(一)

冲风劈浪向汪洋， 水青如墨耀银光。
快艇奔突如驰马， 海鸥翻飞掠耳旁。

(二)

小岛突兀水中央， 群鸟安栖忽翱翔。
岩底海狮小海豹， 戏水鸣叫送归航。

印象秘鲁

南北车行千里遥， 傍山靠海一长条。
安第斯山断风雨， 太平洋上涌浪涛。
沿岸干枯多沙漠， 偶有滴灌育田苗。
山林河海都藏宝， 旅游资源很不少。
咋天空瞰大地画， 今日乘船看鸟岛。
返程匆匆逛利马， 各色人种满街跑。
山坡连片贫民窟， 两极分化谁能了？

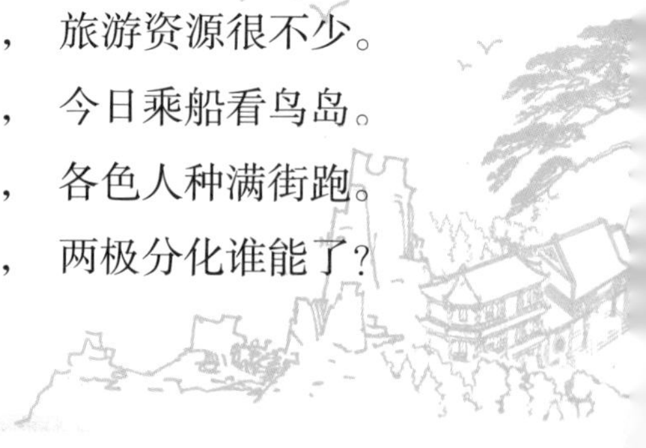

老城繁华欧古风，　印加文化难寻找。
海湾红花衬美女，　走马观花花亦好。

智利圣母山

2018 年 5 月 2 日

圣母是神还是人？　圣母山上笼祥云。
独立高天望尘世，　钟声阵阵出楼门。

阿玛斯广场

2018 年 5 月 2 日晚于智利首都圣地亚哥

圣地亚哥最中心，　广场教堂引游人。
历史风情浓缩地，　欧洲经典建筑群。
歌手画家展风采，　市民情侣享绿荫。
谁言西版文明后，　土著残雕渍泪痕。

天堂谷海喷岩礁

2018 年 5 月 3 日游智利太平洋海滨城市瓦市维市

惊涛拍岸浪花开，　海喷岩礁黑间白。
金峦翠谷朱楼缀，　风情绝美难再来。

注：维市又称天堂谷，海岸山峦因海风吹蚀形成的金色沙丘与湛蓝色的大海相映衬，再加因火山海喷形成的黑白岩礁，景色极为迷人。

老虎洲

2018 年 5 月 4 日上午从智利飞抵阿根廷，在首都布宜小游。下午到达银河上游巴拉马三角洲(又称老虎洲)，乘游船观光

飞抵布宜市中游，　满街多见欧式楼。
城外银河宽百里，　溯流而上到虎洲。
闲亭酒肆游乐场，　木桥栈道小码头。
茂林繁花隐别墅，　快艇游船竞轻舟。

四通八达皆水道，　小威尼斯美名留。
抬望云团消细雨，　异国他乡品深秋。

高乔人古农庄

2018 年 5 月 5 日游阿根廷南部高乔人古农庄

绿草鲜花接远山，　原驰骏马地生烟。
几群羊驼散牧场，　四轮老车逛田园。
欢牵丽人同歌舞，　痛饮红酒乱翩跹。
盛赞高乔献绝技，　忘却归途是明天。

注:高乔意为“孤儿”。最早白人殖民者来时不带家眷,与土著姑娘寻欢作乐,所生的孩子在殖民者撤走时被遗弃,之后形成孤儿族群。高乔人善骑马,在独立战争中英勇作战。今天的马术表演精彩绝伦。现为阿根廷代表性民族。

狂欢布宜

周日再识阿根廷，　布宜忽成狂欢城。
大道搭台看演艺，　街心众舞似发疯。
女人锯木比韧劲，　儿童围坐做手工。

咖啡烤肉排长队，　鼓乐喧天伴欢声。
观客笑问中国好，　天涯万里传友情。

布宜一日游

2018 年 5 月 6 日是南美行的最后一天，饱览了阿根廷首都布宜诺斯艾利斯,赶上了周日狂欢。晚餐后登机返程

最后一天南美行，　车游布宜览市容。
七九大道国会府，　五月广场玫瑰宫。
博卡足球探戈地，　剧院书店教堂钟。
消闲百年咖啡馆，　巧遇狂欢踏归程。

注:7 月 9 日是阿根廷独立日。城中专修有世界最宽之马路，称七九大道。5 月下旬阿根廷国庆,集会广场称五月广场。玫瑰宫即总统府。博卡足球俱乐部,球王马拉多纳曾效力。博卡区也是探戈发源地。歌剧院改建的书店和百年咖啡老店闻名于世。

非　洲

南非游(9首)

2014年3月16日至3月21日携妻游南非

从迪拜到南非

雷鸣风吼冲九天，　朝辞迪拜晚桌山。
傍海登临好望角，　堪比天神地脚仙。

好望角

少时初知好望角，　老来游临兴登高。
两洋汇流千重浪，　一塔环巡万顷涛。
沧海航探赖前俊，　太空开发看今朝。
南非迢迢连华夏，　好望望好势如潮。

桌　山

天下奇山阅无数，　一见桌山竞瞠目。
上帝削顶做餐桌，　撕片白云当台布。
环海澄蓝晴万里，　独此山巅盖云雾。
十二门徒齐聚首，　最后晚餐清门户。
我乘缆车上山顶，　寒风凛冽云飞渡。
紧衣急下再回首，　霓霞夕照升空路。

注: 桌山位于南非开普敦市中心,面向大海,顶平如桌,寻常有白云如桌布遮其上,实为奇观。相传是上帝与其门徒聚餐的地方。

葡萄园酒庄

2014 年 3 月 18 日游西班牙人西蒙 17 世纪开辟的葡萄园

西蒙酒庄葡萄园，　圈地已历数百年。
游罢庄园品红酒，　不见南山也悠然。

向曼德拉雕像致敬

2014 年 3 月 19 日于南非行政首都比勒陀利亚市中心,向已故南非总统曼德拉雕像致敬

坐穿牢底为国家，　种族隔离誓摧垮。
跃升金砖功盖世，　南非致敬曼德拉。

先民博物馆

3 月 19 日上午于比勒陀利亚参观荷兰人修建的先民博物馆

博物馆里颂先民，　先民却是荷兰人。
殖民改写南非史，　文明历来血淋淋。

毕林斯堡野生动物园

2014 年 3 月 19 日游南非毕林斯堡野生动物园

千顷沟壑万道梁，　旷无人烟草木昌。
河畔角马望斑马，　崖坡岩羊竞羚羊。

树丛突现长颈鹿，　车中乐坏观光狂。
你挤我钻争拍照，　导游提醒“别嚷嚷”。

太阳城

山中奇景太阳城，　原始丛林隐皇宫。
高球绿坪无垠草，　巨石清泉有乐声。
赌场一搏求好运，　泳池三点赏娇容。
娱乐休闲好去处，　夜卧豪房享五星。

蝶恋花·从太阳城到约翰内斯堡

千里高原驱车跑，灌木丛林连绵原上草。忽见葵花向阳笑，方知已到大约堡。

约堡地下藏珍宝，采矿淘金暴富知多少？繁华通道何人晓，绿荫豪宅隐阔佬。

埃及游(12首)

2016年3月23日至30日同好友陈怀文和吴泽夫妇、郭岐明夫妇游埃及

埃及行

一夜飞行到开罗，　老城开步游古国。
登高北望地中海，　溯流南探尼罗河。
法老墓深循地道，　金字塔高探坡陀。
最奇人面狮身像，　沉沙解谜叙斑驳。

金字塔前

埃及古迹难解读，　金字塔前犯糊涂。
石阶探天谁构建？　人字撑地何意图？
循史有幸知法老，　解惑无缘觅奇书。
千里黄沙铺夕照，　猎奇还须迈新途。

开罗印象

西望黄沙东望河，金字塔下瞰开罗。
金色黄色沙土色，汽车马车毛驴车。
闹市繁华绿荫少，寺楼林立古迹多。
五千年古文明地，今迎游客骑骆驼。

夜游尼罗河

乘船慢游尼罗河，　星灯辉映七彩波。
夜风徐来轻拂面，　美食频献细听歌。
狂击手鼓声激烈，　疯抖肚皮舞婆娑。
忽播《老鼠爱大米》，中埃朋友齐唱和。

洞穴酒店

沙海无山楼岭隆，　红海无洞穴中行。
洞里穴外奇山水，　堪比蓬莱入仙宫。

循红海岸南行所见

一望无垠千里沙，　难得绿色少人家。
偶见宅楼无草木，　路边风摇塑膜花。

红 海 游

红海扬眉浪里行，　天低云淡太阳红。
游轮劈波飞花卷，　海鸥争食绕耳鸣。
登岛更衣忙戏水，　拥沙晒肚也从容。
黑臂白臀搂一体，　你欢我悦笑声中。

撒哈拉沙漠行

天昏黄，地昏黄，　天地玄黄入洪荒。
红海西赴卢克索，　撒哈拉里沙茫茫。
黄沙漫漫入山谷，　黑色丘陵列两旁，
无树无草无生命，　幽幽静卧如虎狼。
突现军警检查站，　戎装列阵手持枪。
鹰眼狮面防恐怖，　蚀骨惊魂不寻常。

到服务区方松畅， 笑摄孩童伴驴羊。
尼罗河畔见葱绿， 始知还有米粮仓。

太阳神庙

石柱林立拱穹隆， 峻极拏云势恢宏。
史文雕画何堪比， 天地神人此贯通。
尼罗河上演惨案， 方尖碑下叹奇工。
法老辉煌数千载， 留给今朝续文明。

注：此处是著名电影《尼罗河上的惨案》取景地。

尼罗河荡舟

尼罗河上荡轻舟， 劲舞欢声伴水流。
人神此岸通彼岸， 土民却喜清凉油。

卢克索游帝王谷

才看梅农像， 又游帝王谷。
千年上百法老墓， 地宫今始睹。

深埋为防盗，　石棺永不腐。
壁画精绝彰权富，　终究一抔土。

侯赛因清真寺

开罗名寺侯赛因，　塔尖星月挑白云。
时内诵经逢礼拜，　地下匍匐穆斯林。
市场繁荣环左右，　游客熙攘购金银。
忽见头顶卖馕饼，　多尝美食赞清真。

澳大利亚

悉尼度国庆节、中秋佳节

2006 年 10 月 1 日

行游澳洲路频频，　阖家团聚喜临门。
身处异国贺国庆，　客居他乡唱乡音。
畅饮京酒赏明月，　遥祝亲朋送真心。
满堂学子钟灵秀，　功成尽在后来人。

注：携妻子、女儿赴澳大利亚旅游并看望在悉尼大学留学的儿子。全家人在悉尼团聚。儿子邀请同学和我们共度佳节。

黄金海岸观日出

2006年中秋携妻儿女同游黄金海岸，晨观日出

朱楼碧树挂银盘，　排排雪浪拍沙滩。
登顶礁石东望海，　海线弯弧露半船。
忽吐朝霞染胭彩，　东海滚沸红浪翻。
旭日喷薄出海面，　霞光万道射云天。
霎时海岸镀橙色，　雕楼玉砌色斑斓。
西空淡月对红日，　日月双辉现奇观。
情不自禁歌且喊，　涛声涌来伴管弦。
又欲飞身腾空舞，　几忘凡身在人间。

大堡礁

2006年秋全家人游大堡礁

艇猛冲波劈狂涛，　晕吐驰达大堡礁。
兀现风平浪尤静，　惊叹天妖水更娆。
七彩珊瑚海底秀，　五色龟渔船外飘。
满目奇景皆造化，　到此谁能不魂销。

蓝　山

2006年秋游蓝山

丛林远足到蓝山，　山谷林海泛蓝岚。
登高望峰三姐妹，　盘底寻幽一洞天。
原住民居识毛利，　小乘火车探奇观。
绒绒考拉尤可爱，　迷糊打盹树上眠。

澳洲探亲行游(12首)

2015年1月下旬到3月中旬同妻到悉尼探望儿子过春节,在澳大利亚、新西兰旅游

又到悉尼

一日巡天万里遥，　越洋舐犊喜眉梢。
翠林新居细赏享，　青朋美餐乐烤烧。
携妻漫步歌剧院，　跨海横过悉尼桥。
夜深观看足球赛，　主场夺冠起狂涛。

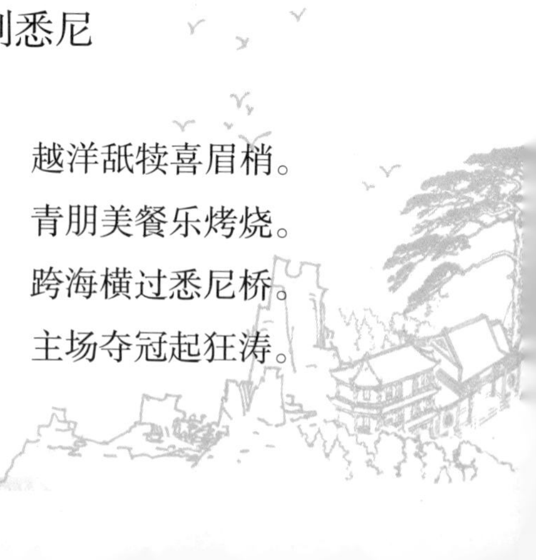

悉尼家院之晨

窗前草虫叫， 墙外林鸟鸣。
朦胧揉睡眼， 欣然奔茵坪。

牧场游

2015 年 2 月 7 日

牛羊肥壮草丘矮， 牧场无垠连远陔。
异乡欣遇桑梓客， 摄友来自中央台。
林下打靶枪声脆， 模特起舞众人呆。
向晚喧消皆归去， 静伴妻儿宿豪宅。

注:是日携妻到索江朋友牧场游玩,遇中央台数人带模特来牧场录制节目,唱歌跳舞打猎好不热闹。傍晚老板和众人都返悉尼,只留下我家三口夜宿别墅,静享奢华。

又到堪培拉国会大厦

曾望学子来澳华，　此行又逛堪培拉。
绿水青山皆彩画，　环街秀楼绽奇葩。
林蔽白宫小政府，　民选总理大管家。
难忘失物复归取，　社会风尚足可夸。

注：2006 年中秋来澳洲看望悉尼大学读研的儿子，一家人同逛堪培拉，在国会大厦草坪不慎遗失摄像机，十天后竟认领回。

邦的海滩

水天浩瀚蓝迸白，　半湾金沙丽人来。
随波舒臂时远近，　艳体飞花逐浪开。

达令港之夜

众友团聚金龙阁，　举杯欢度情人节。
流光溢彩达令港，　不夜烟花映星河。

悉尼过年

春节欢度乐逍遥，　贺岁龙旗一街飘。
海湾排列兵马俑，　红灯映照悉尼桥。
唐人街上狮舞秀，　歌剧院里乐声高。
曲终台下欣留影，　大师国手女儿娇。

西澳州游

入夜飞临西澳州，　赌城下榻珀斯游。
异国新春喜会友，　如茵碧野兴挥球。
太阳城里品豪宴，　天鹅河畔享怡悠。
酒美人和玩不够，　抚摩袋鼠喂白鸥。

注：2015 年 2 月 21 日至 24 日，从悉尼西行 7000 里达西澳州游玩。在号称太阳城的西澳首府珀斯市皇冠赌城下榻，并随儿子(应邀)参加高尔夫球会。

元宵夜悉尼歌剧院看歌剧《蝴蝶夫人》

扬帆竞发塑奇图，　悉尼地标世瞩殊。
羊年此度元宵夜，　蝶剧堪比天鹅湖。
演员乐队功力有，　麦克音响设备无。
曲终掌声激风暴，　圆月皎皎照归途。

注：悉尼歌剧院外形如船扬帆竞发，是悉尼的地标性建筑。剧场演出无音响设备，演唱伴奏悦耳动听，令人惊叹。

妇女节夜看李宗盛演唱会

不修边幅糟老头，　用心感悟唱春秋。
词曲演唱加弹奏，　诙谐情艺第一流。

妻儿勇登悉尼大桥

3 月 11 日下午，好不容易购到两张攀登悉尼大桥的票，由儿子护卫妻走过悉尼桥顶，历经两个多小时完成这一壮举

妻儿勇登悉尼桥，　手摘云朵比天高。
下俯群楼环碧海，　远眺瀚洋掀雪涛。
钢铁巨鲸向百岁，　风光绝景赞今朝。
车流无尽恒穿梭，　且把心花放晴霄。

我登悉尼大桥

3 月 12 日儿子好友陪我登攀悉尼大桥。此桥建成已 83 年。69 岁的我也完成了登桥壮举

腰扣索环手把梯，　高攀极顶看悉尼。
车来船往山林远，　海阔天高楼厦低。
八十三年桥愈固，　六十九岁肩与齐。
下桥只觉身心爽，　笑挽老外饮扎啤。

新西兰游记(10首)

2015年春在悉尼探亲期间,携妻赴新西兰游

基督城

悉尼忽到基督城，　教堂巍巍鸣晚钟。
特卡波湖宛如玉，　库克山峦不成峰。
旅游热赖园林美，　拓展慢因海岸平。
出行遇雨淋牧场，　牛羊自在草青青。

注:2015年3月12日晚儿子带我和妻由悉尼飞抵新西兰南岛基督城。该城是世界著名的花园城市,但因海岸平坦而航运不畅,影响到城市的建设速度。

白石企鹅小镇

白石小镇看企鹅，　白石更比企鹅多。
白壁小楼环湾海，　白色教堂傍山坡。
白塔耸映芳草碧，　白鸥翻飞戏浪波。
白云遮日来护肤，　白衣少女笑酒窝。

但尼丁老镇

2015 年 3 月 14 日

东海老镇但尼丁， 苏格兰溢古风情。
广场教堂火车站， 风笛声里岸花明。

注：新西兰但尼丁老镇。这里有历逾百年的八角广场、圣保罗教堂、老火车站，处处洋溢着古老的苏格兰风情。

南岛行车途见

山峦起伏绿如茵， 牧场无垠少乡村。
墨树荫中房一角， 只见牛羊不见人。

从冰山凹地·米佛峡湾到南岛世界地质公园

冰山凹地到峡湾， 环球第六大公园。
峭壁摩云森林茂， 冰峰映日昊天蓝。
长湖细流接大海， 飞瀑清波荡游船。
返程再越分水岭， 长穿隧道九盘旋。

宿蒂阿鲁小镇

晚餐入镇中国城，　湖畔安眠月朦胧。
朝起行游西海岸，　晚归夜看萤火虫。

南岛雨后行

2015 年 3 月 16 日于新西兰南岛赴皇后镇途中

山幽林黛云雾浓，　草色青黄枫叶红。
异国不知秋来紧，　排排草捆牧场横。

皇 后 镇

瓦尔特峰玉削成，　瓦卡提湖秀玲珑。
胜境本宜皇后住，　佳景今迎我辈行。
寻访华工淘金屋，　安享游轮湖震风。
峡湾牧场吃烤肉，　晚乘归船看星灯。

瓦娜卡湖镇

走过一湖又一湖， 天然美画难临摹。
库克山雪白玉帽， 瓦娜卡水蓝珍珠。
草原喷灌牛羊壮， 果林飘香桃李足。
洗手间里最搞笑， 导游何须犯糊涂。

走进库克雪山

2015 年 3 月 18 日晚写于新西兰库克雪山下宾馆

披荆斩棘奔雪峰， 扎西藏友随我行。
手拨丛林勇探路， 脚蹬乱石应呼声。
攀高豁然见河谷， 近山炫目叹晶莹。
夕寒就宿悬崖下， 冰泉圣洁沐心灵。

后　记

非儒非道也非僧，　笑侃红尘老顽童。
携朋四海游山水，　泛舟五湖吟月风。
登攀换取身康健，　跋涉拓得肚宽容。
兴来随手写诗句，　长庚长乐踏歌行。

我称不上诗人，仅是一个诗词爱好者。我热爱祖国大好河山，更是一个旅游践行者。本诗集收录了我历年来（主要是年过花甲之后）国内外旅游中所作的诗词，有 1000 来首。数量不少，水平不高，不过自我感觉还算良好。

“读万卷书，行万里路。”从少年上学时起，这句话便成为我人生知行的航标。读书自不必说，行路则是用眼睛读社会这部活书，并把心灵融入广阔的天地，某种意义上比坐在书斋里读书更为重要。所以我喜欢读书，喜欢唐诗宋词，更喜欢旅行，游山玩水。在我上学乃至工作中，总要抓

住假期或出差等机会游历名山大川名胜古迹。年过花甲后更是一发而不可收。我曾写诗词自述:

人过花甲

人过花甲岁，　最喜逐胜游。
携侣行四海，　结伴观五洲。
乐山登绝险，　爱水泛轻舟。
问禅访古刹，　抒怀上琼楼。
草原驰骏马，　雪域骑牦牛。
林静听鸟语，　泉澈悟心流。
冷眼红尘事，　淡然无所求。
闲情觅诗句，　一笑何以忧?

沁园春·旅游

结伴行游,体健心宽,须具三闲:必闲暇无虑,闲情有致,闲钱在握,不吝埋单。老友同窗,谈今论古,策杖背包携红颜。一声走,即开怀信步,万里河山。

五洲四洋风光,尽异彩纷呈展大千。任云生脚底,峰岳挥汗。浪涤胸襟,江海扬帆。大漠雄关,高原雪域,放歌抒怀写诗篇。仰天笑,问何言疲累? 大话当年。

迄今为止,我走遍了全国各地,走过世界五大洲近 50 个国家,一边旅游一边以诗词做日记,记录了我的旅行规迹和感悟。

吾 诗

吾诗喜叙山水情, 游山玩水意象浓。
追风江海三千里, 猎古关城一万重。
巅峰劲松抒豪壮, 碧海轻舟荡性灵。
即兴挥毫自得乐, 闭门造车等于零。

为本诗集作序的刘春生、梁国泰退休于教育系统,虽不是名人,却是才华横溢的文人,与我既是相识相交多年的挚友文友诗友,又是经常结伴而行的“驴友”。他俩在序言中已把我的旅游诗词及文体生活做了贴近的叙议,我不再赘述。

我在这里说明几句: 我热衷于一边游山玩水, 一边随手写写诗词, 并没有政治的文化的功利性目标与抱负,纯属个人兴趣爱好。尤其年过花甲后,深感这种文体生活方式非常有益于身心健康，有助于焕发童心，防止老年痴呆，能够让生活充满阳光。许多同龄人乃至年轻人很赞赏和羡慕我的这种人生观和生活方式，越来越多的人正在走向“诗与远方”。我很愿意与大家共享个中乐趣，这是我汇集出版本诗集的原动力。

在这里，我要特别感谢山西安泰集团董事长李安民，是他的鼓励与支持让我决定出这本诗词集。还要感谢曾任介休县委书记、晋中市人大常委会主任的张松龄老首长为我这本诗词集作序。当时他已是耄耋之年，本不想打扰。但想到改革开放初期他为介休的安定团结和经济发展做出的巨大贡献，在群众中有很高的威望；想到他当时主持正义为我排除厄难，支持我为民营企业效力，可以说是我的恩人(他在序言中并没有提到这些)，于是斗胆请他作序。

张松龄老首长在序言中对我多有夸赞，我不敢当，请他修改。他说这是他个人的认识感悟，不改。真是一个率性而为的不老翁啊！

在这里我还要感谢我的忘年交、介休市文联主席许建斌。他在百忙中为我筹划安排出版事宜，全力相助。原介休美术协会主席、老友李天增为我设计封面。同时还得到不少朋友的鼓励支持，在这里一并表示感谢。

最后，我用我的两首诗结束后记——

山水情（一）

山川大小各不同，　俱怀神韵在其中。
阴晴雨雪多变幻，　万象予我皆是情。

山水情（二）

山一程来水一程，　游山玩水乐无穷。
脚力疲时山更美，　开怀笑在最高峰。

索奋起

2018 年 11 月于介休